JN177654

沖縄コンフィデンシャル

レキオスの生きる道

高嶋哲夫

集英社文庫

目次

沖縄コンフィデンシャル

レキオスの生きる道

第一章　辺野古

1

車は沖縄自動車道を北東に向かって走っていた。

「辺野古《へのこ》に行くんじゃないのか」

反町《そりまち》の問いにもノエルは答えず、ひたすらアクセルを踏み続けていた。

八月、沖縄の空は突き抜けるように晴れ渡っていた。

「なんで俺がおまえに付き合わなきゃならないんだ」

今度は言葉を変えて聞いた。

反町が自転車を沖縄県警本部の駐車場に止めたとき、クラクションが鳴ったのだ。振り向くと黄色い軽自動車が反町の方に近づいてくる。ノエルの専用車になっている国際犯罪対策室の車だ。

車は反町の横に止まり、運転席のノエルが乗るように指示したのだ。

「手間を省いてあげてるの」

「あれは名護《なご》署の事件だろ。捜査本部が立つにしても、鑑識の結果が出てからだ」

「辺野古で男の死体が上がったのよ。しかもこの時期に」

辺野古崎では普天間《ふてんま》基地移設のため、埋め立て工事が行われていた。西側の埋め立てがほぼ終わり、東側、大浦《おおうら》湾側の工事に入ろうとする時期だった。工事阻止を叫ぶ基地反対派が全国から押し寄せ、警察、機動隊と小競り合いが続いていた。マスコミも島内、本土合わせて百人近くが駆け付けている。

反町は時間を確かめ、ラジオのスイッチを入れた。

〈遺体は四十歳前後の男性でスーツ姿。名護署は遺体の身元を調べるとともに、目撃者を探しています。この影響で、今日予定されている埋め立て土砂搬入は中止になっています。なお政府は、すみやかな工事の再開を名護署と話し合っています〉

男性アナウンサーの声が聞こえる。死体が発見されてまだ三時間たっていない。

「工事車両が入ると現場が荒らされる」

「死体発見現場は大浦湾側でしょ。埋め立ては反対側」

「初動捜査は先入観を持たず、広域を丁寧に調べることが必要なんだ。発見場所だけが現場じゃない。そこに通じる道路、すべてだ。それから徐々に絞っていく」

「あんた、やっぱり刑事なんだ」

ノエルの感心したような声が返って来る。

「辺野古、死体、スーツ姿の男性――確かにおまえの言う通りだ。どんなヤバそうな話もでき上がる」

今ごろ辺野古にはマスコミが押しかけている。殺人と決まって、捜査本部が立つと本土からのマスコミがさらに増える。

基地移設反対の者たちがすでに事件現場に集まっているという情報も入っていた。おそらく埋め立て工事もしばらくは中止になるだろう。

車は宜野座村《ぎのざそん》をすぎて県道七一号に入っていく。この道は名護市の西に向かう。

「辺野古の現場に行くんじゃないのか」

「名護署よ、私が呼ばれてるのは」

「通訳が呼ばれてるってことは米軍が関係しているのか」

「今回は少年のケアよ。頼まれたのは別口から」

ノエルがアクセルを踏み込んだ。

黄色い軽自動車は軽快に県道を走り、国道五八号に入った。左手には名護湾が広がっている。車は名護市街地に入っていった。

名護署は東江《あがりえ》にあり、同じ名護市内でも辺野古とは西と東の位置にある。辺野古が対面しているのは太平洋で、名護署は西側の名護湾だ。

反町雄太《ゆうた》、二十九歳、巡査部長。沖縄県警察本部刑事部捜査第一課の刑事だ。生まれと育ちは東京。都内の私立大学法学部を出ている。大学時代に初めて旅行した沖縄に魅せられて、毎年、夏休みは沖縄でアルバイトをしてすごした。就職もここと決めて、一年の就職浪人の末、沖縄県警に就職した。

警察官になってから、那覇《なは》市の交番勤務の後、三年前に捜査一課に配属され、念願の刑事になった。

名護署について車を停《と》めると、ノエルがスマホを出して話し始めた。

ホールに入ると、長身の少年が立ち上がり手を振っている。

ノエルが近づくと、ホッとした表情をした。

「変なことは聞かれなかった」

ノエルが少年に言った。

「別に。テレビや映画でやってるような聞き取り。俺は一人でも大丈夫だよ」

「理沙《りさ》さんから電話があった。今は席を外せないから頼むって。彼女なりの気遣い」

少年の目がノエルの横に立っている反町に移る。

「彼は私の同僚。刑事よ。こういう事件は私より詳しいからついて来てもらった」

ノエルが反町の方を向き、声を低くした。

「この子は島袋海人《しまぶくろかいと》ね。海の人と書いて海人ね。死体の第一発見者。辺野古からこっちに移されたって連絡があった。これからどうすればいいの」

反町は改めて少年を見た。身長は反町とほぼ同じで藁《わら》のような身体《からだ》だ。整った女のような顔つきをしている。

海人の肩越しに制服警官を見つけ、呼び止めた。

「俺は県警本部刑事部の反町だ。この少年、もう聞き取りは終わったのか」

「現場の方ですんでます。家が名護にあるというんで、連れてきたようです」

「だったら、もう帰ってもいいだろ」

「上に問い合わせないと。私じゃ分かりません」

ノエルのスマホが鳴り始めた。

頷《うなず》きながら聞いている。

「理沙さんがあと三十分でこっちに来るから、待っててくれって。いいでしょ」

反町は頷くと、海人の横に座った。

「おまえが第一発見者か。その時の様子を話してくれ。時間と場所と死体の様子だ」

「もう話した。向こうとここで」

「俺は聞いてない。俺も県警の刑事だ」

海人はちらりとノエルを見ると、うんざりした口調で話し始めた。

「朝の七時ごろ海岸を散歩してた。黒っぽいものが見えたから近づくと、死体だった」

「もっと、詳しく話せ。なんで、朝の七時にあんな海岸を散歩だ」

「あんな海岸とはなんだよ。祖父《じい》ちゃんは漁師で、あそこで魚獲《と》ってた」

「おまえも、釣りに行ってたのか」

海人は背後の壁を目で指した。釣り竿《ざお》が立てかけてある。

「住んでるのは名護市の西側じゃないのか」

「母ちゃんの友達のトラックに途中まで乗せてもらった。その人、基地で働いてる。後はランニング」

Tシャツに短パン、スニーカーで、確かに速そうだ。

「遺体の様子は」

「うつぶせで浜に倒れてた。すぐに死んでると分かった。顔が半分水につかってるのに動かなかったから」

「で、スマホで一一〇番したってわけか」

反町はスマホに辺野古崎の地図を出した。

「どの辺りか指でさせ。おまえが歩いてきた方向も教えてくれ」

海人が地図を拡大し指先で地図をなぞりながら話した。

気がつくと海人の指が震え、顔が青白い。無理もない。十五歳の少年が誰もいない早朝の海岸で、死体を見つけたのだ。

「怖いのが当然だ。俺だって初めて死体を見たときは、一日何も食えなかった。なんかあったら言ってこい、警察は人を護《まも》るのが仕事だ」

反町は海人の頭に手を置いた。

反町は、ちょうど入ってきた中年男のところに行った。名護署の刑事課の刑事で、県警本部で何度か会ったことがある。

「辺野古の大浦湾で揚がった遺体について教えてくれますか」

「県警本部がもう来てるのか。早すぎるんじゃないか」

「たまたま居合わせたんです」

どうせ来ることになるでしょ、という言葉を飲み込んだ。

「ネクタイにスーツ、サラリーマン風の中年男。四十歳前後。財布、時計、スマホはなし。その他、身元を特定できるモノなし。目立った外傷はなかった。状況から見て、おそらく水死だ。死亡推定時刻は今日の午前零時前後だろう。鑑識の結果待ちだ。第一発見者は名護市の高校生」

海人の方に目をやって、彼だと言った。

「事故か、自殺か、殺人か。名護署の見解は」

「これから調べるんだ。鑑識の結果を待って。そんなに急ぐな。何も隠したりしない」

反町の肩を叩《たた》くと刑事は行ってしまった。

そのとき、長身の女性が入ってきた。明るい花柄のかりゆしウェアに白のパンツ。目立つ女性だ。数歩歩いて立ち止まり、ホール内を見回している。

ノエルに気付くとこちらに歩いてくる。

「どうしても外せない会議だったの。ノエル、ごめんね」

女性はノエルの前で頭を下げた。

ノエルが反町を紹介しようとすると、女性が海人の腕を取って立たせた。

「隣のコーヒーショップに行きましょ」

そう言うと歩き始めていた。気がつくと、署内の視線が四人に集まっている。

ノエルと反町は慌てて後を追った。


店に入ってテーブルに座ると、女性は反町とノエルに向かって深々と頭を下げた。

「本当にありがとね。あなたにしか頼めなかった。この人、反町さんでしょ。ノエルからよく聞いてる」

「島袋理沙先生よ。あんたも知ってるでしょ」

ノエルが改まった口調で言った。

数年前から話題になっている名護市の市議会議員だ。三十二歳のスラリとした美人で、新聞や地元テレビに出ることもある。

海を護るために議員になったと、沖縄の海の美しさと保護を訴えていた。講演会には引っ張りだこで、一時はタレント並みの露出があった。しかし最近は自粛していると聞いている。たしかにあまり見かけない。

「海人は彼女の息子。海人の意味は知ってるでしょ」

海人が反町に向かって、頭を下げた。

海人は本来は〈あま〉と読む。沖縄の方言で〈ウミンチュ〉または〈ウミサー〉とも読む。海に潜って貝や海草を獲ったり魚を獲ったりする人という意味だ。つまり漁師だ。

「あんた、サーフィンやるでしょ」

理沙が反町に視線を向ける。反町が頷くと、身体を反らして見直した。

「バランス感覚悪そうなのにね。むしろ、格闘技タイプ。趣味の域に留《とど》めておくべき」

「分かってます。プロを目指してるわけじゃない」

「初めからそんな気じゃダメね。あんた、死ぬほど練習してみた？」

「俺、刑事ですから。仕事優先です」

「でも、最近はやってないでしょ。黒いけどサーフィンの灼《や》け方じゃない。どうして」

「仕事が忙しすぎる。こういうのにも呼び出されるし」

反町は嘘《うそ》を言った。海を見るとまだ愛海《あいみ》のことを思い出すのだ。

一年前、危険ドラッグ事件の捜査過程で知り合った女性で、黒人の米兵と日本人女性とのハーフだ。反町は好意以上のものを抱いていた。捜査に協力して、反町をかばって胸を撃たれた。現在、東京拘置所に入っている。会いに行こうと思いながら、未《いま》だに行けていない。何度か手紙を書いたが、下宿のデスクの引き出しの中だ。だがここひと月、一週間に一度の割合でハガキを出している。季節の様子をほんの二言、三言書いた沖縄の花の絵ハガキだ。那覇の本屋でたまたま見つけた。

「海が好きなのね。じゃ、ダイビングもやりなさい。サーフィンもいいけど、もっと濃厚に海を感じる。海と一体になれる。別世界よ。人は海から生まれたって実感できる。海の大切さが分かるから」

反町は思わず頷いていた。理沙に言われると、真実のような気がしたのだ。

反町と理沙が話している間、海人は神妙な顔で聞いている。

「だからこの子に海人って名前を付けた」

理沙はしみじみとした口調で言うと、海人の頭に手を置いた。海人はそれとなく、頭をずらせて手をよけている。

海人は二年ほど前から忙しい母親とは一緒に暮らさず、那覇市内に住んでいる祖母のマンションから那覇の高校に通っているという。今は夏休みで、一週間前から理沙の所に帰っている。今日は早朝から釣りに出たらしい。

四人は一時間ほど話した。その間、海人は伏し目がちで、無言で話を聞いているだけだった。時折り、反町を上目遣いに見ていた。

外に出ると、数人の男女が理沙を取り囲んだ。

「沖縄テレビの者ですが、今朝、辺野古崎に死体が揚がったのをご存知ですか」

無遠慮にマイクを突きつけてくる。

理沙は無言のままそれを払って、海人の肩を抱き、護るようにして駐車場に歩いていく。反町とノエルはあわてて後を追った。

「あんなに無愛想でいいの。また悪く言われるよ」

理沙に並んだノエルが小声で言っている。

「マスコミにはうんざりしてるの。辺野古の死体の取材で来てて、たまたま私を見つけて来たんでしょ。海人が発見者だと分かると、きっと騒ぎ出す。何かと理由を付けて、引っ張り出そうとする。でも本質的なことは言わせない。私が用のあるとき以外は、近づいてほしくない人たち」

「ハッキリ言うんですね」

反町の言葉に理沙が立ち止まった。

「じゃ、どう言えというの。彼らはハイエナ。弱ったり死にかけた獲物を狙って執拗《しつよう》にちょっかいをしかける。まだ元気のある間は、時々威嚇して弱るのを待つ。いずれ必ず、喉に食らいついてやると面白がりながらね」

理沙が一気に言う。反町は言葉に詰まった。理沙が最近マスコミに出ていないのは、よほどひどい目にあったのか。

反町はノエルと並んで、理沙と海人の車が通りを曲がり、見えなくなるまで見ていた。

「なんだ、あの女、愛想がないな」

反町は吐き捨てるように言った。

「警戒してるのよ。理沙さん、ずいぶん変わった。前はああじゃなかった。単純明快なのは変わらないけど。沖縄の海大好きなただのイケイケのお姉ちゃん。若くしてシングルマザー。いろいろ、苦労したのよ」

ノエルが誰にともなく呟《つぶや》いた。

反町はもう一度、車に乗り込む理沙を思い出した。振り向いて二人に向かって笑いかけたその顔から、一瞬風が駆け抜けたような清々《すがすが》しさを感じたのだ。あの顔が本来の理沙かもしれない。

「お昼食べていく。おごってあげるから」

「具志堅《ぐしけん》さんが待ってる。辺野古回りで帰ってくれ」

反町は黄色い軽自動車に歩きながら言った。

名護市は沖縄本島の北部に位置し、本島の中にある市町村としては最も大きな面積を持つ。人口は六万三千人ほどで、東西の両方に海岸線を持つ沖縄本島北部の中心都市だ。二〇〇〇年には九州沖縄サミットの開催地にもなった。

中心市街地は名護湾と背後にそびえる山地の間にあり、国や県の出先機関の他、多くの酒造所がある。また街の東部にある名護城《なんぐすく》址はカンヒザクラの名所だ。

市面積の約一一パーセントを米軍基地が占める。国道三二九号より西側内陸の森林地帯にあるシュワブ訓練地区と国道から東側海岸地域のキャンプ地区からなる「キャンプ・シュワブ」だ。シュワブという名は、沖縄戦において二十四歳で戦死したアルバート・シュワブ一等兵にちなんで名付けられた。

車は国道三二九号を辺野古に向かって走った。

名護署から南東に十数キロ走ると辺野古だ。普段なら二十分かからず到着する。

車はキャンプ・シュワブの米軍演習場を突っ切って走った。車のスピードが落ちた。渋滞が始まっている。

「マスコミと基地反対派が辺野古に向かってる。テント村が開いてるのね」

テント村はキャンプ・シュワブのゲート前に作られた基地反対派の拠点だ。道路脇に十張り余りのテントが並び、集会のときには参加者が一車線を占拠して、渋滞が始まる。

「マスコミの動きが速いね。これだけの車だ」

「辺野古で死体だ。県警の徳田《とくだ》本部長から名護署に電話がいってるぜ。早期解決を図れ、ってやつ」

「長引くと政治利用されるからね。私たちの前後の車もマスコミの車」

ノエルがバックミラーに視線をやっている。

「取りあえず、死体の身元を突き止めることだ。今のままだと、誰も思い切って動けない。基地反対派も賛成派も様子見ってところだ」

どちらの側も政治利用を考えているはずだ。死体の身元が分かれば、さらに動きは激しくなる。

「あんたは、どっちだと思う」

「見当もつかないが、どっちでもいい」

本音だった。ネクタイにスーツ姿の中年男の死体。死亡推定時刻は昨夜と刑事は言ってた。おそらく水死だろうとも。鑑識結果が出れば、もっと様々なことが分かる。

「島袋理沙とはどういう知り合いなんだ」

ノエルと理沙、そして海人。かなり親密そうな話し方だった。

「単なる友人。時々会って食事をしたり――」

ノエルが背筋を伸ばしてハンドルを握り直した。

車はキャンプ・シュワブ入口のテント村の前を通っている。普段はブルーシートがかけられ閑散としているが、今は平日の昼にもかかわらず、数十人の人がいる。大浦湾に死体が揚がったというので、来たのだろう。カメラを持ったマスコミの姿も見えた。辺野古の西側の埋め立てはかなり進んでいるが、今日の作業は中止になっている。テント村の周囲にはマスコミを含めて十台以上の車が止まっていた。

「これじゃ、現場には近づけない。どうする」

ノエルが言う。警察の車だと分かると、何をされるか分からない。

「那覇に帰ろう。現場の様子は海人から聞いた。どうせ特別捜査本部が立ち上がる。その時は俺たちも応援で駆り出されるし、検視と鑑識の結果も出てるだろ」

反町は自分自身に言い聞かせるように言った。死体はまだ見ていないが事件にはかなり興味が湧いている。これが具志堅の言う刑事の本性なのだろう。

ノエルはホッとした様子で、テント村の前を通り過ぎた。黄色の軽自動車に二人の男女が乗っている。警察関係者とは到底見えない。

天久《あめく》ノエルは反町と同期だ。今年初めの昇進試験に受かり、反町より一階級上の警部補になった。二十九歳で警部補は異例の昇進だ。

黒人と白人のハーフの米兵と日本人の母との間に生まれ、顔は母親、体型は父親の血を引いている。身長は百七十五センチの反町とほぼ同じだが、脚の長さに反町は目を見張ったものだ。所属は刑事部刑事企画課・国際犯罪対策室だ。

県内の国立大学法学部を出て、在学中に一年間ハワイ大学に留学している。英語はネイティブ並みだ。

去年は長年行方不明だった父親に関する事件があり、心身ともに傷つき疲れ切っていたが、やっと元の明るさを取り戻してきている。

2

反町とノエルが那覇市に戻ったときには昼をかなりすぎていた。

沖縄県警察本部は那覇市の中心部にある。

沖縄最大の繁華街、国際通りの西、ゆいレールと呼ばれるモノレールの県庁前駅の南に、ホテルや商業施設に囲まれてビル群がある。沖縄県庁、那覇市役所等が集まる官庁街だ。その一角の九階建ての建物が沖縄県警察本部だ。正面入口の両側には一対のどっしりしたシーサーが出入りの人々を睨《にら》んでいる。

県警本部の隣には駐車場を隔てて県庁がある。

ノエルが車のスピードを落とした。

県庁前の通りを県庁に向けてデモ隊が進んでいく。中年から老人まで、数十人の男女が「普天間飛行場即時返還」「辺野古新基地建設、絶対反対」「沖縄から基地をなくせ」など様々なプラカードを持って歩いて行く。

ノエルはその合間をぬって、県警本部の駐車場に入っていった。

三階にある捜査一課に戻ると、テレビの周りに刑事たちが集まっている。

反町がのぞき込むと辺野古崎の海岸が映っている。マイクを握っているのは反町も知っている、全国放送の情報番組のキャスターだ。

〈発見された遺体の捜査により、埋め立て工事が中断しています。ただでさえ遅れている工事がさらに遅れる模様です。今夜、官邸で記者会見が行われる予定です〉

「東京のテレビ局がすっ飛んできてる。早いですね。もう、実況中継だ」

「どこに行ってた。沖縄どころか、日本中が大騒ぎだ」

「名護署に行ってました。電話で伝えてます」

部屋にいた刑事たちの目が反町に集まった。

「今朝揚がった水死体のことでか」

「海辺で死んでたってだけです。水死かどうか、事件性があるかどうか、検視結果が出ないと分かりません」

「バカ野郎。おまえの所見を聞いてるんだ。死体は見たんだろ」

「四十歳前後、スーツ姿。身元を特定するようなものはなし。現場に行った名護署の刑事の話です。俺は死体は見てません。発見現場にも行ってません。刑事失格です。俺の予想じゃ、捜査本部が立ちますね。これだけは確かです。どうせすぐに、俺よりもっと正確で詳しい状況が発表されます」

反町は一気に言うと、自分のデスクに座った。横で具志堅がパソコンのディスプレイを睨んでいる。しかしその顔は笑いをこらえているのが分かった。

「おまえ、ずいぶん言うようになったな」

具志堅正治《しょうじ》は反町の相棒で五十八歳。沖縄生まれの沖縄育ち。警察官になって三十六年のたたき上げの刑事だ。反町が県警刑事部に配属された時から一緒に行動している。

「おまえの言葉通り今日中に特別捜査本部が立つ。新垣《あらがき》が四階に行って帰って来ない」

県警で新垣刑事部長を呼び捨てにするのは、具志堅だけだ。四階には本部長室がある。

特別捜査本部は県警刑事部長が必要と認めた場合に、事件の起こった所轄署に設置が発令される。今回は、特に早期解決が望まれる案件だ。

午後二時には、名護署の大会議室に、「辺野古大浦湾、死体特別捜査本部」が立ち上がった。陣頭指揮を執るのは県警本部刑事部刑事課の古謝《こじゃ》捜査第一課課長。遺体発見後、殺人かどうかも分からない時点で、即日、捜査本部が立ち上がるのは異例のことだった。早く解決しろという警察庁の圧力があるのだろう。

「うちからも応援に行く。おまえも入ってる」

具志堅が言う。

那覇市の県警本部から名護署まで七十キロ弱だ。沖縄自動車道を使うと約一時間で行くことができる。しかし渋滞時にかかると二時間かかっても到着できないこともある。

午後四時には、県警本部の新垣刑事部長が出席して、名護署で捜査会議が開かれた。名護署の刑事課に加え、県警本部、近隣の複数の警察署の刑事課から応援の捜査員が送り込まれている。総勢五十人態勢の特別捜査会議だ。沖縄としては異例の規模だ。

捜査会議の冒頭に新垣が立ち上がった。

新垣俊男《としお》刑事部長は、刑事部に来た当初は具志堅の部下だった。その後、スピード出世でノンキャリアながら四十代後半で警視正になり、現在は刑事部長だ。

刑事部が長かったが、人柄は温厚で部下に対する態度も丁寧で人望が厚い。端整な顔つき、温和な雰囲気で特に女性に人気がある。歴代の本部長にも信頼が厚く、いずれは本部長という噂《うわさ》もある。警察庁のキャリア以外の本部長となると、沖縄県警始まって以来のことだ。

新垣は最初に、官邸からも早期解決の指示があったことを述べた。

「現在、事件の影響により、辺野古への土砂搬入が一時的にストップしている。現場保持の観点から要請があった。県警本部としては問題を起こさないためには事件の早期解決が一番だと考える。全力をあげて、事件解決に臨んでほしい。同時に、今回の捜査は極めて政治的な要素を含んでいる。捜査内容はくれぐれも外部に漏らさないように」

一気に言うと、捜査員たちを威嚇するようにゆっくりと見まわして座った。新垣としては珍しいことだ。しかも、所轄の捜査会議の冒頭に県警刑事部長が出向いて訓示を述べることなど異例中の異例だ。それだけ、重要事件だということだ。

次に古謝一課長が事件の経緯を説明した。

「まず、死体の身元確定に全力を尽くしてほしい。沖縄在住者、旅行者の両方の線で当たること。衣服からして観光客ではないだろう。旅行者だとするとビジネスで沖縄を訪れた者と見られる。財布、スマホなど身元の分かるものは何にもなかった。したがって物盗《もの と》りの線もゼロではない。だが、事故死か、自殺か、殺人か、まだ何も分かってはいない。あらゆる可能性を考慮して捜査に当たってほしい。先入観を持たず、全力をあげてかかるように」

名護署の刑事課長兼城《かねしろ》が、現時点で分かっている検視と鑑識の捜査結果を報告した。

「遺体は身長百六十五センチ、体重六十五キロ。死因は溺死。肺には海水が溜《た》まっていた。発見までに死後約六時間経過。死亡推定時刻は今日の午前一時前後と思われる。遺体に外傷はなし。争った形跡もなし。ただ血液中からは睡眠薬、塩酸ジフェンヒドラミンが検出された。致死量ではなかった。睡眠薬を飲んで朦朧《もうろう》とした状態で海に落ちて水死したとも考えられる。この場合事故死とも取れるし、自殺のために服用し、誤って海に落ちたとも考えられる。さらに、抗うつ剤の成分が微量ながら検出された」

「男はうつ病だったのですか」

「微量だそうだ。かつて飲んでいたのだろうとのことだ」

「クスリは簡単に手に入るものなんですか」

「正規では医師の処方箋が必要だ。ただ、最近ではインターネットでの購入も可能だ」

「どちらか分かりますか。クスリを分析するとかして」

「クスリの箱かビン、あるいは、クスリの注意書きを見れば、見当はつくらしいが、そんなものはどこにもない」

「クスリの入手経路からの身元特定は難しいわけだ」

「遺書は今のところ出ていない。身元が分かり、所持品が出てくれば、自殺かそうではないか分かる可能性は高い」

「スマホは持っていなかったんですね」

「なしだ。ポケットにあって、海中で波にもまれているうちに滑り出たのか。あるいは誰かに盗られたか」

「財布もなかったですね。こっちがすべり出る可能性は低いんじゃないですか」

「そうだが、ゼロじゃない。誰かが持って行ったか、海の底か」

「検視の情報だと水死体はメガネをかけていたらしい。耳と鼻の上には、メガネを長年かけている跡があった。現在、顔写真を作っている」

「水死体からの写真ですか。俺は初めてです」

親泊《おやどまり》が反町の耳元で囁《ささや》く。

親泊は那覇署の刑事だ。彼も助《すけ》っ人《と》として派遣されて来た。反町の一歳下で、何度か一緒にサーフィンをしたことがある。沖縄生まれ、沖縄育ちの生粋のウチナーンチュだ。親泊は赤いハイビスカス模様のかりゆしウェアを着ていた。かりゆしウェアは沖縄では正装として通るが、赤は勤務中に着るには派手すぎる。

「何度か見たがうまいもんだ」

「現在、埋め立て地周辺の防犯カメラの映像を調べている。しかし、ちょうど死角になっている所で水死体は発見されている」

兼城がさらに続けた。

「あの辺りに防犯カメラなんてあるんですか。何もないところだ」

「埋め立て現場周辺には何台か設置している。埋め立て妨害の侵入者を警戒している」

兼城は他に何か質問はないかという風に見回した。

「あの男がどうやって、あそこまでやって来たか。付近に車は見付かっていない。昨夜、近くで男を降ろしたタクシーはないか調べろ。聞き込み、高速道路のカメラ、防犯カメラ、その他、なんでもいい。男の身元を調べるんだ」
最後に古謝が怒鳴るように言った。

「全捜査員は心してかかれ。早期解決はもちろんだが、新垣刑事部長が言われたように極めて政治的な意味合いも含んでいる」

新垣も古謝もアメリカ軍のことを言っているのか。この時期に水死体事件にアメリカ軍が関わっているとなると、工事の続行は極めて難しくなる。

第一回の捜査会議は二時間程度で終わった。

会議後、新垣刑事部長と古謝一課長による記者会見が行われた。

「深夜、こんな辺鄙《へんぴ》な場所で水死してたんです。他殺という線が濃厚ですが」

「それも含めて、現在捜査中です」

古謝は淡々とした口調で答えた。

「アメリカ軍が関係している、ということはないのですか」

「考慮には入れています。しかし昔と違って、辺野古崎辺りにはほとんど米軍兵士は見かけません。今のところ、水死した男性との接点はゼロです」

「基地に監視カメラはついていないのですか。当然、監視していると思いますが」

「問い合わせましたが、監視カメラはキャンプ・シュワブの出入口付近に集中して設置されているそうです。我々も目視してはいません」

「政府もアメリカ軍に対しては、かなり気を遣うからな。県も強くは聞けないんだろう。へたをすれば政治問題になる可能性もある」

年配記者の声が聞こえる。

アメリカ軍は沈黙を守っている。

すでに陽《ひ》は沈みかけていたが、全捜査員が水死体の身元割り出しに動き始めた。出発直前に水死体をもとに作った顔写真が配られた。生真面目《きまじめ》そうなスーツ姿の男がこちらを見つめている。

「うまいもんだ。水死体から作ったとは思えない。服も着ていたものだと言ってた」

「遺族にもこれだと見せやすいですね」

「しかしこの顔、何かを思い詰めているようには見えないか」

「やめてくださいよ。きみが悪い。水死体から起こしたものです。楽しそうなわけがないでしょう」

親泊が写真を遠ざけて、反町に小声で言う。

遺体発見現場近くの防犯カメラ、辺野古崎にいたる道路の監視カメラの映像分析は、水死体の顔写真を手がかりに名護署員の手ですでに行われている。

どこかに事件に関連した映像が残っているはずだ。

その捜査と並行して、残りの刑事たちが、現場近辺の聞き込みに当たっている。深夜の海岸で音はよく通る。近くの住民で、物音や争う声を聞いた者がいる可能性がある。さらに、名護市内、足を延ばして那覇市内を含めて、男の顔写真を持って、タクシーの運転手、ホテルや宿泊所に聞き込みに回る。そのための班分けが行われた。

普通は県警本部の刑事は所轄の刑事と組むが、今回は規模が大きすぎて所轄の刑事が足りない。反町は親泊と組むことになった。親泊は名護市出身なのだ。

具志堅は県警本部と所轄署との連絡役を希望して県警本部に戻った。「おまえは俺に捜査状況をすべて報告しろ」と言い残している。

反町は水死体の身元特定のために、那覇を中心に親泊と聞き込みに歩くことになった。水死体の服装から、宿泊先が那覇の可能性は十分にある。

反町は親泊と那覇に戻る途中、辺野古周辺を車で走った。

国道も数時間前までは渋滞していたが、夕方になると車は減っていた。

キャンプ・シュワブ入口前のテント村には、まだ二十人余りの人が残っていた。マスコミらしい人も数人いる。

「新垣刑事部長が早期解決を叫ぶのも、もっともだな」

「政府も大慌てだろうな。やっと埋め立てを再開できたと思ったら、今度は水死体です。

県警の上層部にはかなり圧力がかかっているらしいですよ」

親泊がうんざりした口調で言う。

新垣刑事部長の口振りも、政府の圧力を露骨に証明していた。

その夜、反町、ノエル、赤堀《あかぼり》、そしてケネスがひさしぶりに国際通り入口の〈B&W〉に集まった。半月前からの約束だったのだ。

ケネス以外の三人は同期で、性格や状況はまったく違うが、不思議と気が合い、折りにふれて集まっている。

〈B&W〉はアメリカでは名の知れたファストフードのチェーン店で、ルートビアという飲み物が有名だ。薬草に似た匂いと味は初めは抵抗があるが、慣れるとやみつきになる。注文カウンター前はテイクアウトのハンバーガーとルートビアを求める観光客で溢《あふ》れている。四人は奥の片隅にいた。そこからは店内を一望でき、客の出入りがひと目で分かる。地元の若者も多い店だ。

「ここで油を売っててていいのか。辺野古の水死体で特別捜査本部が立ち、県警本部は政府からかなり圧力を受けてるんだろ」

赤堀が反町を見つめ、挑発するように言う。

赤堀寛徳《ひろのり》は刑事部捜査第二課、課長補佐だ。二十八歳で、一年就職浪人した反町より一歳若いが、階級は警部で反町の二階級上だ。

捜査第一課が殺人、強盗、暴行など凶悪犯罪を扱うのに対し、捜査第二課は詐欺、横領、汚職、不正融資・背任などの企業犯罪、経済犯罪、選挙違反などの知能犯罪を扱う。

赤堀は準キャリアで警察庁採用後、三年前に沖縄県警に配属された。準キャリアとは国家公務員採用Ⅱ種試験に合格した者で、キャリアに準ずる扱いを受ける。

「メシぐらい食わせろ。水死体の身元が分からないことには先に進めない。名護署から帰ってさっきまで親泊とホテル回りだ。いいかげんに疲れる」

「その水死体、那覇に泊まってたと分かってるのか」

「スーツにネクタイだ。観光客じゃない。地元住民でなきゃ、仕事で来た本土のサラリーマンだ。だったら、宿泊は那覇の可能性が高い」

「おまえの上司にこんな所にいるのを見つかるとヤバいな」

「おまえ、まだ東京からお呼びがかからないのか」

反町は赤堀を黙らせようと聞いた。

赤堀は知らん顔をしている。しかし、反町の言葉を聞いたとき、わずかに顔をしかめて唇をかんだ。

「それとも、まだここでの新しい仕事を仰せ付かったのか。だったら――」

ノエルが反町の足を強く蹴った。そこまでにしておけ、ノエルの目が言っている。

三ヶ月あまり前、赤堀は現在の沖縄県知事、渡嘉敷信司《とかしきしんじ》の政治生命に関わる重要情報を手に入れた。企業からの金の受け渡しの写真が入ったフラッシュメモリーだ。それを元の上司、警察庁の尾上《おがみ》に渡したのだ。これは赤堀の大金星にあたる。

反町はそれを黙認した。赤堀の悲願は、東京の警察庁に戻ることだと知っていたからだ。だが、未だにマスコミに公表されていない。赤堀の警察庁復帰の話も聞いていない。ただ、米軍基地反対を前面に出し、普天間基地の辺野古移設に強く反対している渡嘉敷知事の身辺は何かと慌ただしさを増している。

顔色も悪く入退院を繰り返し、健康上の理由から任期途中での辞任もありうるという噂も流れていた。今までのように、あからさまに政府を批判する言葉もなくなった。

「ここだって十分いい所だろ。海も空も綺麗《きれい》だし、食い物だって美味《うま》い。俺だっているし、ノエルもいる」

「僕もね」

とケネスが赤堀に向かって微笑《ほほえ》みかける。

ケネス・イームスはアメリカ海兵隊のMP、ミリタリー・ポリスで階級は三等軍曹だ。ノエルの友人だったが、今では反町の情報源になっている。沖縄に関係する外国人の情報をそれとなく教えてくれるのだ。半分反町の脅しによるものだが。

赤堀が笑みを浮かべるが、わざとらしさは見え見えだ。感情が顔に出るタイプなのだ。

「ところでおまえ、何か重要なことを隠してるんじゃないのか。まさか、アメリカ軍が関係してるんじゃないだろうな。水死体の件だ」

反町はケネスの肩を抱いて引き寄せた。

「コワいこと、言わないでよ。ここで良くないことが起こると、全部アメリカ軍が関わっていると思われる」

ケネスが反町から身体を離して、ルートビアを一口飲んだ。

「そうじゃないのか」

「本気で思ってるんじゃないでしょ。僕はかなり協力的だ」

反町が真顔で言うと、ケネスが真剣な表情で反論する。

「分かってるが、もっと協力してくれ。俺はおまえの友達で最高の理解者だ」

ケネスが複雑な顔をして頷く。

反町は赤堀に目を向けた。

「検察庁の木島《きじま》に問い合わせるってのも、一つの手じゃないのか。政府も現在の知事は目の上の瘤《こぶ》なんだろ。それを取ることができそうなんだ。おまえが手に入れたフラッシュメモリーを使って。おまえが第一功労者だ。主張すべきは主張しろ」

尾上憲一《けんいち》は警察庁刑事局のキャリアで赤堀の元上司、木島伸介《しんすけ》は東京地検特捜部の検事だ。赤堀は二人と頻繁に連絡を取り合っている。

そうだろうという顔で反町が赤堀を覗《のぞ》き込むと、顔をしかめて横を向いた。反町は足の位置を変えたが、見越したようにノエルの蹴りが入った。ノエルは沖縄空手の四段だ。

「海人はもう呼び出されたり、裁判の時に法廷に出るってことはないんでしょ。理沙さんが心配してる。海人、ああ見えてかなり繊細なんだ。あんたに聞いてくれって」

ノエルが話題をそらすように聞いてくる。

「ないと思うよ。俺は捕まえるのが専門だ。専門外のことは知らない」

「そう言うと思うから、調べるように言ってくれって。ここに来る前に理沙さんから電話があった」

「海人の調書は読んだけど、しっかり答えてる。第一発見者が法廷に出るなんて特に聞いたことがない」

反町は怪訝《けげん》そうに見ている赤堀に理沙の頼みを説明した。

「おまえら、島袋理沙と会ってるのか」

「俺は今日会ったばかりだが、ノエルは十年来の友人らしい」

「彼女、今度の名護市の市長選に出る可能性が高い」

「それも東京からの情報なの」

ノエルも知らなかったようで、表情が変わっている。

名護市は那覇市、沖縄市に次いで沖縄県で三番目に人口が多い都市だ。一九七〇年に五つの町村が合併し誕生した。昔は基地周辺に米兵が出入りする飲食店が多くあったが、今は多くが閉じられている。

辺野古があるためその政治的意味合いは高く、前回の市長選挙では、本十から与野党の幹部クラスが応援に来た。現在は革新系の市長で、次は保守系がその座を奪おうとがんばっている。

「俺に、子供を見張れというわけか。選挙にマイナスになるドジをしないように」

「そうじゃない。理沙さんは純粋に海人を心配してるだけ。でも、あんたに頼むなんて、よけいヤバいね」

ノエルが突き放すように言うと、反町から顔をそむけた。

「当分、所轄を手伝うことになる」

何気なく出た言葉だったが、赤堀が反町を見る。

「本部長は早期解決をと指示している。五十人態勢で取り組んでるが、今のところ藪《やぶ》の中だ。俺も張りつかなきゃならない」

「事件性ありと判明したのか」

「まだ捜査中だ」

反町は水死体から作り上げた男の写真をテーブルに置くと、尻ポケットに手をやった。スマホが震えている。

〈明日は午前八時、名護署集合だ。さっさと帰って寝ろ〉

具志堅の声が聞こえると、スマホは切れていた。

反町はため息をついて立ち上がった。

その夜、官房長官を通して政府見解が発表された。

〈事件は重大事項として受け止めてはいますが、政府は粛々と埋め立て工事を進めていく予定です。工事継続に対しては、捜査になんら問題が生じることはないと考えています。現在、名護署と協議を続けています〉

官房長官はいつもの淡々とした口調で話した。

3

〈辺野古で水死体発見。事故か埋め立て絡みの殺人事件か〉

〈遺体から少量の抗うつ剤と睡眠薬。事故か、事件か、自殺か。謎多き水死体〉

〈政府も困惑。官房長官の埋め立て工事継続の談話。米軍は沈黙〉

翌朝の沖縄二紙はもちろん、全国紙も辺野古で発見された水死体記事が一面を飾った。

テレビでは昨日の午後から、ニュースばかりでなくワイドショーでも大きく扱われている。辺野古で発見された水死体ということで、辺野古埋め立て賛成派と反対派の抗争や、米軍絡みの陰謀説まで語られている。日本中の目が辺野古に集まっていた。

名護署で行われた朝の捜査会議では、マスコミの反応が紹介された。

「辺野古と水死体、マスコミ好みのかっこうの事件というわけだ。ぼやぼやしてると何を書かれるか分からんぞ」

捜査会議では昨夜の各班の進捗状況について発表が行われた。

「名護市内のホテル、宿泊施設には該当者は見つかりませんでした。残りの班は、那覇市を回っていますが、今のところ空振りです。引き続き、残りのホテル、宿泊施設を回るつもりです」

どの班からも水死体の身元確定にいたる成果は得られなかった。

「身元確定が第一です。顔写真を出して公開捜査にしてください」

「男からは抗うつ剤と睡眠薬が微量ながら出ている。顔写真の公開は少し待て」

古謝一課長が言うと、横の新垣刑事部長が頷いている。

「しかし、身元が分からないからには――」

反町の足を具志堅が蹴った。これ以上言うなということだ。

「幹部は自殺の線を捨てきっていない。遺族の気持ちも考慮して控えているんでしょ。たしかに気の弱そうな顔をしている」

親泊が写真を見ながら呟く。そうじゃない。政府は自殺で処理して、ことを荒立てたくないだけだ。反町は出かかった言葉を呑《の》み込んだ。

「自殺だったら、遺書はないのか。付近を徹底的に探せば――」

「探してますよ。出ていない。スマホも財布も」

「アメリカ兵が絡んでいるってことはないのか」

「考慮には入れている。場所が場所だからな。確信が持てる証拠が出るまでは明らかにできない」

「すでに騒ぎ出している基地反対派やマスコミもある」

「アメリカ側の反応はないのか」

「様子を見ているんだ。彼らの本音はことを荒立てたくない、それだけだ」

周りから声が聞こえてくる。

「あの時間にあの場所だ。殺しに決まってる」

反町の言葉に親泊が眉根を寄せた。

「初動捜査は白紙の状態で行うんでしたね。先入観は重大な真実を見落とす」

親泊が呟いた。反町が教えたことだ。反町は具志堅から叩き込まれた。

そのとき、新垣が立ち上がった。

「確かに他殺の可能性が高い。しかし、事故死、自殺の可能性も含めて捜査し、早期解決を図ってもらいたい」

捜査員たちに視線を向けながら、落ち着いた口調で言った。

「今日いっぱい、高速道路の映像、辺野古周辺の防犯カメラの映像のチェックだ。同時にホテル、宿泊施設を写真を持って回る」

新垣はもう一度捜査員たちを見渡すと、部屋を出て行った。

「上はかなり焦ってるな。解決しないと、辺野古の工事が始められない」

「きわめて政治的な配慮です。反対派とマスコミは、今のまま工事が再開されれば大騒ぎします。理由なんて、いくらでも付けられますからね」

親泊の言葉通り今朝の新聞には、埋め立て工事、中止やむなしの見出しもあった。

「現場保存の大前提から言えば一理ありですがね」

反町は辺野古崎を思い浮かべた。太平洋に面し、大浦湾の西側に位置している。その北と西側には鉄線で仕切られたキャンプ・シュワブが続いている。

現在は西側の埋め立ては進み、土砂の搬入が行われている。大浦湾側も工事が始まろうとしていたが、見つかった軟弱地盤の対策で一時工事が中断されていた。沖縄県の試算によると、地盤改良を行うとなると総工費は二兆五千億円にもなり、計画当初の十倍近くにも膨らむことになる。その辺野古崎で水死体が見つかったのだ。

「工事は当分中止だな。反対派の思うつぼだ」

「じゃあ、反対派が――」

「バカなことを言うな。漏れると大騒ぎになる。いずれにしても、身元が割れないことには、どうしようもない」

反町は親泊の運転する車で那覇に戻った。

午前中、那覇市内の残りのホテルと宿泊施設を男の写真を持って回ったが、該当者は見つからなかった。


夕方、名護署で今日二度目の特別捜査会議があった。やはり、特別な情報はない。水死体の身元特定には時間がかかりそうな予感がした。

反町は名護市の実家に泊まっていくと言う親泊と別れて名護署を出た。

背後でクラクションが鳴っている。

立ち止まると、横に車が止まった。運転席の窓ガラスが下がり運転手が顔を出した。

「県警本部に帰るんだろ。乗っていかないか」

後部ドアが開き、乗り込んだ反町の動きが止まった。奥に新垣刑事部長が座っている。

「きみは反町巡査部長だったね」

「そうです。失礼しました」

反町は慌てて身体を引いた。

「私が車を止めるように言ったんだ。きみは具志堅さんと組んでいるんだったね」

新垣は具志堅さんと呼んだ。具志堅の下で多くを教わったはずだが、今では立場が逆転している。警視正と警部補だ。

「そうです。でも、今回は那覇署の捜査員と組んでます」

「具志堅さんは県警本部との連絡係だったね」

「すべて報告するよう、クギを刺されています」

若手に煙たがられていることもあるが、具志堅は直接捜査に関わらないと、自分から言い出したのだ。

具志堅は数ヶ月前に、香港《ホンコン》マフィア、ジミー・チャンという男を逮捕した。

一年以上前に起きた殺人事件で、反町と具志堅が犯人として追っていた男だ。一度は宮古島《みやこじま》で拘束したが、本部長直々の電話で、解放せざるを得なかった。事件はすでに被疑者死亡として終結し、捜査本部は解散されていたのだ。チャンは国際的な犯罪者としてリストアップされているが、日本の警察にはマークされていない。

今年になって、軍用地をめぐる土地取引事件と、新たな殺人事件を捜査中にチャンの名前が浮かんだ。

具志堅と反町の粘り強い捜査により、県警の決定を覆す形でチャンを逮捕した。しかし身柄は、警察庁の意向で警視庁に移されている。

それ以来、具志堅は直接事件捜査に関わらず、パソコンを使って関連事件や背景を調べて、他の刑事のサポート役に回っている感じがする。

「今度の事件、きみはどう思う。具志堅さんから何か聞いてないか」

「具志堅さんは何も言ってません。しかし、辺野古での水死体です。おまけにスーツにネクタイ。サラリーマン風の男です。世間の注目を集めます。一課長の言うように、まずは身元の特定でしょうね。身元さえ分かれば、事故、自殺、他殺は分かるでしょう」

反町は考えながら答えた。

「きみはどう思うか聞いている。刑事の勘として。これは大事なモノだ。具志堅さんに常々言われてないか」

「他殺だと思います」

反町は言い切った。新垣はなぜだという顔で反町を見ている。

「夜中に辺野古のような場所に、サラリーマンは来ません。特に本土のサラリーマンは」

「本土だとなぜ分かる」

「名護署の連中が周辺の交番、駐在所に問い合わせを出しています。地元で行方不明の者はいないか。今のところ見つかっていません」

「名護市以外の者かもしれない」

「だったら、余計こんなところに来ません。無理やり連れて来られて殺された」

新垣が納得したように頷く。

「これから何を調べるつもりだ、現場の刑事としては」

「上が指示してください。俺たちは従います」

反町は身体の位置を変える振りをして新垣を盗み見た。新垣は腕を組んで考え込んでいる。沖縄県警刑事部のトップとして何を考えているのか。

「警察庁から早期解決を望む圧力がかかっているんですか」

「どの事件もそうだ。被害者本人と遺族からの無言の圧力を感じる」

「今回は特別じゃないのですか。遺体の発見が辺野古だし、埋め立てが始まる直前でした。これでしばらく埋め立てを中断すると、開始がいつになるか分かりません」

「ある意味当たってる。私や県警本部長へのプレッシャーは強いと言っておこう」

「いいんじゃないですか。高給もらって、俺たち刑事を顎で使ってるんだから」

「なるほど変わっている。ハッキリ言いすぎる奴《やつ》だな」

運転をしている秘書がバックミラーを覗いているのが分かった。

「具志堅さんとはうまくいってるのかね」

「彼はパソコンの前、俺は足で頑張ってます。世代で考えると逆なんですが」

「きみみたいなユニークな刑事がいてもいいのかもしれない。私はきみとは正反対だったけどな」

あんたも普通じゃないんだ。反町は声に出さずに言った。

新垣はノンキャリの星と言われている。皆が県警本部長になるのを望んでいるのだ。

県警本部に着いて、県庁に行くという新垣を残して、反町は車を降りた。

ドアを閉める前、反町は身体を半分車に入れて、新垣に言った。

「未だ身元が分かりません。身内の者からも、捜索願は出ていないようです。事故、自殺の線も残されていますが、そろそろ事件性ありと判断して、顔写真の公開も考えるべきです。身元さえ分かれば、事件解決に何歩も近づけます」

「あと一日、待ってみよう」

反町は車が隣の県庁のロータリーに入っていくのを見て、捜査一課に戻った。


その日の深夜、帰宅の支度をした具志堅が反町の耳元で言った。

「おまえ、新垣と話したのか」

「なぜ知ってるんです」

「新垣から聞いた。おまえを名護署から県警本部まで送ったと。何を話した」

「辺野古の水死体事件についてです。どう思うか聞かれて、被害者の特定が第一だと答えました」

「他に何か話したのか」

「他殺だと言っておきました」

「そう言い切っていいのか。根拠はないだろう」

「刑事の勘です。具志堅さんもそう思ってるんでしょ」

「思っても口には出さん。それがおまえと違うところだ」

「新垣さんは具志堅さんから多くを学んだと言ってました。どんな相棒だったんです」

「頭のいい奴だ。キャリアでもないのに、あの歳《とし》で警視正、県警本部の刑事部長だ」

具志堅は大して関心なさそうに言った。

「あいつは何と言ってた。事件と辺野古の一時埋め立て中止について」

「早く解決しなきゃダメだと。ハッキリは言いませんでしたが、警察庁から急《せ》かされているようでした。俺に捜査方針を聞いてました」

「何と答えた」

「分からないと。上の指示に従ってやるだけだと」

「それでいい。しかし、あいつがなんでおまえを車に乗せた」

具志堅が独り言のように言うと、考え込んでいる。

「県警本部に帰って来るついでですよ。俺も助かりました。新垣部長は具志堅さんと一緒の時も切れ者だったんですか」

「おまえよりはな。優等生だったが、ある時からさらに磨きがかかった」

「何かあったんですか」

「何もない」

具志堅はぶっきら棒に言うと、部屋を出て行った。

「新垣部長、切れる人だとは思う。人あたりも良くて、人気もある。しかしどこか胡散《うさん》臭《くさ》い。何を考えているのか分からないところがある。もっと新風を入れるべきだ。でも具志堅さん、あんたも相当変わってる。特に最近は」

反町は具志堅の足音に向かって呟いた。

翌日からは水死体の身元特定にさらにはっぱがかかった。

反町は午前中、親泊が運転する車で那覇市内のホテルや宿泊施設を回ったが、目ぼしい情報はなかった。すでに水死体発見から三日目だ。

聞き込みに寄ったホテルを出ると、真夏の陽光が二人を直射し、熱気が全身を包み込んだ。汗が噴き出してくる。反町は軽いめまいを覚えた。

「闇雲に歩いたって見つかりっこない。もっと、合理的にやるべきだ」

反町はアロハの襟元をつまんで風を入れながら言った。

親泊が怪訝そうに反町を見た。

「十分合理的にやってます。今日だって――」

「このクソ暑いのに、水死体はスーツにネクタイだ。本土のサラリーマンの可能性が高い。ホテルを調べてるのは、そのためだ。だが見つからない。だったらどうする。出発地点に戻るんだ」

反町は独り言のように呟いて、親泊を促して車へと歩き始めた。

4

二人は那覇空港の警備室に行った。

警察手帳を見せて、到着ゲートが映っている防犯カメラの映像を見せるよう頼んだ。

「遺体発見の前日からさかのぼってチェックする。見落とすなよ」

「身長百六十五センチ、体重六十五キロ。四十歳前後でしたね」

二人はモニターの横に男の上半身の写真を置いて、早送りにした。

三時間たっても、それらしき男は見つからなかった。三日分をチェックした。

「遺体で見つかった四日前だ。これでいなければ、三十分休憩してもう一度だ」

「この男、似てませんか」

反町は親泊を押しのけてモニターを覗き込んだ。

大型のキャリーバッグを引いた男が到着ゲートから出てくる。スーツにネクタイ。周りの観光客とは異質の服装だ。

「ヒットしたな。こいつだ。空港からの移動はモノレールかタクシーか」

男は防犯カメラの視野から消えていった。

沖縄には那覇空港から首里《しゅり》まで、沖縄都市モノレール「ゆいレール」が走っているだけで、鉄道はない。移動手段は主に車だ。

「他のカメラに映っていないか。捜すんだ。六日前の東京発、午後二時半着の便だ」

二人は出入口の防犯カメラの映像を調べた。

「モノレールの方には姿なし。トイレかな」

「タクシー乗り場にも見当たらない。どこに消えた。誰か迎えに来てはいないか」

「レンタカーかもしれません」

「レンタカーなら運転免許証のコピーがあるはずだ」

二人は警備室を飛び出した。空港内、周辺のレンタカー会社に行き、日時を言って写真を見せて回った。空港外れにある小さなレンタカー会社だった。

「事件ですか」

反町が警察手帳を見せると、受付の若い女性が聞いた。

「水死体の身元を調べてる」

「じゃ、この人、死んでるの」

慌ててパソコンの前に座った。

「六日前の午後三時三十五分に手続きしてる。借りてったのは、ハイブリットの小型車。十日間の予定です」

「どこに行くか言わなかったか」

「そこまでは分かりません。お客様の自由ですから」

「車の写真はあるか」

女性がマウスをクリックすると白い小型車が現れた。

親泊が免許証のコピーと車を写真に撮っている。

反町は捜査本部に電話をした。

「水死体の身元が分かりました。阿部堅治《あべけんじ》、三十九歳。住所は東京都町田市《まちだ》。那覇空港周辺のレンタカー会社で車を借りています。親泊が免許証と車の写真を送ります」

反町はスマホを切って免許証の写真を見た。やはり生真面目そうな表情だが、どこか危うさを感じさせる目をしている。何かをしでかす者に共通した精神の危うさだ。

「人物と車が特定できた。あとはリレー捜査だ」

防犯カメラと道路の監視カメラを次々に調べていくと、車を追跡できる。最近の捜査では大きな実績を上げている。

「これからどうします。名護署に帰ると今日は何もできません」

親泊が腕時計を見ながら言う。この時間、道路は帰宅の車で渋滞している。名護への移動には時間をずらした方がいい。

「レンタカーを借りたんだ。沖縄に土地鑑のある奴かもしれない。だったら、知り合いの家とか、長期宿泊施設とか、ホテルに限らないんじゃないか」

「ホテルは昨日、今日と、全員態勢で調べています。それでもヒットはなかった。車なら、市内に限らなくてもいい。少し足を延ばして、ウィークリーマンション的なところでもいい」

反町は時計を見た。

「俺は県警本部に帰って、具志堅さんに報告だ。おまえも那覇署に報告があるだろう。その後で合流しよう」

反町は車の助手席に乗り込んだ。

県警本部で降りると具志堅のところに行った。水死体の身元を具志堅に報告すると、親泊と待ち合わせて名護署に戻った。

捜査会議では、反町と親泊が水死体を阿部堅治であると特定した経緯を報告した。

すでに捜査本部では、阿部について調べていた。

「阿部堅治、東京に本社のある大和《やまと》建設の社員だ。大和建設は中堅ゼネコンで、ここ数年東アジアへの進出が著しい。阿部は沖縄進出の先遣隊として派遣された。上司は阿部の死に驚いていた。まだ知らなかったんだ。連絡が取れなくなったとは言ってたが」

古謝一課長が報告した。

「阿部は独身。母親は六十五歳、東京都板橋区《いたばし》の高島平《たかしまだいら》に一人で住んでいる。阿部は町田でマンションを借りている」

「母親とは話したんですか」

反町は聞いた。

「かなり動揺していた。足が不自由で沖縄にはとても来られないらしい。会社の上司と相談するように伝えておいた」

「出張だったら会社は宿泊先は把握してるでしょう。言ってましたか」

「それが、知らないようだ。沖縄進出の下調べで、すべて阿部の采配に任せていたらしい。上司もかなり慌てていた」

「なんだか胡散臭いですね。しかし、自殺の線は消えそうですか」

「上司も心当たりはないと言っている。当分は事故と他殺に重点を置いて捜査を続ける。今後は空港からの阿部の足取りを追ってくれ。どこかに泊まっているはずだ」

古謝は捜査員たちを促すように、勢いよく立ち上がった。

第二章　足取り

1

静かな波の音が聞こえる。

スマホの呼び出し音で目が覚めた。反町の着信音は波の音だ。聞こえにくいと言われるが、反町には最高の響きで、聞きのがすことはない。

時計に目を向けるとまだ五時すぎだ。しかし外はすでに明るい。下宿に帰ったのは日付が変わってからだ。そのままベッドに倒れ込んだが、寝たのは三時間と少しだ。

〈すぐ来てください。阿部の泊まっていたのは那覇ウィークリー・レジデンスです〉

親泊の声が飛び込んでくる。住所を言うと、スマホは切れた。

声には勢いがあった。阿部について新たな事実が分かったのか。

飛び起きて冷たいシャワーで眠気を吹き飛ばした。

反町は那覇市の東、与那原町《よなばるちょう》の宮良《みやら》よし枝《え》というお婆《ばあ》さんの家に下宿していて、県警本部まで自転車で通っている。時間帯によっては、車より早いのだ。

沖縄で自転車を利用する者は少なく、反町の自転車は本土から持ってきた。十万円近くするロードバイクだ。

早朝の道路は車はほとんど走っておらず、二十分あまりで親泊の言った住所に着いた。泊港《とまりこう》近くにある那覇ウィークリー・レジデンスは、二階建ての小綺麗な集合住宅風の長期宿泊施設だった。

二階の一室のドアが開いている。

反町が部屋に入ると、具志堅がソファーに座っていた。

「早いですね。誰から連絡を受けたんです」

具志堅が親泊に視線を向ける。

「具志堅さんが見つけて、那覇市内に住んでいる俺に連絡をくれたんです」

親泊が遠慮がちに言う。具志堅が反町ではなく、親泊に連絡したことに気を遣っているのだ。

部屋には二人の他に太った初老の男がいた。マンションの管理人だと言った。

「阿部さんは十日の予定で借りました。家賃はすでに支払われています」

管理人がタブレットを手に言った。

反町は手袋をして、シューズカバーを付けた。

具志堅、親泊、管理人も手袋とシューズカバーを付けている。具志堅の指示だろう。

「鑑識は」

「県警本部の者が来ます。具志堅さんがその前に調べておきたいって」

反町の問いに親泊が答える。

「部屋の中のモノに触らないでください。ドアノブや壁にもです。すぐに鑑識が捜査しますから」

親泊が管理人に言った。管理人は戸惑いながらも頷いている。

反町はデスクの前に立った。デスクの上に地図やメモ帳、ボールペンがある。

「パソコンがありませんね。出張だからパソコンかタブレットは持ってきてるはずです。持って出たんでしょうかね」

反町が言っても、具志堅は無言で部屋中を見ている。

部屋の隅に大きめのキャリーバッグが置いてある。空港の防犯カメラで見たものだ。

親泊が開けようとするのを反町が止めた。

「慎重に開けるんだ。指紋を消さないように気をつけろ。髪の毛、繊維、一本残らず採取するんだ」

具志堅が二人のやりとりを見ている。

親泊がそっとキャリーバッグを開けた。鍵はかかっていない。きれいに折りたたまれた下着とカッターシャツが入っている。几帳面《きちょうめん》な性格を表している。

親泊がボールペンで衣類の間を調べたが、何も変わった様子はない。

「あとは鑑識に任せよう」

反町が親泊に指示した。親泊は開けた時と同様に慎重にキャリーバッグを閉じて、反町に視線を向けた。

「何か異常がありますか」

「異常がなさすぎるから、おかしいんだ。誰かが先に来て部屋の中を探してる。少なくとも、パソコンが消えている」

具志堅もデスクの上を見ている。ノートパソコン大のスペースが空いているのだ。コップやボールペンはその脇にある。

「阿部自身がパソコンを持って出て、襲った犯人が取っていったのかもしれません」

「ありうるな。しかし、そうでないかもしれない。だったら、犯人が何かを残している可能性がある」

具志堅はしゃべりながらも部屋中を見回している。

「部屋の鍵はどうなってる」

反町が管理人に聞いた。

「普通の鍵で、タグはついていません。落としても、宿泊施設の名前も部屋も分かりません」

「事前に施設と部屋を知っていれば問題ない。ここに来たことのある者かもしれないし、阿部自身から聞き出すこともできる。阿部は沖縄に来て四日目だったんだろう。かなりの人数に会ってるだろうし、後をつけられたかもしれない。どこかでここの名前と部屋番号を話したかもしれない」

「日本人はその辺りのガードはゆるいですからね。知り合うと、聞き出すのは簡単だ」

「とりあえず、捜査本部に連絡する必要があります」

「県警本部に帰ってからだ」

反町が具志堅を見ると、かすかに頷いた。

階段を駆け上がる複数の音がして、県警本部の鑑識の者が入ってきた。

三人は鑑識と入れ違いに県警本部に向かった。具志堅が阿部の上司と話したいと言ったのだ。

県警本部に戻ると、九時を少しすぎていた。大和建設も就業時間に入っているだろう。

三人は刑事部のある三階の空いている会議室に入った。具志堅はスマホをスピーカーホンにして、デスクの中央に置いた。二人はその周りに集まった。

受話器が取られると、大企業の女性社員らしい、やわらかな声が返って来る。

〈こちら大和建設、企画課です。いつも、お世話になっております〉

具志堅が反町に答えるように目で促した。

「私は沖縄県警本部の反町と言います」

一瞬、躊躇《ちゆうちよ》する気配が伝わってくる。

数秒の間があって声が返ってくる。

〈お待ちください。上司と代わります〉

さらに数秒の間があった。

〈お電話を代わりました。私は阿部の上司の中村《なかむら》です〉

緊張でこわばった声だ。

「もう一度、話が聞きたくて電話しました」

〈犯人は――〉

「まだ殺されたのか、事故なのかも分かっていません。それを調べるために捜査を進めています」

〈何でも聞いてください。私どもも驚いています。協力できることは何でもします〉

「阿部さんが発見されたとき、身元が分かるモノを何一つ身につけていませんでした。財布や携帯電話などです。そのため身元特定に時間がかかり、連絡が遅れました」

反町は具志堅を見たが、彼は腕を組んで聞いているだけだ。

「阿部さんは一人で沖縄に来ていたのですか。私の経験から言うと、本土の方が単独で仕事に来るのは珍しいと思っています」

〈彼は一人です。弊社の沖縄進出のための下調べです。まずは当地を知り、新たな沖縄の魅力を発見することが彼の目的です。だから今回は彼の自由にさせました。宿泊先も彼が自分で探しています。連絡も彼が必要なときだけです〉

「誰かと会う約束などは」

「あるはずです。ちょっと待ってください」

いくつかの地名と企業名を挙げた。

〈行くと言っていた場所と企業です。その他に人と会うと言ってました〉

「その人の名は分かりますか」

〈聞きましたが、成果が出てから話すと言ってました。アポなしで行くと言ってましたから、知り合いだと思います〉

中村は途中から落ち着いてきて、淡々とした口調でしゃべった。

〈阿部の持ち物はウィークリーマンションに残っていますか。パソコンなどです〉

「阿部さんはパソコンも持ってきてるんですね」

〈もちろんです。ビジネスマンの必需品です〉

「機種は分かりますか」

〈プライベートなモノは分かりません。会社支給のパソコンは、うちの課では社外持ち

出しは禁止です〉

背後で、確かアップル、マックブックですよ、という声が聞こえる。

〈彼が持って行ったのは、マックブックです〉

「こちらに来ると聞いていますが、いつになりますか」

〈できるだけ早くと思っています。現在、阿部の親戚と連絡を取って用意しています〉

「そのときに、また話をお聞きします」

反町は通話を切った。

「何か隠してるな。社員の出張先のホテルも知らないし、パソコンについてもはっきりしない」

「阿部は自分のパソコンを使ってただけだろ。そのパソコンが消えてる。彼自身が持っていて消えたのか、阿部を殺害した犯人が彼の部屋から持って行ったのか」

反町が二人に確認するように言った。

「訪問先として挙がっていた企業は不動産屋と建設業です。名護署ですでに調べていますが、行ってはいないようです。人の方は分かりませんね」

「アポなしで会った相手を捜す必要がありますね」

すでに三人とも阿部は何者かに殺害されたことを確信していた。

「遺体を調べた鑑識は何か発見したのか」

「分かったことはすでに報告しています。現在も捜査中です」

「何か分かったら、県警本部にも連絡するよう言っておいてくれ」

具志堅が立ち上がり、二人に向き直った。

「後はおまえらに任せる。応援が必要なときはいつでも言ってくれ」

具志堅が二人に顔を寄せてきた。

「名護署は自分らが主導権を取るつもりだ。だが、かなり力不足だ。おまえらはできるだけ手伝ってやれ。ただし所轄の事件だ。深入りするな」

具志堅は一見矛盾するような言葉を囁くと、反町の肩を叩いて部屋を出て行った。

「どうかしましたか」

具志堅の後ろ姿を見ている反町に親泊が聞いた。

「何でもない。名護署に行かなきゃならない。捜査会議は始まってるな」

反町は言ったが、いつもの具志堅とは違う。ここ数日はそれが特に目立っている。


「具志堅さんはどうやってあのマンションを見つけた」

名護署に行く途中、反町は親泊に聞いた。

「刑事の勘だって言ってました。そんなはずないですよね」

名前さえ分かれば、宿泊先を見つけることは具志堅にとってさほど難しくはないはずだ。パソコンで条件に当てはまる宿泊施設を見つけ、絞り込んでいく。最後は自分の足で見つける。

「具志堅さんって厳しい人ですか。そうは感じないんですが」

突然、親泊が聞いてきた。

「なんで、そんなことを聞く」

「沖縄県警内では、いろいろ言われています。けっこう伝説のある人なんです」

「悪い話の方が多いだろう。無愛想で偏屈だから避ける人も多い。でも、刑事としては一流だ。言うことを聞いてりゃ、安全だし結果が出る」

危険を察知する能力がある、と反町は出かかった言葉を飲み込んだ。具志堅のアドバイスで何度か危機を乗り越えた。具志堅が自分の防弾ベストをノエルに着けさせ、ノエルは命拾いをした。

「デジタル機器にも強いんでしょ。あの歳でパソコンのプログラムを組めるって聞いてます。五十歳を過ぎてから勉強したって」

「必要に迫られてだ」

北海道に嫁いだ娘と孫娘とのコミュニケーションのためだ。パソコンとタブレットを使って、写真や動画が頻繁に送られてくる。それらを見たり、編集するためにパソコンを始めた。

「所轄では評判悪いだろう。口うるさいし、何にでも首を突っ込んでくる」

「そんなことないです。地道で華がないというか、むしろ我々、所轄に近いと思ってる刑事も多いです。武勇伝にも事欠かないし。日本刀や匕首《あいくち》を持った三人のヤクザを素手で倒したとか」

「特殊警棒を持ってたと聞いてる」

反町も直接具志堅に聞いたが、無言で睨まれた。以後聞いたことはない。

「長年、単独で追っていた香港マフィア、ジミー・チャンも、撃たれながらも逮捕した。いや、ノックアウトして、手錠をかけたの反町さんでしたね。チャンを自白まで追い込んだのも反町さんでした」

あのときのチャンはハブに咬《か》まれていた。取り調べに反町を指定して自白はしたが、動機や共犯者の有無などについては何もしゃべってはいない。現在は東京に送られているが、やはり黙秘を通していると聞いている。

「チャンを探し出し追い詰めたのは具志堅さんだ。一年かけて一人で証拠を積み上げていた」

「新垣刑事部長も英断を下しました。沖縄県警の被疑者死亡の決定を覆したんですから。かなり勇気がいったと思います。沖縄県警全体が内心、拍手喝采でした」

親泊が興奮した口調で言う。

反町と親泊が名護署の特別捜査本部の会議室に入ると、捜査会議は始まっていた。

特別捜査本部では阿部が宿泊していた施設、那覇ウィークリー・レジデンスが発見され、現在、県警本部の鑑識が押収物を調べていることが報告された。

その他に各班より捜査結果が報告されたが新しいものはなかった。

会議は一時間ほどで終わった。

捜査本部では名護署の刑事を中心に阿部は通り魔に襲われたという線を捨てきれていない。阿部の名護市での行動を追い、周辺の不審者を見つけ出そうとしていた。

反町は阿部の宿泊先に何者かが侵入した可能性が気にかかっていた。

捜査会議の後、反町は親泊と那覇に戻り聞き込みに回ったが、新しい情報は得られそうにない。

「阿部は仕事で沖縄に来てるんだ。誰に会い、どこに行ったかを調べろ。何か新しいものが出るはずだ」

反町は親泊に言った。

夕方になって、反町は親泊と別れて県警本部に戻った。

具志堅に名護署での捜査会議のことを報告した。

「事件は完全に迷路に迷い込んでいます。このままだと辺野古の埋め立ては止まったままでです。刑事部長どころか、本部長の責任問題も浮上します。古謝一課長はかなり焦っています」

「新垣の顔色も変わってきている。いつものあいつらしくない。名護から那覇に捜査本部を移すことも考えているようだ」

「捜査員が混乱します。今でさえ迷走しているのに」

そうだろうな、と具志堅は呟いて考え込んだ。

2

「阿部の身内の者か会社の者は、いつ来るんだ」

捜査会議に出席中、反町は親泊に小声で聞いた。遺体が発見されてすでに五日目だ。身元が分かって会社に連絡したのは一昨日だが、社員が死んだのだ。東京から飛行機で三時間、便数も多い。その日の内に来ても当然だ。

「阿部は一人身でした。母親がいますが、足が悪くて来られないようです。おまけに息子の死を聞いて、倒れたと聞いています。親戚と連絡を取っているそうです。会社の者は今日中には来るらしいですが」

「もっと迅速に動けと言いたいね。出張中の事故だ。着いたら俺にも知らせてくれ」

「昨日電話で聞いたでしょう。何が知りたいんです」

「阿部が沖縄に来てからの行動だ。いつ、どこで誰に会ったか。普通、会社に報告を入れてるだろう。阿部の会社は沖縄ではあまり聞かないが、本土ではゼネコンの優良株だ。ここ数年で急成長した。東南アジアにはかなり進出している」

大和建設は国内の建設業界では総売上二十位の中堅ゼネコンだ。本社は東京にあり、創業は大正時代。昨年の売上高は約二千億円で、約二千人の従業員を抱える。会社のもつ資産額は年間売上とほぼ同じだ。土木工事を得意とし、特にトンネル工事や下水道工事の実績がある。

最近は東南アジア方面の都市計画や大型リゾート開発にも参入している。沖縄で狙っているのはＩＲと略称される統合型リゾート開発か。

「大和建設は、沖縄を有望だと見てるのですか」

「何と言っても国の補助金が付く。基地移設や返還土地の開発、その他様々だ。何しろ、桁が違う」

反町は赤堀の言葉を思い出しながら言った。本土と沖縄経済のつながりは、赤堀からさんざん聞かされている。

かつての戦争で唯一、沖縄は地上戦が行われ、戦後も長らくアメリカ軍の施政下におかれた。そういった歴史や、現在も在日米軍基地の多くが県内に集中しているという事情から、政府は「沖縄振興特別措置法」に基づいて莫大《ばくだい》な補助金や助成金を沖縄に投じている。総額はこれまでに十兆円を超えているが、そのほとんどが公共事業に費やされている。それらの振興予算以外にも軍用地代、税金の軽減措置などの「特別扱い」があることから、沖縄県の財政は補助金に依存しているところが多い。

会議が終わり名護署を出ると昼近くになっている。

反町も親泊も朝食を食べてなかったので、近くの食堂に入った。

二人で沖縄ソバを食べていると、親泊のスマホが鳴り始めた。

「名護署に、阿部の会社の人間が来ています。反町さんも会いますか」

「いつまでいる」

「数日はいるんじゃないですか。明日には親戚の者が来ると言ってます。親戚の世話もするはずですから」

親泊が箸を持ったまま反町を見ている。

「早く食え」

反町の言葉で親泊はソバをかきこんだ。

捜査本部に戻ると阿部の上司、中村はすでにいなかった。那覇市のホテル・ラグーンに行ったという。電話をもらって十分あまりしかたっていない。

「彼はそこに泊まっています。中村修二《しゅうじ》、企画部の課長。阿部の直属の上司です。あまり長くはいられないそうです。明日、親戚の到着を待って、必要な手続きをすませて東京に帰ると言ってます」

名護署の捜査員が言う。

「遺体はどうするんだ」

「こちらで火葬して、遺灰を持って帰るそうです。手続きは親族に代わって、彼がやると言ってました。阿部の母親は六十五歳で、二人家族です」

「母親はショックで寝込んだということか。だから中村が来たと」

「そうでしょうね。ホテルは那覇です。会いたければちょうどいいでしょう」

名護署の捜査員はそう言って、行ってしまった。

「なんだあいつら。もっと早く電話しろ。嫌がらせですよ、絶対に」

「どうせ那覇に帰るんだ。都合がいい」

反町は親泊を促して名護署を出た。

午後の熱気が二人を包み、陽射しが直撃する。

「大和建設は沖縄に進出するつもりなんだろ。だったら、支社くらい置いておけよ」

「昨日の電話ではその下準備に阿部が来たんでしょ。これから返還土地の利用や、新しい大型リゾート施設の建設が活発になるようですから。でも、沖縄には地元企業もあるし、すでに基地建設や大型リゾート施設に関わっている本土のゼネコンがありますからね。新規に入ろうとすると、なかなか難しいです」

　確かに沖縄の建設業は政府の補助金絡みの事業が多く、規模も大きい。その分、既成企業の影響力が強く、新規参入は難しい。

「遺品はすべて警察にあることは知ってるのか」

「言いましたが、受け取りは親族じゃないと面倒なんです。彼は先に火葬の手続きや、親族のホテルの用意を済ませておきたいと言ってるそうです」

「遺品からは何か出たか。犯罪の証拠品とは違って被害者のものだから、早い機会に返さなきゃならないだろ」

　反町は親泊の車で那覇に戻り、ホテルまで行った。

　親泊がフロントで中村を呼び出してもらった。

　中村は黒っぽいスーツ姿だった。ネクタイもダークブルーだ。ホテルに帰ってすぐなのだろう。

「県警本部の刑事、反町さんです。私と組んで捜査に当たっています」

　親泊が名前を言って名刺を渡してから、反町を紹介した。

「沖縄は役所が集中していて助かります。明日中にはすみそうです」

　遺体の引き取り、火葬などのことを言っているのだ。

「島ですからね。狭い地域です。しかし、名護や那覇は特別です。北部地区は大変です。延々と米軍基地が続いていて、車がなければ移動が難しい」

親泊は北部に親戚が多いという。一家で数台の車を持っている家も多い。

「阿部さんの火葬などの手続きは、あなたがやるんですか。親族ではなく」

「ご親戚は明日には到着します。岩手に住んでいるそうです。到着までに、できるだけのことは私がやっておきたい。挨拶をして、東京に帰るつもりです。仕事の途中で出てきたものですから」

丁寧な話し方だが、時折り声が裏返ったりしている。言葉に詰まるのは、早く済ませたいという気の焦りからか。

二人は中村と一時間ほど話して、ホテルを出た。

反町は沖縄に来てからの阿部の足取りを聞こうとしたが、要領を得ない。阿部はほとんど単独で行動し、本社にも連絡を入れていなかったという。

「ああいうもんなんですかね、大手企業なんてものは。部下が出張先で死んだんです。もっと大騒ぎしてもいいんじゃないかな」

「かなり動揺してた。本人は必死に冷静に振舞ってるんじゃないか」

「そうですね。部下が亡くなったんだ。ところで、これからどうします」

「俺は県警本部に戻って具志堅さんに報告する。今日は名護署に戻らない」

「俺も那覇署に戻ります。明日は直接、ホテル・ラグーンに行きましょう。名護署に行ってると時間のムダです。向こうも愛想が悪いし。俺から中村に電話を入れておきます」

親泊は、名護署が中村の到着をすぐ報《しら》せなかったことをまだ根に持っているのだ。

「送っていきますよ。ただし県警までです。反町さん、自転車通勤ですよね。明日、自転車がないと困るでしょ」

親泊が駐車場に歩きながら言う。

「ありがたいね」

反町は素直に言った。この暑さの中を歩きたくない。県警までは車で数分といったところだ。

捜査第一課の半数の捜査員は、名護署に出ていた。反町は具志堅に中村に会ったことを報告した。


翌日の昼すぎ、反町と親泊がホテルのラウンジに入ると、中村が二人を見ている。

中村の横に、初老の男が座っていた。顔全体の感じがどことなく阿部に似ている。

男は阿部の叔父《おじ》だと中村が紹介した。叔父は、阿部の母親は体調を崩して寝ていると説明した。一人息子が出張先で死んだのだ。かなりのショックを受けたに違いない。

「役所でいろんな手続きをすませて、ホテルに帰ったところです。少し休んでから名護署にお連れして、阿部くんの所持品を受け取ってきます」

「中村さんはいつまでいるんですか。親族が到着したら帰ると伺いましたが」

「そのつもりでしたが、かなりご高齢なのでまだお世話が必要なようです。本社に打診したら、もう少しいるように指示が出ました」

中村はしきりに阿部の親戚を気にしながら話した。

「阿部くんが所持していたものは、昨日伺ったものがすべてですか」

「他にも何か心当たりがあるんですか」

「パソコンは盗られたとしても、今回の仕事に関係している書類があるはずですが。弊社のパンフレット類は部屋にありました。しかし、その他のもの、日程表や彼が作成した資料などがまったく見当たりません。仕事関係の書類が残されているはずです」

「話した通り、部屋に何者かが入った可能性があります。あくまで可能性です。指紋を含め入った痕跡と言えるものは、発見されていません。パソコンも部屋からなくなったのか、阿部さんが持っていて奪われたのか不明です。他に何か持っていたのか。現在のところ、判断のしようがありません」

「何とか見つけることはできませんかね」

中村の顔からは、懇願とも思えるモノが感じられる。遺族の手前、仕事については強くは言えないのだ。

一時間ほど中村と話して、反町たちはホテルを出た。ホテルにいる間、阿部の叔父は表情もなく、ただ座っているだけだった。

ホテルの駐車場から表通りに出るまで、反町と親泊は無言だった。

「中村は何か隠している。阿部は何かを持ってたんだ。それがパソコンに入ってるものか、別に持っていたものなのかは分からないが」

反町が呟いてさらに続けた。

「阿部は出張で来たわけだから、仕事関係の書類やメモ帳なんかは当然持っているはずだ。それがキレイに消えている。やはり、意図的に何かを奪うために阿部は殺されたと考えるのが妥当だろうな」

「飛躍しすぎてませんか。もう少し単純にすべてが入っているカバンを物盗りに——」

「阿部の行動をもっと調べろ。何か出るはずだ」

「何かって」

「それを調べるんだ」

親泊に不愛想に答えると、反町は目を通りに向けた。通りすぎていく那覇の街並みを眺めていた。思っていたより、複雑な事件なのかもしれない。反町の脳裏に、阿部の写真の、何か思い詰めたような顔が浮かんでいた。

3

「これからどうしましょう」

親泊が聞いてくる。

「フラーが。阿部の足取りを調べるに決まってる」

具志堅がよく使う言葉が、無意識のうちに反町の口から出た。フラー、沖縄弁でバカの意味だが、最近の若い者は分からない。

「阿部は空港からレンタカーを十日間借りた。長期宿泊施設で、部屋を十日間借りている。沖縄には少なくとも十日はいるつもりだった。ところが五日目の早朝に水死体となって発見された。到着から四日の間に何をしていたか。どこで誰かに会ったのか、何のために。だったら、それはいつなのか。一つひとつ潰していく」

反町は自分の頭を整理しながら、声を出した。

二人は阿部の泊まっていた宿泊施設、那覇ウィークリー・レジデンスに行った。管理人に会って鍵を借りて室内に入った。

ドアを開け放してベッドに座って室内を見ていると、若い女が覗き込んでいる。

反町が目配せすると、親泊が女を連れてきた。

「あんたたち、本当に沖縄の刑事なの。そうは見えない。一昨日から来てるってオーナーが言ってた」

「あんた、誰だ。阿部を知ってるのか」

「ねえ、阿部さん死んだんだって。辺野古で」

「そう、水死だ」

「私は隣の部屋を借りてる。阿部さんを知ってる方だと思う」

反町は女に阿部の写真を見せた。

「この人よ、阿部さん。イヤダー。阿部さん、本当に死んだんだ」

女がかん高い声を上げた。

「知ってることを話してくれ。阿部について」

「ここに来たのは先週かな。しばらく見ないと思ったら、死んでたんだ」

女は鈴木奈央子《すずきなおこ》と名乗った。大阪から来てすでに二週間になるという。阿部とは彼が来た日に会って、食事をしたと言った。

「いなくなる前は毎朝出かけてた。でも夜は遅くなっても帰ってた。レンタカーを借りてるから、今度どこかに連れてってくれるはずだったのに」

反町と親泊は顔を見合わせた。これで自殺説はほぼ消えた。しかし、まだ事故の線は残っている。

「誰かと会うとは言ってなかったか」

「仕事の話はしなかった。でも、沖縄のことはよく知ってた。かなり調べてきたのね。誠実そうでいい人だったのに。あんたらが来てるってことは殺されたの」

「それを調べてる。何か思い出したら電話してくれ」

　反町は奈央子に名刺を渡した。親泊もあわてて名刺を出している。


　特別捜査本部、捜査員たちの思いとは別に、捜査はなかなか進まなかった。阿部の足取りがつかめないのだ。那覇空港でレンタカーを借りて、那覇の外れの長期滞在者用宿泊施設を借りた。

　そこからは毎朝出かけ、夜には帰って来ている。そして、四日目の深夜に何かが起こり、早朝、水死体で発見された。その空白の時間を埋めることに、捜査員たちは全力を尽くしている。

　そんななか、阿部の借りたレンタカーが、那覇市の新都心にあるショッピングセンターの駐車場で発見された。ショッピングセンターの警備員が、数日間駐《と》めたままの車を不審に思い、那覇署に届け出たのだ。

　直ちに車は県警本部に移され調べられたが、目ぼしいものは発見されなかった。車の走行距離は三百キロ余り。指紋、毛髪は阿部のものだけで、車内の遺留物からも捜査の進展が図られるようなものはなかった。

「手がかりは阿部の飲んでいた睡眠薬と抗うつ剤か。やはり、誤って海に落ちて流されてきたのか」

「しかしなんで、辺野古のような辺鄙なところに行くんだ。車だって那覇市内にあった。誰かに連れてこられたんだ。睡眠薬を飲まされて、身ぐるみ剝がされて、海に捨てられた。その時はまだ生きてた」

「睡眠薬を飲ませれば、女の手でも何とかなるか。女の方が薬を飲ませやすいな」

特別捜査会議では様々な意見が出たが、どれも推測にすぎない。

「やはり、阿部の足取りを追うしかないな。宿泊先に入ってからの行動を分単位で潰していくんだ」

刑事たちの言葉を聞きながら反町は親泊に呟いた。

捜査会議が終わって、捜査員たちは出て行った。

辺野古の埋め立ては止まったままだった。

沖縄島内、本土の全国紙もテレビも、辺野古の埋め立て中断と合わせて、この事件を大きく取り上げていた。

基地反対派と賛成派は互いに、相手側の事件への関与を疑ってはいるが、確定的なことは言っていない。捜査の進み具合を見ているのだ。

夕方の捜査会議で反町は最後列の端に赤堀の姿をとらえた。会議が終わると同時に振り向いたが、赤堀の姿は消えている。名護署内を探したが見つからない。

反町は県警本部に帰ると、捜査第二課に行き、赤堀を呼び出した。

空いている会議室に半ば強引に連れ込んだ。

「なんでおまえが名護署の特別捜査本部の会議に出てるんだ」

「僕だって、沖縄県警の一人だ。関心があるから聞きに行った」

「二課とは関係ないだろう」

「今、日本中の注目を浴びている辺野古で水死体が見つかったんだ。沖縄の警察官である以上、何が起こっているか知りたい」

「東京の二人に報告するためだろ。二人が直接会議に出るのは目立ちすぎる。後で県警の上層部に聞くんじゃ遅すぎる。そういうことか」

反町の言葉に赤堀は黙っている。

「東京はこの事件をどう見てる。そのくらいは話せるだろう。同じ警察組織の一員だ」

赤堀は考えていたが、やがて口を開いた。

「重要事項と捉えている。世間の注目度が高い。早急に解決しないと、埋め立て工事が進まない。次の知事選にも大きな影響を与える。国策に影響が出る最重要事件だ」

「事件解決が長引くと、知事選で埋め立て反対票が増えるということか。辺野古がさらに泥沼化する。真相究明は二の次ということか」

「そうは言っていない。重要なのは早期解決だ。睡眠薬による事故死で辻褄《つじつま》は合う」

「早く忘れられた方がいいか。今、阿部の足取りを追っている。大きな組織が裏で動いているんじゃないのか」

　話題を変えるように反町が聞いた。

「その中に政府も入っているってわけか。しかし、それは考えなくていい。それほど馬鹿な真似《まね》はしない」

「そう言い切れるか」

　赤堀が顔をしかめたが、反町は構わず続けた。

「捜査対象には基地賛成派も入れている。オール沖縄に対抗する組織だ。こっちは数が多すぎて特定は難しい。おまけに最近では、基地反対派の中にも渡嘉敷知事をうっとうしいと考える者も少なからず出てきた。知事の態度がぐらついている」

　それは誰のせいだという言葉を反町は呑み込んだ。

　赤堀が東京の警察庁の元上司に渡したフラッシュメモリーの情報が、ジワリと渡嘉敷知事に効き始めているのだ。知事が建設業者から金を受け取る映像が入っている。ここ数ヶ月間は、辺野古移設を容認すると取られなくもない発言もあった。裏で映像が使われているのは明らかだ。

「その中で、阿部を殺害しそうな組織はどこだ。なぜ、阿部は殺された」

「それを探してる。日本は簡単に殺人を依頼できる国じゃない。アメリカとは違う」

「やっと、おまえも気づいたか。日本はアメリカとは違うんだ。特に沖縄は日本本土とも違う。歴史、経済、地勢、習慣、気候、風土。しかし、ここは日本なんだ。住んでいるのも日本人だ」

反町の言葉に顔をしかめながらも赤堀は言い切った。赤堀が時計を見た。

どちらともなくドアの方に歩き、挨拶もなく二人は別れた。


反町が一課に戻ったとき、スマホが鳴った。

〈阿部が死亡した日の朝、会っていた者が分かりました〉

親泊の声はかなり興奮している。息を整えるためか沈黙が続いた。

「さっさと言え」

〈島袋理沙という女です。彼女は――〉

「名護市の市会議員だ。冗談だろ」

〈反町さん、知ってるんですか。美人でテレビにも出てた有名人ですからね〉

「そんなんじゃない。どこで会ってたんだ」

〈ホテル・ラグーンです。反町さんに言われて、阿部の沖縄に着いてからの行動を洗っ

てたら出てきました〉

「まさか、一緒に泊まって――」

〈ホテルのラウンジです。けっこう親密そうでした。テーブルに向き合って、時々額を近づけてひそひそ話です。まだホテルの防犯カメラの一部を見ただけですが。とりあえず、反町さんに知らせておこうと〉

「不倫旅行じゃないだろうな。違うか、二人とも独身だからな」

不倫、という言葉に、一課の刑事たちの視線が反町に集まる。

反町の脳裏に二人の姿が浮かんだ。どう考えてもミスマッチだ。

「十分でそっちに着く。フロント前で待ってろ」

親泊の返事を聞かずスマホを切るとドアに向かった。廊下に出るとエレベーターに走った。県警本部からホテル・ラグーンまでは、自転車で五分ほどだ。

ホテルに入ると親泊が警備員とフロントの横に立っている。反町を見つけると手を振った。

「中村に会いに来たんですが、留守だったので警備員に阿部の写真を見せたんです。反町さん、言ってたでしょ。何でもやってみろって」

親泊の横に立っている若い警備員が反町に頭を下げた。

「島袋理沙は目立つ女性でしょ。だから一緒にいた男も覚えていたそうです」

「入ってきたときからいい女だなって思って見てると、男と待ち合わせてました。アンバランスだったんで、男の方も覚えていたんです。役に立てて良かったです」

「それが、阿部が死んだ日の朝なんです。警備室で防犯カメラを確認しましたが、間違いありません」

親泊は興奮した口調でしゃべりながら、フロント横の防犯カメラに目をやった。

二人で警備室に行って、防犯カメラの映像を見た。

警備員が親泊の言葉に従って、映像を再生していく。

午前九時二十三分。ラウンジに男が入って来て、出入口に向かって座った。阿部だ。ダークブルーのスーツにネクタイ。水死体で発見されたときに着ていたものだ。コーヒーを飲みながら、しきりに顔を上げ、入口ホールを気にしている。

五分ほどして長身の女性が阿部のテーブルに近づいていく。明るいブルーのブラウスとパンツ姿で目立つ女性だ。

阿部が立ち上がって挨拶をする。二人は初対面ではない。

うつむきかげんの女性の顔は見えないが、その体型と雰囲気は理沙に間違いない。

二人は阿部が出した書類を間に話し込んでいる。かなり深刻な話のようだ。

「顔は見えないのか」

「帰るときに見えます」

「早送りしてくれ」

「二十分後です」

女性がテーブル上の書類を阿部に押し返し、怒った様子で席を立つ。

阿部が声をかけているようだが、女性は振り向きもせず、出口に向かって歩いて行く。

顔がカメラの方を向いた。

「確かに理沙さんだ」

反町は低い声を出した。

「理沙さんって——反町さん、知り合いなんですか」

「ノエルの知り合いだ。俺は紹介されただけだ」

理沙と阿部が会っている時間は三十分余り。

「午前十時というと、阿部が死ぬおよそ十五時間前だ」

「そうなります。彼女の話を聞く必要がありますよね」

当然だろ、という風に反町はスマホを出した。


反町と親泊は県庁前のレストランに入った。

理沙に反町が電話すると、今、那覇にいるという。

〈いいタイミング。県庁に用があったの。これから名護に帰ろうとしていたところ〉

会って話があると反町が言うと、理沙は一瞬の沈黙の後、了解したのだ。声に動揺はなかった。

三人でテーブルにつくと、反町は、さあやれ、という風に親泊を見た。理沙と阿部が会っているのを見つけたのは親泊の功績だ。

親泊は緊張して、顔が強張《こわば》っている。一度、軽く息を吐いてから口を開いた。

「六日前の午前九時半、島袋さんはどこにいましたか」

理沙は首を心持ち傾けて考えていた。

「反町くんとノエルに海人のことでお世話になった前日ね」

顔を上げて視線を二人に交互に向けた。

「那覇のホテルで人と会ってる。その人が問題なんでしょ」

「そうです。翌日の朝、死体で発見されました。名前は――」

「阿部堅治さん。どうせ、あなたたち、すべて調べてるんでしょ」

「すべて、じゃないです。だから聞きたいんです。すべて知るために」

「九時三十分にホテル・ラグーンに行って、阿部に会ったんですね」

反町と親泊が交互に言う。

ホテルの防犯カメラに、理沙と阿部が会っている映像が残されていることを親泊が伝えた。理沙はコーヒーカップを持ったまま聞いている。

カップを置いて、顔を上げると二人に視線を止めた。

「水死体で発見されたのが阿部さんだって私が知ったのは、その日から三日後。名前が新聞の夕刊に出てから。そりゃあ驚いた。海人が見つけた水死体が阿部さんだったなんてね。記事によると、私と会った翌朝に遺体が発見されてる。どうしようか迷った。警察に行って話をするべきかどうか。でも、新聞記事では事故か自殺か、事件に巻き込まれたか不明で、現在捜査が行われてるって書いてあった。だったら、もう少し様子を見てみようって思ってた。ホテルで会ってから、もう彼に会うことはないと思っていたから。それにマスコミ不信になってる。何を書かれるか分からない。でも、それは間違ってたかもしれない。話すべきだった」

理沙が一気に言った。ため込んでいたものを吐き出すという感じで、嘘はないようだ。

「どういう関係ですか。阿部とは」

親泊が聞いた。

「彼、大和建設の企画部の人でしょ。東部海浜開発計画って知ってるかしら。うるま市と周辺地区が計画してる。名護市の議員として、私も関係してるの。いずれ名護市も市として関わるつもり」

一度持ったコーヒーカップをテーブルに置いて話し始めた。

沖縄東部は西部と比べて開発が遅れている。うるま市は勝連《かつれん》半島の東海岸を開発する計画がある。大型リゾート施設を兼ねた商業地区を作ろうというのだ。

名乗りを上げているのは従来の沖縄リゾート建設を請け負ってきた県内企業と、近隣の地元中小企業連合「新しい風」グループ。大和建設は新しく沖縄に進出しようとして、新しい風グループに加わろうとしている。さらに最近は、第三の勢力として中国資本の企業体の名が挙がっていた。

「要するに三つ巴《どもえ》の争いになっている」

理沙は自分は「新しい風」グループを支持しているが、島内既成企業とそれに加わる本土の大手企業と政治家の締め付けが強いことを話した。

「私たちは地元の中小企業連合の手で新しいものを作りたい。でも、一筋縄ではいかないことが分かってきた」

「阿部と会うことはないというのは？　彼が死ぬ前の話だけど」

「私は大和建設への協力を断った。ひも付きになるのはイヤだから。私たちは自分たち、つまり地元のためにやる。大和建設の計画では、お金がかかりすぎる。海の埋め立ても計画に入ってたし。私たちは地元企業中心の、自然を生かした町興しを目指している。それに、大和建設はあまりに政治的に動きすぎる」

「どういうことですか」

「言葉通りよ。補助金を当てにした大事業に走りすぎる。たしかにその方が企業としては利益が大きいけど、私たちが目指している開発じゃない」

そう言って、ふっと何かを考えるように言葉を止めた。

「それで、大和建設にはプロジェクトから撤退してもらうことにしたのですか」

「私の中ではね。でも私が一存で決めることはできない。誰かが議会に提出すれば、議論はする。私は賛成しないけどね」

理沙は反町と親泊を交互に見ながら話している。見かけの派手さより、有能な議員を感じさせる話し方だ。

「阿部はあなたと会った日の夜、水死しました。会ったとき変わったことはありませんでしたか。他に何か言ったとか」

親泊の口調も滑らかになってきた。慣れてきたというより、理沙の飾らない話し方と庶民的な振る舞いに、緊張がほぐれたのだ。

「特別なことは話さなかった。内容はそれまでと同じ」

「同じとは――」

「しっかり聞いてなさいよ。今話した内容。大和建設の沖縄進出について」

「ホテルを出て、あなたはどこに」

「私が第一容疑者というわけね。真っすぐ名護市の家に帰って、会議に提出する書類を書いてた。一人でね。阿部さんとの話に進展がなかったので」

「アリバイはなしということですか」

親泊の言葉に理沙が睨んだ。

「書いた書類を見せても信じないよね。私は逮捕されるの」

理沙が親泊を見ている。親泊があわてた様子で反町に視線を移す。何か喋《しゃべ》ってくれと目が言っている。

「理沙さんが犯人だなんて言ってません。阿部の沖縄に来てからの行動を知りたいんです。誰と会って何を話したか。そのうちに何かが出てきます。阿部は誰かに会うために辺野古に行ったのか。それとも一人で行って足を滑らせたか。俺たちはそれを調べてる」

「ノエルがあんたは、節操のないバカだと言ってたけど、そうでもなさそうね。そういう風にきちんと筋道を立てて話しなさい。協力しようって気になるから。そうすればノエルがあんたを見る目も変わるでしょうね」

「阿部が沖縄に来た目的は、新しく市場を開拓するためだと聞いています。その一つが東部海浜開発計画。理沙さんに逃げられたとすると、阿部には他にも会った人がいるはずです。参加企業は島内でまとまってる。それに割り込むには、おそらく政治家の力がいる。ご存知ですか」

理沙の表情が変わり反町を見据えた。

「ここではすべてが利権で動いている。軍用地の所有者は、団体を作って政党を応援してる。政治家のパーティ券を大量購入して、東京まで大挙して駆けつける。その額は億に上る。また、その団体には政府からお金がばらまかれる。基地反対派、賛成派に関わらずね。結果、みんなが山を削り、海を埋める。人間はなぜこんなに簡単に、自然を破壊することができるの。いい加減に、そうした状態から抜け出さなきゃならない」

ばらまかれる金とは官房機密費だろう。

反町は沖縄本島北部の本部《もとぶ》の土砂採掘場を思い出した。数キロに渡り削られた山肌が白く続き、海側の道路を土砂を満載したダンプが砂埃《すなぼこり》を上げて行きかっていた。

「理沙さんは阿部と喧嘩《けんか》したんですか」

「喧嘩？　そんなのしない。何で、そんなこと思うの」

「別れるとき、言い合っていました。かなり激しく。コーヒーカップが倒れそうになって、慌てて手で押さえてました。その後、理沙さんは立ち上がった」

半分は反町の想像だ。遠目なのと画素数が粗いので、細かい表情までは読み取れない。

だが理沙は小さく頷いている。

「ホテルの防犯カメラを見たんだったね。あれはチョットまずかった」

「あんたは、ひどく怒ってた」

「怒ったわ。初めの約束と違うんだもの。海の埋め立てを言い出した。県内大手企業の計画案の半分以下なんだけどね。私は一平米でも埋め立ては許さない」

「なぜ、そんなにこだわるんです。沖縄の開発に埋め立ては付きものだ。島の県ですからね。土地は狭い」

反町は腹を決めて言った。理沙の反応も知りたかった。

「あなたのこと見そこなった。もっとしっかり調べなさいよ」

理沙が言い放った。その表情には怒りと焦りが読み取れる。

「俺、沖縄が好きですよ。でも現実は――」

「なんで、沖縄のことを琉球っていうか知ってる」

「中国との交易が盛んな時代、中国人が真珠のように美しい島、瑠璃《るり》色に輝く島という意味を込めて、〈琉球〉と呼んだんでしょう。俺、この呼び方、好きですよ」

「私も好き。でも、レキオという言葉も素敵でしょ。これはポルトガル人が琉球を呼んだ名前。琉球をうまく発音できなかったらしい。それでレキオ、そこに住む人たちをレキオスと呼んで交易した。友好的で武器を持たず、平和を愛する民」

「きれいな響きですね。俺も嫌いじゃない」

レキオの民、レキオス。反町はその言葉を繰り返した。美しい響きが精神に染みていく。親泊も大きく頷いている。

「レキオはポルトガル語で、扇のかなめ、という意味もある。十六世紀のポルトガル人は、レキオをアジアを支配する、かなめにしようと考えたという説もある。私たちレキオスは、海で世界とつながってる。レキオスは海を護って、誇りを持って生きていく」

理沙は力強く言うと、腕時計を見て立ち上がった。

千円札を置くと、何も言わず店を出て行った。

反町は親泊とその後ろ姿を茫然《ぼうぜん》と見ていた。

「阿部は意外と積極的に動いてますね。おそらく他にも会ってる人がいる。殺しにほぼ決定ですね。問題は犯人です」

親泊の言葉に反町は頷いていた。

「他の空白の時間も埋めていくんだ」

今度は親泊が頷いている。

4

理沙とは三十分ほどの聞き取りだった。

初めは動揺している風にも見えたが、話すにつれて落ち着きを取り戻していた。最後は怒りの表情をあらわにして店を出た。あの怒りは阿部だけに向けているものではない。

「やはり綺麗な人ですね。騒がれるわけだ。それに明るくて、楽しい人だ。俺だって一票入れますよ」

突然、親泊が嬉《うれ》しそうに言う。

「刑事ならもっと人を観察しろ」

楽しい人、反町には親泊の言葉が引っかかった。明るい表情の裏には、別のものが隠されているような気がしたのだ。嘘はついていないが、積極的に真実を話してもいない。

「阿部が沖縄で会った理沙さん以外の政治家って誰ですかね」

「知念《ちねん》には会ってるだろう。民自党の国会議員だ」

反町は一年ほど前に東京の議員会館で会った男を思い出した。沖縄の大軍用地主であり、サトウキビ畑と製糖工場を経営している県内有数の有力者の儀部誠次《ぎぶせいじ》の家では知念長敏《ながとし》と沖縄県議会副議長の宮里栄一《みやざとえいいち》とも会っている。儀部は二人の後援会の幹部だ。

「彼女、なにか隠している」

反町の呟きに、えっ、という顔で親泊が反町を見る。

「無理して陽気に振る舞ってるという感じがしないか。刑事が殺人の可能性のある事件に関して、聞きに来たんだぞ。自分も容疑者の一人だ。彼女の立場を考えると、もっと緊張して警戒してもいい」

「そこが、理沙さんのいい所じゃないんですか。飾らず、物怖《ものお》じしない人だって、新聞に書いてありました。その通りじゃないですか」

親泊が妙にはしゃいでいる。たしかに理沙は魅力的だ。政治家らしさは微塵《みじん》もない。

他の政治家に感じる金や権力の臭いは全く感じない。言葉通り、沖縄の海を護るためだけに政治家になった。そしてそのために戦っている。

「理沙の魅力と阿部の水死とは関係ないだろ」

「たしかにそうですが、理沙さんが島袋を殺す理由なんてない」

いつの間にか、親泊も島袋を理沙さんと呼んでいる。その呼び方が自然なほどに、理沙はごく普通の魅力的な女性なのだ。

二人は店を出て県警本部に向かった。


その日の夜遅く、反町はノエルをコーヒーショップに誘った。

「島袋理沙って、どんな奴だ」

突然の反町の言葉にノエルは驚いたが、反町の迫力におされたように話し始めた。正確な理沙の姿を伝えておいた方がいいと判断したのだろう。

「出身は石垣島《いしがきじま》。小学五年生のとき、一家で本島に引っ越してきた。父親が辺野古で漁師ともずくの養殖を始めたの。高校卒業後、彼女はしばらく父親を手伝ってた。その後、名護湾のダイビングショップで働き始めた。ダイビングインストラクターとしてね」

「その時の写真を見たことがある。ビキニを着てモデルみたいだった」

「誘われたこともあるって。本土に行って、モデルやらないかって。断ったそうよ。沖縄を出るのが嫌だったし、海に潜ってる方が楽しいからって」

　知り合いのダイビングショップの近くの海が、再開発のため埋め立てられることになり、反対運動を手伝い始めた。地元の再開発を推進するグループとぶつかったが、埋め立てなしの海を利用した新たな町興しを提案し、採用された。

　その時の仲間たちに推されて、「海を護る会」の代表になり、二十五歳で名護市の市会議員に初当選した。「美しすぎる市議」とマスコミに騒がれた。しかし新人議員としても、その能力と活動は高く評価されたはずだ。

「どこで知り合ったんだ。彼女は名護市に住んでるんだろ。おまえは那覇市だ。歳も違うし」

「大学の環境学の授業。ちょうど普天間基地の移設先を探してた時期で、沖縄の各地で海を埋め立てて滑走路を作る話が持ち上がってた」

「彼女、大学は出てないんじゃないのか。高校卒業後、父親やダイビングショップを手伝ってて、その後、環境運動に身を投じるってあったし、おまえもそう言った」

「聴講生として来てたのよ。教室はいっぱいで、私が席を探してたら、最前列だけが空いてた。それで、私は彼女から二つ離れた席に座ったわけ」

　ノエルは昔を思い出すように言って軽い息を吐いた。

「授業の途中で私の横に移動して来て、いろいろ質問するの。エコロジーとかリサイクルとか、ダイバーシティー。英語の単語よね。彼女、何も知らずに環境について勉強始めたんだって。あの授業は前期からの続きで、環境学じゃ中級クラス。それで、私が前期のノートを貸してあげた。一週間後には、テストを受けてればA＋確実って程度になってた。正直驚いた。相当勉強したんでしょうね。茶髪で真っ赤なマニキュア、陽に灼けたイケイケって感じのお姉ちゃんだったのよ」

理沙がちょうど、「海を護る会」の活動を始めたころで、ノエルに勧められ「草の根運動」の講座も聴講した。

理沙は容姿ばかりではなく、性格も考え方もノエルがイメージしていた市民活動家とは違っていた。政治色ゼロで、ただ単純に海が好きで自然の海を護りたい女性だと分かった。しかし周りに推されトップ当選で市会議員になると、一年ほどして変わり始めた。それまでのように直情的ではなくなったと感じるらしい。

「大声を出したり、大笑いしたりすることもなくなった。言葉も慎重に選んでる」

「あれでか」

「そう。出会ったときの彼女なら、あんたなんか、メチャメチャ言われてる。大人になったんでしょうね」

ノエルは懐かしそうに話した。

「それ以来の友達ってわけか」

「もう十年近くになる。私は大学を卒業し警察官、理沙さんは市民運動家から市会議員になった。小学生だった海人はもう高校生」

それにしても、と言ってノエルは一瞬言葉を止めて考え込んでいる。

「理沙さん最近、かなり神経質になってる。前はもっと天真爛漫《てんしんらんまん》で朗らかな人だった」

しばらくしてポツリと言った。

反町が島袋理沙の名前を知ったのは、八年前だった。普天間飛行場の移設先としてホワイトビーチが噂された時、反対派の中核に立って動いていた女性だ。はっきりとした物言いと、威勢もよかったが、何より身長が百八十センチ近くあり、整った容姿は人目を引いた。デモで歩いていると、頭一つ大きく美しい理沙は目立った。

ホワイトビーチは、うるま市勝連半島の先にある美しいビーチだ。在日アメリカ海軍の港湾施設が隣接している。

マスコミにも担ぎ出されてまたたく間に、海のジャンヌ・ダルクと持てはやされた。

結局、ホワイトビーチ構想は没になった。その後、キャンプ・シュワブの内陸への移設が決まりかけていたが、最終的に埋め立ての必要な辺野古崎に決まり、すでに着工されている。

理沙は名護市の市議会議員になって騒がれたが、その後はマスコミに大きく出ることはなかった。派手な動きはないということか。

「政治家らしくない人だな」

「自分でも言ってる。今でも自分が政治家だなんて実感はない。自分は沖縄の海が好きなだけ、護りたいだけだって。だから自分にできるのは地道な活動だけ。二期連続トップ当選してるのにね。確かに、お金集めや駆け引きは全くできない人。彼女が動けば人は集まってくるんだけど」

でも——と言ってノエルが反町に向き直った。

「当たり前だけど、どんなことでもいざ実行に移そうとすると大変だって。すべては利権に結びついてる。利権は政治に結びついてるって。市議になって七年近く、やっと分かり始めたと言ってる」

「たしかに選挙公約は、海を護るだけだったな。しかし、それで当選するところが凄《すご》い。普通じゃ通りっこない」

「いろいろあるらしいけどね。理沙さん、見かけより遥かに強情で頑張り屋だから。それに意外と傷つきやすい」

ノエルがしみじみした口調で言う。

おまえだってそうだろ、という言葉を反町は飲み込んだ。

去年の危険ドラッグ事件の後遺症はノエルにとっても大きかった。

ノエルの父は彼女が三歳の時に行方不明になっている。ノエルはその父を探すために沖縄県警に入ったと聞いたこともある。

去年の秋、ドラゴンソードという危険ドラッグが沖縄と東京で広がり始めた。背後には香港マフィア、〈ブルードラゴン〉が関わっていることが判明した。そのボスが、二十七年前に沖縄のアメリカ海兵隊基地から突然姿を消した、ノエルの父ジェームス・ベイル少尉だった。彼は上官を傷つけ、海兵隊を脱走して〈ブルードラゴン〉のボスになっていたのだ。

沖縄県警は警視庁と協力して、総力を挙げて危険ドラッグの蔓延《まんえん》を防ぎ、組織の壊滅にむけて動いた。ノエルは沖縄県警の警察官として、実の父、ベイルに撃たれながらも逮捕に手を貸した。

事件後、ほとんど口を開かなかったノエルも、一年近く経《た》った今、表面上は以前のノエルに戻っているように見える。しかし時おり、ふっと遠くを見つめるような目をすることに反町は気づいている。そんなところも理沙にシンクロしているのかもしれない。

この事件では、反町自身も心身ともに大きな痛手を負っている。捜査の過程で、ノエルの親友でラウンジ〈月桃《げっとう》〉のママ、黒人と日本人とのハーフ、安里《あさと》愛海に出会った。差別を受けながらも懸命に生きる愛海に反町は惹《ひ》かれていった。愛海も自由に、思いのまま生きる反町を受け入れた。

しかし、愛海はベイルの愛人であり、〈ブルードラゴン〉の組織に関係していた。

愛海は捜査に協力して、反町をかばって胸を撃たれたが、一命をとりとめた。現在、東京拘置所に入っている。

「おまえ、あの女の家にはよく行くのか」

「やめてよ、その言い方。彼女、市議会議員よ。それなりの尊敬を込めなさい」

「理沙さんの家にはよく行くのか」

「昔はね。でも最近はそれほどでもない。忙しかったしね。それに——理沙さん、ずいぶん変わった。特にここ数年は」

「ここ数年って、何でだ」

「なんでそんなに理沙さんのことを聞くの。今関わってる事件のこと。辺野古に関係してるんでしょ」

ノエルが背筋を伸ばし、改まった口調で聞く。

「はっきりしたら話すよ。それでいいだろ」

「はっきり言いなさいよ。私も警官の一人」

反町は思わず視線を外した。最初に会ったとき、理沙が別れ際に言った言葉を思い出したのだ。理沙の背後には、海人の何か思いつめたような顔があった。

ノエルはわずかに眉根をつり上げたが、それ以上何も言わない。

「海人は元気か」

「まあね。海人は理沙さんと違って、気の弱いところがあるけど、いい子よ。海が好きで、海岸の清掃の会にも一緒に行ったことがある。日曜日の朝に海岸のゴミを拾うの」

「似合いの親子というわけか」

「赤堀が言うように理沙さん、次の市長選に出るかもしれない。だから今、スキャンダルは命取りなの。どんな些細《ささい》なものであってもね」

コーヒーショップを出たとき、理沙と海人を取り囲んだテレビクルーを思い浮かべた。

理沙は露骨に嫌な顔をしていた。

5

翌日、名護署での捜査会議の後、反町は親泊に目配せされた。

誰もいない他の会議室のデスクに座ると、親泊は反町の前にタブレットを置いた。

「反町さんが言ったので調べてみました。島袋理沙。三十二歳。名護市市議。これは内緒なんですが、那覇署の刑事課にも回ってきています。基地関係のマークの一人に入ってるんでしょ」

親泊がタブレットを反町の方に向けた。

俺が調べるように言ったのは阿部の方だ、という言葉を呑み込んで画面を見た。

数人の男女が車の前に立って話している。真ん中の女性は理沙だ。場所は海の見える高台か。

「九日前の辺野古の海岸沿いでの写真です。大浦湾が見える高台。うちの者が望遠レンズ付きのカメラで撮ったものです」

「隠し撮りか。公になれば大騒ぎだぞ」

「公になればね。ならなきゃ、ただの風景写真です」

「なんでおまえが持っている」

「署の共有です。昨日理沙さんに会ったので、最近の彼女の行動について調べてみました。辺野古で埋め立て地が見える高台で誰かと会ってる。これも理沙さんの姿です」

「この男は誰だ」

反町は理沙の横の男を指した。男は海の方を指さし、理沙は心持ち顔を男の方に傾けている。何かを話しているのか。

「宇良賢介《うらけんすけ》。五十三歳。沖縄平和同盟の会長です。辺野古崎への基地移設反対派、というより米軍基地反対の急先鋒《きゅうせんぽう》です。宇良と島袋理沙が会っている。噂はありましたが本当だとは」

顔を近づけて良く見ると、知った顔が何人かいる。全員が基地反対派の幹部たちだ。

「どんな噂だ。俺は知らない」

「嘘は言わないでください。彼らが見ているのは辺野古の大浦湾です。現在、沖縄最大の問題を抱えている地区です。いや、トラブルと言った方がいいのかな。それとも、本土の人間は、基本的には基地問題には興味がないんですかね」

親泊が反町を見つめて、皮肉を込めた言葉を返してくる。親泊はトラブルという言葉を使った。たしかにトラブルには違いない。

現在、大型輸送機の離着陸ができる滑走路を持ち、ヘリ部隊が駐留できる基地は普天間市の普天間飛行場である。しかし、人口密集地にあるため、世界一危険な飛行場と言われてきた。そのため二十年以上前から基地移設が叫ばれている。

移設先はさんざん迷走した結果、名護市辺野古に決まり、基地の建設計画が進められている。

辺野古滑走路は、沖縄県名護市のキャンプ・シュワブ内にある辺野古崎の五十ヘクタールと新たに海を埋め立てる百六十ヘクタールが計画されている。

建設費は三千五百億円。そのうち埋め立て費用が二千三百十一億円を占める。この費用は今後、さらに膨れ上がるだろう。

これまでのアメリカ海兵隊の計画では二〇二一年までに埋め立てを終え、滑走路や支援施設など百九十一の施設を建設完了するとしていた。しかし入札や調達などで遅れが生じ、新たな計画では二〇二五年九月までに十の主要施設を建設することになっている。

そのため普天間基地の返還は、それ以降ということだ。

「来週は第二期工事として、二度目の土砂搬入が始まります。反対派は大きな反対運動を計画しています。そのため、全国規模の動員をかけています」

「警備には県警本部からも駆り出されている。刑事部からも数名の応援が出る」

「問題は、理沙さんが辺野古への基地移設に反対してるってことです。彼女は名護市の市議ではありますが、カリスマ美人市議が基地移設反対運動に参戦ってことは、かなりのインパクトがありますからね」

「理沙さんが過激思想を持ってるとは驚きだ」

「過激思想とは限りません。俺だって基地には賛成していません。ない方がいいに決まってます。でも、沖縄の現状を考えると、そうも言ってられないのが辛《つら》いです。やはり、沖縄は多くの部分を基地に依存しているのが現状です。それに日本自体もね。沖縄駐留の米軍に日本の防衛は多くを依存しています」

親泊は熱っぽく語る。反町は意外な思いで聞いていた。親泊の新しい一面の発見だ。

「宇良は島袋理沙をついに引き込んだか。理沙さんの影響力はかなり大きいです。宇良が引き込むのも納得がいきます」

「広告搭を見つけたってわけか」

「宇良はそういう面には長《た》けてますからね」

オール沖縄が崩れ、基地反対派の影響力が小さくなっていることは事実だった。それでも節目の運動時には、島内を含め、本土からの参加者も多い。

「実は俺、辺野古出身なんです。名護市には高校の時、引っ越しました」

親泊が一瞬反町を見て、腹を決めたように言った。

反町が親泊を見ると視線を外した。

「なんで隠すんだ」

「隠してるわけじゃないんですが、いろいろ話すの面倒でしょ。沖縄では政治の話はある意味、タブーなんです。左右極端な人が多いですから。特に警官になってからは、出身は言わないようにしてます。デモの警備任務なんかも、上司や周りは気を遣うでしょ。今の沖縄じゃ、辺野古はやはり特別な地区なんです」

口には出さなかったが、反町にも何となく分かった。

「沖縄っていうと、戦争中は米軍、日本軍との両方から虐げられ、戦後は米軍基地でさんざん踏み付けにあってる。日米地位協定なんて、昔はたしかにひどかった。米軍が犯罪を犯しても、日本の警察は捜査や取り調べができなかった。俺たち、ウチナーンチュが忘れちゃならないことです。沖縄戦では、沖縄の住人の四人に一人が死んでるんですから。でも、正直、もうやめてくれーって叫びたくなることもあります」

親泊が大きく息を吐いて反町を見つめた。

「俺らの世代にとっては、基地は沖縄の一部でしかないんです。生まれたのは本土復帰してからです。俺は鹿児島の大学に行きました。親父《おやじ》世代だと本土の大学に行くにはパスポートが必要だったんですが、もちろんそんなモノなしです。飛行機で約一時間三十分。東京からでも、那覇空港まで二時間強です。金と時間さえあれば、日帰りができる距離です。友達も、今度の夏休みは行くからな、って調子です」

「俺も大学時代の夏休みは、沖縄でバイトしてすごしてた。四年間毎年」

「米軍ともけっこう仲良くやってました。基地内の映画館に連れてってくれたこともあったし、辺野古だって米軍相手のスナックやバー、レストランで賑《にぎ》わってました。でもベトナム戦争が終わり、米兵による幼女暴行事件などの不祥事の後、夜間外出禁止など自粛が厳しくなってからは完全にさびれてます。ほんの一部のおかしな米兵のためです。日本人にもかなりヤバいのはいるんですがね」

親泊が改めて反町を見据えた。

「時代は確実に変わっている。でも、それを声に出せない雰囲気がここにはあるんです」

「日本のイデオロギー闘争の象徴的な場所というわけか。一方では太陽と海と観光の楽園。どっちも現実なんだ。バランスよく考えることのできる政治家が必要なんだろうな」

反町の言葉に親泊が頷いている。

「あの辺りは大した産業もないので、基地とは共存傾向が強かったんです。でも、基地移設の話が持ち上がってからは、住民同士の対立も増えました。共存を声高に言える雰囲気じゃない。本土を含めたマスコミが、住民は米軍基地なんて絶対反対だと思い込んでいる風潮がある。ただ黙っているだけなんだけど」

親泊は今まで溜めていたものを吐き出すように、一気にしゃべった。

「基地反対の住民も基地内で働いてました。俺の親戚にもいました。けっこう共存してたんです。それが今では――」

親泊が口をつぐんだ。複雑な思いなのだろう。

「辺野古周辺の美しい海を壊すな。サンゴ礁やジュゴンの海なんて言ってますが、俺らは大浦湾で泳いだことはないですよ。遊泳禁止地区です」

反町は大浦湾を思い浮かべた。一見透明度が高く美しい海だ。

「辺野古基金って知ってますか」

親泊の唐突な言葉に反町は首を振った。

「辺野古の基地建設に反対するための、本土や沖縄の基金なんですがね。七億円余りの基金が集まりました。それを使って地元の生活面の整備をしてくれれば、住民も少しは感謝するんですがね。ただ反対派の活動資金に使われるだけじゃね。それも一部の団体の。おまけに、あの基金に関係した人の企業も埋め立て工事を受注しています。これって、やはりおかしいと思いますよ。本土の多くの著名人が賛同してますが、本土の人って、本当に現実を知ってるんでしょうかね」

　親泊はふうと深い息を吐いた。長年、封印してきたことを吐き出したという思いなのだろう。反町にとっても親泊から初めて聞く話だ。

「ちなみに、米軍基地反対派には基地大地主が多いってことも事実です。彼らはいくら反対を叫んでも、日米の状況から直ちに基地がなくなるなんて思っていませんから。何とでも言える立場です。私は借地料は貰《もら》っているが、基地には反対だ。本気でそう思うのだったら、全額反対活動に投じるべきでしょ。そうすれば多少は早く返還されるかもしれない」

　親泊は言いすぎたと思ったのか、それっきり口を閉じてしまった。

「反対運動で活動しているのは、地元民より県外の者が多いというのは事実か」

「全員とは言いませんが、本土の人が多いのは事実です。俺は生まれながらのウチナーンチュなので、ヤマトンチューはすぐに分かります」

「俺はどう思う」

　反町が親泊の前に顔を突き出した。

「迷いますね。初めて反町さんを見たとき、普通じゃないと思いました。異常に陽に灼けた男が派手なアロハを着てるんですから」

　親泊が改まった顔で反町を見ている。

反町はタブレットを返しかけた手を止めた。タブレットに顔を近づけ、拡大して遠ざけて見る。親泊が覗き込んできた。

「知ってる人ですか」

「この男をよく見ろ」

反町の指先に親泊の目が釘付《くぎづ》けになっている。

「阿部だ。なんで阿部が宇良たちと一緒にいる」

スーツにネクタイの阿部が男たちと少し離れた場所で、他の男数人と埋め立て地の方を見ている。写真を撮った刑事は、理沙に気を取られていて気がつかなかったのか。

「この写真を撮ったのは阿部が死んだ前々日です。その日にも理沙さんは阿部に会っていたってことになりますかね」

「阿部も基地反対派に同行したのか。これを捜査会議に上げるのか」

「当然でしょ。これも阿部の足取りです」

親泊がタブレットの画面に見入ったまま言った。

会議室に戻ると、特別に置かれたテレビでは官房長官の発表が行われていた。

〈政府としては惑わされることなく、当初の計画通り粛々と行っていくことに変わりはありません〉

〈しかし、工事続行が捜査上の支障を生むということはありませんか〉

〈埋め立て範囲と事件現場とはさほど接近しているとは思いません〉

〈しかし、資材の輸送などが始まると殺人現場の保存が――〉

〈殺人とは決まったわけではありません。政府としては沖縄県警と綿密に協議して、捜査に支障が出ないよう適切に対処していきたいと思っています〉

官房長官が表情のない顔で答える。

「こりゃあ、上には政府からの圧力がかなりあるな。早期解決を望むというヤツだ」

捜査員がテレビを見ながら話している。

反町と親泊は名護署を出て那覇に向かった。

第三章　海を護れ

1

昼近くになって那覇署に帰る親泊と別れて、反町は那覇の県警本部に戻った。ロビーの椅子に海人が座っている。反町に気づくと近寄ってきた。

反町は海人を連れて、国際通り入口の〈B＆W〉に入った。

「俺に何か用か」

「母ちゃんを止めてくれよ」

「何を止めるんだ。何かやらかしそうなのか」

「明日の辺野古の土砂搬入阻止のデモに行くって」

「今までもいろんな集会に行ってたんだろ。デモ隊の先頭を歩いてたのをテレビで見たことがあるぞ」

「それは海の埋め立て反対のデモだろ。俺も付き合った。今度のはそれとは違う。辺野古新基地阻止のデモだ。警察は基地反対派だと護ってくれないのか」

「正当な理由があれば、そんなこと関係ない」

「正当かどうかを判断するのは警察なんだろ。母ちゃんは警察とは喧嘩してる方が多いからな」

海人は真剣な表情で反町に訴えている。

「なんでそんなことを俺に頼む」

「あんた、刑事だろ。なんかあったら言ってこい、警察は人を護るのが仕事だ、って言っただろ」

海人は低い、絞り出すような声を出した。

「何を心配してる。話してみろ」

「明日の朝は県庁前のデモに参加して、その後は辺野古の土砂搬入現場に直行して、座り込みをやるって。必ずまた何かが起こるぜ」

「またって、前にもあったのか」

「生意気だって知らない男に殴られた。秘書が大声を出したから逃げてったけど。車にひかれそうになったこともある。電話の嫌がらせなんかしょっちゅうある。だから母ちゃん、ノエルに空手を習い始めた」

「警察に届けたか」

「最初の何回かは。でも、すぐに慣れてしまった。今じゃ、日常の範囲かな」

「警察には届けろ。後で役に立つ」

「届けても、警察は何もしてくれないだろ」

反町には返す言葉がなかった。警察が実際に動くのは実害が出てからだ。

「最近は何かあったか」

「車を傷つけられたし、石を投げられたこともある。無言電話なんてしょっちゅうだ。SNSは見ないように言われてる」

「それだけじゃな。しかし、被害届は出しておけ」

「あの人は放っておくよ。面倒なことは嫌いだから」

「警察の信用度ゼロってわけか」

「当たり前だろ。でも、今度はヤバいよ。あの人の様子、かなり変だし、俺の勘は当たるんだ。絶対にヤバい気がする」

海人の声が次第に大きくなっていく。周りの客が二人の方をチラチラ見始めた。

「落ち着け。理沙さんは過激派じゃないだろ。今までも、暴力的なデモや集会には参加していない」

「最近、何かおかしいんだ。今までは基地反対の集会には出ていなかった。ダイビングスクール時代には、米兵の客もけっこういたっていうし。今だって、アメリカ人の友達も多い。特に環境保護関係の人。あの人の関心は海だけだったはず。海が埋められるのが我慢できないんだ」

「本当にそれだけなのか」

「海の埋め立てを阻止するために、市会議員の選挙に出たんだから。基地問題なんて考えたことなかったんじゃないの」

海人が当然だろ、という顔で反町を見ている。

「二回目の選挙のころ、俺は中学生だったけど、日本史の本を貸してくれって。沖縄について書いてあるところを探してた。さすがに今の知識じゃヤバイと思ったんじゃないの。ほとんど何も書いてないのに。バカな質問もされたし」

反町はノエルの言葉を思い出した。彼女は単に海を護りたいだけ。

「しかし、大学の聴講生で勉強してたんだろ」

「市議になる前の話だ。その前は大学なんて金持ちのヒマ人が行くところだ、って言ってた。それが、大学も捨てたもんじゃないって変わった。今は俺にも行きたきゃ、行ったた方がいいって言ってる」

「反対運動のときは、俺たちが暴力沙汰が起きないように見張ってる」

「警官はデモ隊には暴力的に当たるだろ。殴られて怪我《けが》した人だっている」

「おまえ、デモに行ったことないのか。警備の鉄則は、どんなに挑発されても絶対に手を出すなだぞ」

「新聞には基地反対派が警官隊に殴られて怪我したとか、逮捕されたとか出てる」

「おまえも一度くらい見てこい。母ちゃんはそう言わないか。沖縄に住んでるんだろ」

「基地反対か賛成かは、もっと勉強して自分で決めろって。沖縄だけの問題じゃないからだって。日本全体の問題だから。母ちゃんも勉強中だって言ってる」

「しかし、反対運動はやってるんだろ。おまえも一緒に」

新聞で理沙と海人が横断幕を持って歩いている写真を見たことがある。

「海の埋め立て反対だけって言ってるだろ。海や海の生物に関することは勉強した。母ちゃんと一緒に。大学の先生の話も聞きに行った。海の埋め立ては大反対だ。あんただってそうだろ。サーフィンやってるんだから」

「警察官の中にもいろんな意見の奴がいる。しかし、どんな意見を持っていても、命令が出ればデモ隊の前には立たなきゃならない。国や県の仕事をスムーズに進めるためと、車や重機の事故から、デモ参加者を護るためだ。それが警察官の仕事だ」

反町は多少の思い入れをもってしゃべった。

海人は無言で反町の言葉を聞いている。反町はふと思いついて聞いた。

「おまえ、水死体を発見した前日の午前中、母ちゃんとは連絡を取ったか」

「オバアにサーターアンダギーを作ったので取りに来るように言われた。母ちゃんに電話したら車の運転中だった。時間がかかりそうだから、別の日にしてくれって」

　数秒考えてから海人が言った。

「おまえは心配するな。ずっと付いてるわけにはいかないが、俺も行ってみる。おまえの母ちゃんは警察が護ってやる。だから、おまえも家に帰れ」

　海人は納得できないという顔で反町を見ていたが、やがて立ち上がった。


　海人と別れて県警本部に戻ったとき、エレベーター前でノエルに声をかけられた。

「一緒に出て行ったの海人でしょ。〈B&W〉で何話してたの。ついに海人の兄貴になったとか」

　反町は海人が話した内容をノエルに伝えた。

「理沙さん、明日辺野古に行くの？」

　ノエルが眉根を寄せ、声を潜めた。

「海人が止めてくれって。おまえも、理沙さんのデモ参加には反対なのか」

「理沙さん、だいぶ前から悩んでいた。最近も沖縄で政治に関係するなら、基地問題にキッチリ向き合わないといけないと言ってた。基地問題は沖縄そのものだからって」

「今までは向き合ってはいなかったのか」

「逃げてた。自分は難しいことは分からないからって。支持者の前でも講演会でも、基地問題にはほとんど触れてない。彼女の主張は沖縄の海を護ること。それは、自分たちや子供たち、さらにその子供たちを護ることになる。だから、自分は市議に立候補するって。本音じゃ苦しんでたのかもね」

ノエルは遠い昔を思い出すように話している。

「そういう動機で立候補した市議がいても、間違ってはいないだろ。辺野古だって、膨大な海が埋め立てられている。理沙さんが反対運動に参加しても不思議じゃない。いや、理沙さんだから反対すべきだ」

「でも、かなり深刻な立場に追い込まれる。翌日の新聞やテレビには、大きく出るでしょうね。名護市議島袋理沙、普天間飛行場、辺野古移設に反対。国の方針に反対する行為よ。理沙さんの政治的立場がこれで決まる」

「そうじゃないだろ。俺だって、沖縄の売りはきれいな海だと信じてる。それを護ることと、基地反対が同じことだとは思えない」

反町は親泊の言葉を思い出しながら言った。

「心配なのは、海人と同じ。理沙さんが嫌がらせを受けてるってこと。今回のデモに参加することと関係しているのかしら」

ノエルが反町を見ている。

「俺が知るわけないだろ。彼女と知り合って数日だ。おまえは十年来の友達なんだろ」

「とにかく理沙さんを護ってよね」

ノエルが訴えるように言う。反町は無意識のうちに頷いていた。

反町は迷ったがスマホを出して、親泊に電話した。

「明日は辺野古に行く。抗議集会がある。水死体発見現場近くだ」

〈俺も行っていいですか〉

「おまえは那覇で阿部の足取りを調べろ。報告を怠ると捜査本部がうるさい」

〈島袋理沙も辺野古に行くんですね〉

「当たりだ。俺は彼女を追う。阿部と会ったのは一度ではない気がする」

〈基地反対派は、朝、県庁前でデモをやって、その後辺野古に向かいます。辺野古では気をつけてください。彼らは動員をかけてます。刑事が紛れ込んでいると分かると、袋叩きにされますよ。反町さんなら、刑事だと分からないと思いますが。明日はもめる可能性がありますよ〉

最後は口調を変えて言った。反町は親泊が辺野古出身だと言ったのを思い出していた。

2

土砂搬入の当日、反町は県庁前の道路に立ち、デモ隊を見ていた。

二百人余りのデモ隊が「辺野古、土砂搬入を阻止」の横断幕を持って進んでくる。その真ん中に数名の女性がいた。

ジーンズに白のコットンシャツ。大きめのサングラスをかけて、麦わら帽子をかぶっている。帽子の赤いリボンが際立っていた。理沙だ。たしかに一度目に入ると、もっと見ていたいと思わせる何かを持っている。

県庁前に来てデモ隊が止まり、列が乱れたとき反町は理沙に声をかけた。

「辺野古では座り込むんですか」

「他にやれることはないでしょ。海を埋め立てる。国は取り返しのつかないことをしようとしてる。阻止しなきゃ」

「本当に阻止できると思ってるんですか」

「じゃ言い換える。意思表示しなきゃ」

「海人もノエルも心配しています。また、何か起こるんじゃないかって。理沙さんが嫌がらせを受けてるの、辺野古と関係あるんじゃないですか」

何げなく口に出した言葉が重い現実となって、反町の中に広がっていく。

「私は名護市の市議として信じることをやるだけ。後悔はしない」

「辺野古に首を突っ込むということは、基地問題に目を向けるということです。政治のいろんな面を見ることになる。特に目を背けたくなる部分です。俺の言ってることが分かるでしょ」

理沙が意外そうな顔で聞いている。反町の言葉だとは信じられなかったのか。

「俺だってそのくらいは分かります」

理沙の思いを察して、反町が言った。

「海人は？　一緒じゃないんですか」

「来ると言ったけど、家に居させた。彼はまだ問題を十分分かっていない。もっと知識が必要。経験もね。行動するには勉強が必要って、言ってある」

反町は無意識のうちに辺りに目を配っていた。怪しい者はいないか。母ちゃんを止めてくれよ。海人の訴えが脳裏をかすめる。意識して見ると、理沙に集まる視線は多すぎる。理沙を呼ぶ声が聞こえ、中年男が呼びに来た。

「もう行った方がいいよ。あなたは刑事らしく見えないから、大丈夫だと思うけど」

理沙が反町に身体を寄せて小声で言うと、中年男の方に行った。

デモ隊はバスに分乗して、これから辺野古に向かうという。

反町は県警本部に戻り、ノエルの車に乗って辺野古に向かった。ノエルに一緒に行くよう頼まれたのだ。

沖縄自動車道を宜野座インターで降りて、国道三二九号を北東に向けて走った。右手に太平洋が広がり、正面が辺野古崎で広大なキャンプ・シュワブが続く。辺野古崎の向こうが大浦湾だ。

沖縄工業高専をすぎるとキャンプ・シュワブ内を走る道路になる。

キャンプ・シュワブは西の内陸部が訓練地区、東の海岸側がキャンプ地区となっている。また第三海兵兵站《へいたん》群の弾薬補給所もある。アメリカ海兵隊の戦闘強襲大隊と第三偵察大隊の訓練と配備の役割を担っている。総面積は約二十一平方キロで、そのほとんどが名護市にある。上空も二千フィートまで米軍が使用できる。土地の四分の一は私有地で、年間二十三億円の「賃貸料」が毎年地主に支払われている。

普天間飛行場に代わる辺野古飛行場は、辺野古崎の両側、大浦湾の南の一角と太平洋側を埋め立てて造られる。

ノエルは基地に入る直前に一般道に入った。何度も来たことがあるらしく、脇道に抜けながら走っていく。

途中の空き地で車を停め、反町に降りるように言った。

「歩くよ。この軽も警察車両。反対派の人たちに見つかったら、ややこしいことになる。あんたもここじゃ、刑事なんて言葉は封印するのよ」

ノエルは反町に話しながら埋め立て予定地の方に歩いて行く。

埋め立て予定地に入るゲート前では、基地反対集会が開かれていた。参加者約二百人の周りをマスコミや見物人が取り囲んで倍近くになっている。これだけの人が集まった集会は最近ではなかった。やはり水死体発見が影響しているのか。

国道はデモ隊と警備の警察官と車両で、一車線が完全にストップしている。交通はほぼ完全に妨げられて、住民はキャンプ・シュワブの北側を大きく迂回《うかい》して移動しなければならない。

デモ隊はゲート前と国道の一部に座り込んでいた。埋め立て土砂搬入のダンプを止めるのだ。

反町とノエルはマスコミと見物人に紛れて、埋め立て現場に近づいていった。

埋め立て現場に入る道の前は騒然としていた。土砂搬入反対の人たちが集まり、県警と応援の機動隊と対峙《たいじ》している。国側は沖縄県警の機動隊と、鹿児島県警の機動隊三百人の応援を得て、安全かつ迅速に砂利搬入を再開するつもりだ。

反町はノエルに並んで歩いた。脇道を通って、機動隊の背後に回り込んだ。

国道付近に声が上がった。その騒ぎはじょじょに近づいてくる。

沖縄整備局の役人を乗せた車がパトカーに先導されて入ってきた。その周りを機動隊が取り囲んで、近寄ってくるデモ隊を押し返している。

反町はノエルと共に基地のフェンス前に並んだ機動隊の背後に立ち、騒然とし始めたデモ隊を見ていた。

　ノエルが反町のわき腹を肘で突いた。ノエルの視線を追うと、赤いリボン付きの麦わら帽子が見えた。ダンプの通り道に座り込もうとしている。理沙の周りには、すでに十人以上の男女が座り込んでいた。彼らを数人の機動隊員が担ぎあげ、道路から移動させている。理沙の赤いリボン付きの麦わら帽子を目で追ったが、ちょっと目を離せば人混みに紛れて見失いそうだ。ノエルも懸命に視線を移動させている。

　反町は指揮車の陰に、見慣れた顔がいるのに気づいた。赤堀だ。その横に立っているのは、尾上と木島。反町は赤堀に近づいて行った。

「なんでおまえがここにいる」

「おまえこそ、何してる。水死体の捜査をやってるんじゃないのか」

「だからここにいる。遺体発見現場はこの先だ」

「僕だって沖縄県警の警察官だ。ここにいておかしいか」

「警察庁の指示か、検察庁か。それとも両方か」

　反町は横の二人に視線を向けた。

「ここの警備には他県の機動隊も要請を受けて派遣されている。警察庁が状況を見極める義務がある」

　おまえは沖縄県警の警官だろう、という言葉を呑み込んだ。

「沖縄に新基地を造らせるな。米軍は出ていけ」

「海の埋め立ては沖縄を壊す。沖縄の精神を護れ」

デモ隊の声が聞こえ、騒ぎが激しさを増している。道路に座り込んだ基地反対派の罵声に混じって、悲鳴が聞こえる。機動隊に両脇を担ぎ上げられて、座り込んでいた人たちが次々に運ばれていった。

理沙は騒然とし始めた周囲を驚いた表情で見ている。こういう場面には慣れていないらしい。理沙から数メートル離れたところに、がっちりした身体つきの二人の男がいる。二人が理沙に近づき話しかけた。一人が腕をつかむと理沙がそれを振り払おうとした。反町の脳裏に海人とノエルの言葉が浮かんだ。

反町は無意識の内に、機動隊の間をすり抜けて走り出していた。

「バカ、止《や》めろ」

赤堀が声を上げて、反町を追う。

反町は理沙の腕をつかんでいた男を振り払い、もう一人を突き飛ばした。拳を振り上げたとき、腕の動きが止められた。反町の背後から赤堀が組み付いたのだ。駆け付けた尾上と木島が、倒れている二人の男を助け起こした。

「二人は警察庁公安の人間だ」

反町に組み付いたまま、赤堀が耳元で囁く。反町は赤堀を振り払った。

赤堀は反町の腕をつかむと機動隊の背後に止まっている指揮車まで行き、突き放すように中に入れた。

「公安がなんで島袋理沙を襲う」

「バカ野郎。守ろうとしてたんだ。あのままだと県警に逮捕されるだろう」

「なんで理沙さんをマークしてた」

一瞬の躊躇の後、赤堀がスマホを出して何度かタップすると反町に突き付けた。

「東京、有楽町《ゆうらくちょう》のホテルのラウンジだ」

理沙が男と話している。男は阿部に違いなかった。

「島袋理沙は辺野古の埋め立てに反対している。東京に出たときは監視がついて、動向を調べる。いつ、どこで、誰と会ったか」

「理沙さんは阿部と東部海浜開発計画について話してただけだ」

知っていると呟くと、赤堀はスマホの画面をさらにスクロールさせた。

親泊が見せたのと同じ写真を出した。理沙が基地反対派のリーダー宇良と一緒に、丘の上で辺野古を見ている。

「基地反対派と会ってただろ。これ以上、話を面倒にしたくない。おまえだってそのために来たんだろ。感謝しろ」

車の外で叫び声が上がる。小さな窓から見ると、沖縄整備局の役人が乗った車が埋め立て地の中から出てくる。その両側には機動隊が並んでいた。理沙の姿を探したが見つけることはできなかった。

反町はノエルの運転する車で県警本部に帰った。

地下の駐車場に入るまでノエルは無言だった。一点を見つめ、何かを考え込んでいる。反町が話しかけるのを拒んでいるように見えた。

車を降りると反町の前にノエルが立った。

「やっぱり、そうだったのね。あんたは理沙さんのことを調べてる」

「俺は理沙さんを護りにきた」

「私だって、沖縄県警の刑事部の一人。嘘は言わないで。今日、赤堀と指揮車の中で何を話してたの。一緒にいた二人は、尾上と木島でしょ」

「阿部が死んだ日の朝に、理沙さんはホテルのラウンジで阿部と会ってた」

ノエルの表情がわずかに変わり、何かを考え込んでいる。

「そのことは理沙さんに確認したの」

「ああ、認めた。うるま市の東部海浜開発計画について話していたそうだ。だがその後は会っていないと言ってる」

「理沙さんが言ってるのなら、間違いない。彼女、嘘はつかない」

反町は親泊に見せられた辺野古での写真に、反対派の者たちと一緒に阿部と理沙がいたことは黙っていた。今ごろは親泊が那覇署の上司にすでに話しているだろう。

「俺たちの仕事は人を信じることじゃない。疑って調べることだ」

「真実を求めることでしょ」

「だから真実を追ってる。阿部と理沙さんは東京でも会っている。これも事実だ」

「さっき赤堀から聞いた情報ね。警察庁が理沙さんをマークしてるってこと」

ノエルは信じられないという顔をしている。

「彼女は基地反対派とも会っている。だから今日の集会にも参加した」

「理沙さんは阿部の死には関係ない」

「言い切ることができるのか」

「できる」

ノエルが反町をにらむように見て言い切った。

「おまえは刑事じゃない。捜査は俺たちに任せろ」

「理沙さんの容疑は阿部に関することなの」

殺人という言葉はインパクトが強すぎて使えないのだろう。

「まだ捜査中だ。俺たちにも、何も分かっちゃいない。ただ、理沙さんと阿部が沖縄と東京で会ってたのは事実だ」

「理沙さんは、阿部とは東部地区の海浜開発計画について話したと言ったんでしょ。大和建設が接触してきたが、理沙さんが断った。だったら、そうなのよ。そのことを前提に捜査を進めてよね」

「俺だって彼女の捜査は乗り気じゃない。しかし、海人に母親を護るように頼まれてる。だから今日も辺野古に行った」

「私からもお願い。海人との約束は果たしてね」

ノエルが重い口調で言うと、エレベーターの方に歩いて行く。

反町はノエルの言葉を反芻《はんすう》していた。

阿部の死は、大和建設の沖縄進出に関係があるのか。反町の脳裏を様々なことが駆け巡った。さらに具志堅の言葉も浮かんでくる。「所轄の事件だ。深入りするな」反町はその言葉を振り切るように歩き始めた。

3

反町は具志堅に辺野古でつかんだ情報についての報告を終えた。

「島袋理沙は、東京と那覇で阿部と会っていたんだな」

しばらくの間をおいて、具志堅が呟く。

「阿部が死んだ日の朝に会ったのが最後だと言っています。しかしその前々日、理沙が基地反対派のリーダー宇良と会っていた時にも阿部の姿が見られました。那覇署が隠し撮りした写真に写っていました」

「これ以上は所轄の手には負えないと思うか」

反町は黙っていた。答えることができなかったのだ。

具志堅はかすかに頷くと部屋を出て行った。新垣刑事部長に会いに行ったのだろう。具志堅は所轄の捜査状況を探らせるために、親泊と組ませて反町を所轄に残したのか。

反町が自分のデスクに腰を下ろすとスマホが鳴り始めた。

〈県庁に来てよ。辺野古から帰ってきたから〉

それだけ言うと電話は切れた。理沙の声だった。

反町は県庁に入っていった。辺野古埋め立ての再開と基地反対のデモの関係でいつもの倍近くの人の出入りがある。警備員の数も多く、来庁者の中には持ち物を調べられている者もいた。

名護市の市議である理沙は県庁には自由に出入りできる。

五分も待たないうちに理沙がエレベーターから出てきた。

反町が理沙に近づくと、彼女から反町の横に並んだ。前に入ったレストランで待ってて、という言葉が聞こえる。

すぐに理沙は集まってくるマスコミに取り囲まれた。

反町は県庁前のビルにあるレストランに入り、県庁が見える席に座った。

二十分ほどして、理沙が県庁から出てきた。まだ数人のマスコミ関係者らしき者が付いていたが、すぐに離れていった。理沙が何かを言ったのだろう。

レストランに入ってくると、反町の前に座った。

反町の前のコップを取ると一気に飲み干して、反町を見つめた。

「沖縄ってのはただ綺麗な海と空の楽園じゃないの。江戸時代のずっとずっと前から、いろんな悲しい歴史がある。血と涙と汗の歴史よ」

理沙は一気にしゃべると、大きく息をついた。

「もちろん戦中、戦後についてもね。今もそれを引きずってる。私たちはそんな土地で生まれ、育った。ウチナーンチュの血にはその歴史が刻まれている。でも、私個人はそんなこと気にしてはいられない。現在の沖縄を最良の姿に持って行きたい。海人たち、若い世代のためにね」

「俺だってそう思う。そうなるように協力します」

「現在の沖縄はほんの一握りの沖縄の人たちと、本土の政治家、企業が牛耳っている。日本の政策の名のもとにね。その結果、補助金頼りの利権の塊になってしまった。自分たちで生み出すよりその方が楽で簡単だからね。おまけに、新興勢力として中国系の企業が乗り出してきてる。私たちは、その二つの巨大な勢力に対抗していかなければならない。基地反対、辺野古移設反対だけじゃ、何も生まれない」

　理沙は反町を見つめ、一気に話した。

「沖縄の真の姿は伝えられていない。本土の人たちにも、ウチナーンチュ自身にもね。それも大きな問題。そのうえで、私たちはどんな沖縄を求めているか、具体的に示さなきゃならない」

　反町は理沙の別の面を見たような気がした。この女性はただ目立つだけの人とは違う。一つのゆるぎない信念を持っている。それが分かっているからこそ、警察庁が理沙の行動を追っていた。

　この女性はレキオを愛する本物のレキオスだ。大事にしなければならない。なぜか反町は強くそう思った。同時に海人の必死で母親を護ろうとする姿が浮かんでくる。

「で、私のまわりで一体、何が起こってるの。辺野古であなたは大立ち回りをしたでしょ。あの人たち、私を連れていこうとしたけど、警察の人なんでしょ」

　反町はスマホを出して理沙に見せた。赤堀に送らせた、有楽町のホテルのラウンジで理沙と阿部が会っている写真だ。

「あなたは何か隠している。沖縄で人が一人死んでるんです。あなたはその男と東京と沖縄で会っている。関係ないとは言えないでしょ。俺は刑事として必ず犯人を挙げる」

反町は断固とした口調で言い放った。

理沙が反町から視線を外し頷いた。

「分かった。阿部さんとは東京でも会ってる。私が上京したとき、彼から会いたいと言ってきた。私を助けることができるって」

「東京にはなんで行ったんです」

「金武《きん》湾埋め立て反対の陳情よ。東部海浜開発計画の仲間と、環境庁と国交省に行った。記録は残っているはず。海を埋め立てなくても地域興しはできる。埋め立てを禁止してほしいって。海は沖縄にとって、というより日本、世界にとっての財産。なんで、役所の人は分かろうとしないの」

理沙は唇を噛《か》みしめた。よほど、悔しい思いをしたのだろう。

「県も国も同じ。開発というと海を埋め立てる壮大な計画を出してくる。よほど海に恨みがあるのね。埋め立てることしか考えていない」

「理沙さん、あなたはあの日、阿部と別れて誰と会ってたんです」

「家に帰って書類を――」

「書いてたんですね。その時、海人から電話があったでしょ。オバアがサーターアンダギーを作ったから取りに来ないかって。車の運転中で、今日は用があるから別の日にしてほしいって言ったそうですね。あなたは海人に嘘をついた」

理沙が軽いため息を吐《つ》いた。

「海人に私のアリバイを聞いたの」

「話の行きがかり上、そういう話が出てきた。だまして聞き出したんじゃない。海人が事情を知っていれば、俺には隠してたでしょ」

理沙が考え込んでいる。やがて、諦めたように口を開いた。

「やはり話せない。でも、誓って私はあの後は阿部さんには会っていない」

二人は三十分ほど話して、レストランを出た。

別れるとき、理沙が反町を呼び止めた。

「沖縄には政治家がたくさんいる。私なんかより、ずっと大きな権限を持った大物もね。阿部さんは彼らに対しても精力的に動いていたはず。私に言えるのはそこまで。憶測では言えない」

反町が答える前に理沙は県庁の駐車場に向かって歩き始めている。

しばらく理沙の後ろ姿を見ていた反町は、県警本部に戻って行った。

県警本部に戻ると、ホールにいた親泊が寄ってきた。

「どこに行ってたんです。具志堅さんも探してましたよ」

「重要な用なら電話が来る」

「島袋理沙に会ってたんですね」

親泊が突然、真顔になった。反町が黙っていると、さらに問いかけてくる。

「反町さんは理沙さんが阿部の死に関係あると思っているんですか」

「なんでそう思う」

「理沙さんと会って、阿部との関係を聞いたんでしょ」

「理沙さんは東部海浜開発計画に関係している。阿部が大和建設の新規参入を頼んできたが、理沙さんは断ったと言ってた。大和建設の計画には海の埋め立てが入ってた」

「二人は基地反対派のリーダー宇良と辺野古にも行ってます」

「それがどうした。理沙さんは俺が知ってるどの政治家とも違っている。政策がないというか――いやあるんだ。海を護る。それだけだ。それが彼女の唯一の政策であり、最大の武器だ」

そのとき、反町の脳裏に理沙が別れるときに言った言葉が浮かんだ。私なんかより、ずっと大きな権限を持った大物の政治家――。

「知事と阿部は面識があるのか。沖縄にいる間に会ったということはないか」

「あるわけないでしょ。日本一有名な知事と、中年の一サラリーマンです。共通点なんてないでしょ」

「阿部は理沙さんに、自分は政府と沖縄の有力者に強い影響力を持っていることを匂わせている。沖縄の方は知事じゃないのか」

親泊は怪訝そうな顔で反町の言葉を聞いている。反町は真剣な表情で親泊を睨んだ。反町の脳裏に、阿部の姿が急激に膨らんでくる。東京で寝込んでいる母親の姿が重なった。同時に理沙の顔が浮かんだ。理沙はまだ何か隠している。重要な何かを。反町の表情を見て何かを感じたのか、親泊はそれ以上聞かず、分かりましたと軽く頭を下げると、県警のホールを出て行った。


反町がエレベーターに歩き始めたとき、大和建設の中村が県警に入ってきた。反町に目を止めた中村が駆け寄ってくる。

「ちょうどよかった。あなたにお願いに来ました」

「あんた、まだ帰っていなかったのか」

「阿部の親戚を那覇空港に送っていった帰りです。私も帰りたいんですが、本社からいろいろ言ってきましてね」

中村が反町を睨むように見て、居直った口調で言う。

「阿部の持ち物が出てきた場合、私どもに引き渡してくれるんですか。当然ですよね。阿部は被害者なんですから。親戚からも委任状をもらってきました」

「捜査上、これ以上必要ないと判断すればお返しします。これは加害者、被害者、同じです。それまでは警察で預かります」

「パソコンだけでも何とか見つけ出して、返してもらえませんかね」

「そのパソコンには何が入ってるんですか。言ってくれなきゃ、捜査は進まない」

「単なる業務事項です。中には企業秘密もあるかもしれません。企業として外部には漏らしたくないものです。違法なものじゃありません」

中村が今度は懇願するように反町を見た。

4

反町が一課に戻ると、具志堅に空いている会議室に連れて行かれた。

「阿部の事件、ここまで引きずると、県警本部が指揮を執るのは免れないな」

具志堅が平然とした顔で言う。

反町には反論の言葉はなかった。遺体発見からすでに一週間がすぎている。その間、捜査の指揮を執っているのは県警の古謝一課長だが、所轄主導で捜査が行われていた。目立った捜査の進展はない。防犯カメラ、聞き込みからもこれといった犯人逮捕につながる新情報は得られていない。辺野古見物に来た阿部を狙った地元チンピラの行きずりの犯行、という線は崩れ始めている。やっと、反町と親泊の捜査範囲を広げるという意見が考えられ始めていた。

「所轄も焦りは感じていますが、県警本部にすんなりと指揮権を渡すとは思えません。ここまで引っ張ったんです。意地がありますからね。俺も、捜査本部を県警に移しても捜査の進展がみられるとは思いません」

かえって混乱を招くだけだという言葉を呑み込んだ。この事件は当初考えていたより奥が深い可能性が明らかになり始めている。

「黒琉会《こくりゅうかい》の線は除けるか。周辺のチンピラを含めて。おまえの意見でいい」

黒琉会は沖縄唯一の暴力団だ。その勢力は那覇を中心に全県下におよぶ。

「俺は除けると思います。地元の者ならどこかで引っかかっています」

「島袋理沙はどうだ。阿部の遺体が発見される前日の朝、阿部に会ってる」

「直接話を聞きましたが、その線も薄いと思われます」

「そうだろうな。いくら睡眠薬を飲んでいても女一人でできるものじゃない。共犯者がいるのなら別だが」

具志堅が反町を見た。反町は黙っている。

いつもの具志堅とはどこかが違っている。具志堅は事件が膠着《こうちゃく》状態に陥るのを予想していたのではないか。なぜか反町は感じていた。

親泊から電話があったのは、反町が下宿に帰り着いたときだった。

〈ピンポンですよ。知事と阿部が会ってました〉

親泊の声は興奮していた。反町の身体にも高揚した感情が湧き上がってくる。

「いつ、どこで会った」

〈阿部が那覇に到着した日です。反町さんに言われて、県庁で阿部が沖縄入りしてからの知事の日程表を調べてみました。その日の最初のページに東京からの来客とありました。秘書に会って阿部の写真を見せたら似てると言ってます。空港から直接、宿泊施設に行ったと思ってましたが県庁に寄って、知事と会っています〉

「阿部が死んだ三日前だ。翌日には基地反対派の宇良たちと辺野古に行き、その二日後の朝、理沙さんに会って夜には殺された」

〈何が起こってるんです。反町さんは何かつかんでるんですか〉

親泊の興奮した声が返ってくる。

「引き続き、阿部の行動を調べてくれ。逐次、俺に連絡を入れろ」

無意識の内に反町の声が小さくなった。阿部は知事と会っていた。なぜだ。反町の頭は混乱した。

「まだ誰にも話すんじゃないぞ。県警の者はもちろん、家族にもだ。もっと情報を得てからだ」

〈分かりましたが、なぜなんです。阿部はすでに死んでいます。それも、知事と会った三日後の夜に。まさか、知事が阿部を殺したなんて言うんじゃないでしょうね。そんなの考えられません。二人はどうつながってるんです。何か知っているのなら、俺にも教えてください〉

親泊の懇願するような声が聞こえてくる。

「俺にも分からん。だが相手は知事だ。だから上に知らせる前に確かな情報が必要なんだ。集まった事実をつなぎ合わせる。何でもいい。分かったことは知らせろ」

反町はそのままスマホを切った。反町の脳裏には、様々なパズルのピースがいっせいに押し寄せてくる。それを並べ替え、組み立てようとしたが、あまりにも形が違いすぎて正しい位置に嵌《は》めることができない。

シャワーを浴びて、ベッドに横になったが眠れそうにない。阿部の姿に理沙の顔が重なる。さらに、渡嘉敷知事の姿が現れた。

翌朝、反町が駐車場に自転車を止め、県警本部正面の石段を上がっていると声が聞こえた。

「水死体の捜査は進んでいるか」

顔を上げると新垣刑事部長が反町を見つめている。

「前と同じです。俺は単なる物盗りや事故じゃない気がします」

「新しい証拠が出たか」

「刑事の勘です。というより、阿部はただの建設会社の社員ではない気がします。何かを持って沖縄に来た」

　だから阿部は渡嘉敷知事や理沙に会った。という言葉を呑み込んだ。話すのはもっと詳しく調べてからの方がいい。

「何を持って来たんだ」

「それを調べています」

　新垣が何かを考え込むようにわずかに眉根を寄せた。

「分かったら、まず私に教えてくれ。楽しみにしている」

　新垣は反町に一瞥《いちべつ》を送ると石段を駆け下りていく。その先には黒塗りの車が止まり、ドアの前に運転手が立っている。

第四章　知事の死

1

反町は県警本部に来るという親泊の言葉を断り、近くのコーヒーショップで会った。

親泊はスマホで撮った知事のスケジュール表を反町に見せて説明した。

「これは当分、俺たちだけの秘密だ。捜査本部に上げると混乱するだけだ」

親泊は渋々ながら承知した。

「じゃ、これからどうするんですか」

「阿部の足取りを調べる。いつ、どこで、誰に会ったか分単位でだ。たかだか四日間のことだ」

「たかだか四日ね」

「不満か」

「俺はそんなこと言ってませんよ」

「顔に書いてある」

午後にもう一度会うことに決めて、二人は県警本部と那覇署に戻っていった。

県庁前に来た反町は、異様な雰囲気に立ち止まった。

前の道路から正面入口にかけて人が溢れている。

階段を上がって中を覗くと、いつもの数倍に人が増え騒然としていた。エレベーターから出てきた県庁職員が三人、反町が声をかける間もなく飛び出して行った。

「かなりヤバそうだ。まだ息はあるそうだが」

「意識がないって聞いた。元から心臓が悪かったんだ。手術中だが、かなりの量の輸血用血液が集められている」

「しかし、この大事なときに県トップが倒れるとはな」

顔見知りの新聞記者が二人、話しながらロビーを出て行く。

反町は受付の女性の所に行った。

「何があった」

「渡嘉敷知事が倒れました。急に胸が痛いと言って」

言葉が終わる前に、反町は出口に向かってダッシュしていた。

捜査一課に戻ると、数人の刑事が残っているだけだ。彼らは、戻すとすぐに鳴り始める受話器を取って、大声でしゃべりかけている。

「なに突っ立ってるんだ。渡嘉敷知事が倒れた。事件性はなさそうだが時期が時期だからな。他の連中は現場に出てる」

叩きつけるように受話器を置いた中年刑事が、反町に気づいて言う。その間にも受話器が鳴り始める。

「俺、今戻ったところで詳しく知りません」

「新都心の公会堂での講演会後だ。通りに出たところで急に胸の痛みを訴えて倒れた。直ちに救急病院に搬送された。命に別状はなし」

「命に別状ないって――。県庁じゃマスコミの連中がヤバいと言ってました。心臓の持病の悪化だと」

反町の話を聞いて、初老の刑事がスマホを出してタップしている。

反町は思わず息を吐いた。嫌な予感がしたのだ。

目の前の電話が鳴り始め、反町は受話器を取った。

〈知事が倒れたそうだが、詳細を教えてくれ。私はうるま市の市会議員――〉

「うちは警察です。そういう質問は新聞社の方がいいんじゃないですか」

〈おい待て、私は市会議員の――〉

反町は抑揚のない声で言うと受話器を置いた。

「俺も行ってきます」

鳴り始めた電話を横目で見たが、反町は飛び出して行った。

スマホを見ても、具志堅からの電話は入っていない。すでに知事が倒れた現場か病院に駆けつけているはずだ。反町に連絡する時間もないのか。

反町は新都心の公会堂前で具志堅と合流すると、事件性がないことを確認してそのまま病院に行った。警備を兼ねて病院で待機するよう県警本部からの指示があったのだ。

渡嘉敷知事の緊急入院で県庁だけでなく、県警本部も混乱した。県庁の周囲はマスコミと沖縄政財界の人たちで溢れた。

病院に運ばれた渡嘉敷知事は緊急手術が施され、命に別状はないと知らさせた。

夜には病院から病状についての詳しい発表があった。

「知事の容態は安定しています。きわめて簡単な手術だったので、すでに麻酔から覚めています。本人の強い希望により、現在はＩＣＵを出て病室に移っています。奥様とも普通に話ができる状態です」

「病名は何だったんですか。かなり苦しそうでしたが」

女性記者の声が上がった。

「過労による心筋梗塞の悪化と思われます。対応が早かったので、大事には至りませんでした。意識も回復して、胸の痛みも治まっています。本人は早期の退院を希望しておられますが、しばらく入院が必要です。詳しい検査を行い、今後の治療を考えたいと思います」

担当医師は淡々とした口調で説明した。

その日、反町が下宿に帰ったのは、日付が変わる直前だった。

反町はベッドに倒れ込むとそのまま眠っていた。


スマホが震えている。午前二時に近い。

〈どうせ寝てないと思ってかけました。でも今は、阿部どころじゃないですね〉

秋山優司《あきやまゆうじ》の声が返ってくる。

彼は警視庁組織犯罪対策部の巡査部長で三十一歳だ。去年の秋、危険ドラッグの捜査で警視庁から沖縄県警に派遣されてきた。反町より歳上で性格も正反対で牛真面目な男だが妙に気が合い、連絡を取り続けている。

「知事の入院か」

〈東京のマスコミは大騒ぎです。ワイドショーじゃ、辺野古と関連づけて単なる入院じゃないだろうって。沖縄県警が動いているという噂もあります〉

「噂だろ。事件性はない」

〈断言できるんですね。警視庁でも他県のことながら心配しています。午後はその話で持ちきりでした〉

「警視庁もいい加減、ヒマなんだな」

〈沖縄がそれだけ注目を浴びてるってことです〉

「本土から見れば、こんな僻地《へきち》の島、どうってことないだろ」

〈沖縄は特別なんです。この時期に知事が突然倒れて入院だなんて。政治がらみの陰謀説まであります。テレビもトップニュースで扱ってます。コメンテーターも言いたい放題。にわか勉強と思いつきのトンチンカンなモノが大半ですが。勢い余った右翼が何か仕掛けたという者もいました〉

秋山の声が小さくなった。

「それで、何の用だ。まさか、知事の件を聞きたいだけじゃないだろ」

〈いや、それだけです〉

「おまえの方も、知事の入院に関連がありそうな情報が入ったら、知らせてくれ」

了解ですという言葉と同時に電話は切れた。

反町はしばらく秋山の言葉を反芻していた。渡嘉敷知事の入院に事件性があるかないかについて知りたがっていることは明らかだ。秋山の背後では電話対応の声がした。彼はまだ警視庁にいる。沖縄県警の様子を知るために午前二時に電話してきた。

やはり、沖縄は注目を浴びる場所なのだ。いくつかの勢力がせめぎ合っている。どちらの勢力もボスは本土に潜み、遠く離れた島の人間を動かしている。

ベッドに横になったが眠れそうにない。渡嘉敷知事の顔が浮かんだ。その顔に阿部の顔が重なっている。阿部は渡嘉敷と何を話したのだ。

翌日の朝、再度病院から渡嘉敷知事の病状は安定しているとの発表があった。昨夜は医師の反対を振り切って、副知事以下数名の者と面会したという話も伝わってきた。現在の県政に対する知事の並々ならぬ意欲が感じられる。

昼には知事の強い要請で、医師立ち合いの上で病室にテレビカメラが入り、意思表明が行われた。

「皆さんには大変ご心配を掛けました。しかし、私は多くの方々のおかげで生還いたしました。次期選挙では沖縄の意思を明確に示します。私は私の信じる道を歩みます。退院し次第、もう一度、記者会見を開きます。沖縄の皆さん、一緒に立ち上がり、新しい沖縄を作りましょう」

知事は弱々しい声ながら、強い意思をテレビカメラに向かって表明した。

ベッドに上体を起こした姿で、テレビカメラに語り掛ける知事の姿には迫力があった。マスコミも健康状態には触れず、渡嘉敷の沖縄に対する強い思いのみを取り上げた。このままの状況で選挙戦に入れば、渡嘉敷知事再選は間違いないと思われた。

名護署、大会議室では特別捜査会議が始まっていた。

「本土じゃ、一日中、渡嘉敷知事の話題らしい。昼のワイドショーは全チャンネル」

「時期が時期だからな。知事選も近いし、辺野古の問題もある。おまけに水死体だ。視聴者の興味をそそる話題には事欠かない」

「沖縄がこんなに騒がれたのはひさしぶりだ。基地問題だけじゃ、これほど盛り上がらない。しかし、もしこれで知事が亡くなりでもしていたら——」

会議室のあちこちで様々な声がささやかれている。

その時、急に声が引いていった。新垣刑事部長が数名の幹部と現れたのだ。

会議の冒頭、古謝一課長が渡嘉敷知事の病状と辺野古水死体事件の捜査の進展を説明していた時だった。

総務の警察官が入って来て、新垣刑事部長に耳打ちをした。新垣は古謝に何ごとか話すと足早に出て行く。部屋に緊張が走った。

「五分ほど前、渡嘉敷知事が亡くなった」

古謝一課長の声は大きくなかったが、静まり返った部屋には十分に伝わった。

「公式発表は三十分後。病院関係者によって病院で行われる。その後、副知事が県庁の会議室で記者会見だ」

古謝の声が大きく響いた。

「死因は何ですか」

どこからか声が上がった。古謝がメモ用紙に目を移して話し始めた。

「心臓の血管が破れたらしい。知事には心筋梗塞の持病がある。日常的に心臓の血栓を抑えるために血液抗凝固薬を使用していた。今回、出血を抑えるためにその抗凝固薬を調節していたが、その調節がうまく行かず、大量出血を引き起こした。これが死因と考えられている」

反町は具志堅に身体を傾けた。

「ほんの数時間前、テレビカメラの前で、次の知事選に対する意気込みを語っていました。それが突然――」

なぜ、と言って反町は一瞬言葉を切った。

具志堅も考え込んでいる。

「おまえは渡嘉敷知事は誰かに殺害されたと思うのか」

具志堅が声を潜めた。

「病院の医師と看護師に話を聞くべきでしょ」

「防犯カメラと不審者の侵入についても、聞き込みを忘れるな」

具志堅が反町に念を押すように言う。

2

渡嘉敷知事の突然の死去は、沖縄だけでなく日本中に衝撃をもって伝えられた。

その日の内に、沖縄には本土からのマスコミ関係者が大挙してやってきた。

マスコミばかりでなく、米軍基地、辺野古移設に賛成、あるいは反対する団体の沖縄入りが相次いでいる。

那覇空港に着陸する飛行機はどれも満席だった。羽田《はねだ》、大阪、名古屋など本土からの飛行機は数日先まで予約で埋まっている。

那覇市内の宿泊施設は、ほとんどが本土のマスコミに押さえられた。中には車で寝泊まりしている者もいるという。本土中のマスコミ関係者が那覇市内に集結したのだ。

那覇空港の到着ロビーは記者やテレビのレポーターやクルー、カメラ機材を持ったカメラマン、それを迎えに来た者たちでごった返していた。

さらに、県庁のロビーはマスコミ関係者で溢れた。近くの道路には取材の車が列をなして駐車している。日本全土の目が、那覇の官庁街に注がれていた。

反町が県警本部の駐車場に入ったときスマホが鳴り始めた。

〈捜査は進展していますか〉

秋山の声が聞こえる。

「そっちで把握してるんじゃないのか。昨日の夜も警視庁に泊まりだったんだろ」

〈分かりましたか。渡嘉敷知事の死去で、警視庁でも異例の検討会が行われています。そちらから送られてくる情報をもとに、本土が被る影響の算出です〉

秋山が途中から突然、声を潜めて話し始めた。

〈ネットでは、防衛省や内閣府が関係しているという陰謀説まで出始めています。辺野古移設の邪魔者を消したって。あきらかに病死なのに〉

「ありうる話だと思っている者も多いんじゃないか。警視庁じゃ、こっちから送る情報以外になにか得てるものはないのか」

〈あれば知らせますよ。警察官の使命は住民保護と早期の事件解決ですから。ただし、個人的な雑談としてです。情報源はお互いに護りましょう〉

秋山がさらに声を潜めた。

〈沖縄県警はどう判断してるんです。知事は病死で間違いないんですか〉

「病院の会見は聞いたんだろ。知事には持病があった。それが急に悪化した。マスコミはなんでも陰謀説に結びつける」

〈そんな常識的なことは言わないでください。反町さんらしくない。たとえ事実でも、

視野を広げて考えないと何かを見逃します〉

「広げた結果だ。沖縄はいつだって本土の代理戦争だ。この島のアイデンティティは無視されて」

秋山の驚いた気配が伝わってくる。いつもの反町の言葉とは思えなかったのだろう。

「そっちの動きは知らせてくれ。俺も特別なことがあれば知らせる」

反町はスマホを切った。切ってから秋山の口から一度も阿部の話が出なかったのに気づいた。


「渡嘉敷知事の通夜が昨夜行われた。告別式は明日。喪主は妻の渡嘉敷聡美《さとみ》氏。遺骨と遺影を持った親族の車が知事公舎、那覇市役所、県庁を回り、葬儀場の大典寺《だいてんじ》に向かうルートだ。我々はご遺族と関係者の警備を行う。告別式とはいえ、過激な言葉がネットには飛び交っている。くれぐれも気を抜かないように。中心となるのは警備第一課、警備第二課。我々刑事部も側面から援護する」

古謝が気合のこもった声で言った。部屋の空気はピンと張り詰めている。

「さらに渡嘉敷知事の県民葬が予定されている。沖縄県内はもとより、本土からも総理大臣他、複数の閣僚も来るはずだ。それまでには、何とかして辺野古水死体事件の全容を明らかにして、犯人がいれば逮捕する。少なくともメドを付けなければならない」

少なくともメドを付ける、という言葉を使った。捜査が長引きそうなことを予測しているのか。

「新知事を決める知事選は五十日以内に行われるんでしたね。それまで、県政のトップは誰がやるんですか」

どこからか声が上がった。

「大城《おおしろ》副知事だ。しかし突然だったので、県庁中が大騒ぎだと聞いている。もっともな話だ。渡嘉敷知事が二選を狙うと考えられていたんだ」

古謝が声の方を向いて答える。

「すでに選挙戦に動き出しているという話だ。島内も本土も。裏じゃ思惑が入り乱れてる。彼らには葬式どころじゃないだろう」

反町の横の中年刑事が顔を前に向けたまま呟く。

「我々は引き続き辺野古水死体事件の解明に全力を尽くす。ミスは許されない。心してかかるように」

古謝捜査一課長の声が響いた。

告別式当日、位牌を持った喪主の渡嘉敷聡美を乗せた車は知事公舎を出て、那覇市役所、沖縄県庁を通って、大典寺に向かう。

県庁前は職員に加えて市民で溢れていた。反町と親泊は道路を隔てたレストラン前から見ていた。

黒塗りの車列が県庁前のロータリーに入ってくる。先頭の車から位牌《いはい》を持った聡美が降りて、居並ぶ職員に対して深々と頭を下げた。ハンカチを目に当てている職員もいる。回りからは啜《すす》り泣きの声も聞こえた。

「これでトラブルが起こったら、県警の面目は丸つぶれだ」

「だから本部長自ら訓示があったんだ。彼の首だけじゃすまないからな」

今朝は予定の五時間も前から県庁前と告別式会場には厳戒態勢が敷かれている。その出発時には、徳田沖縄県警本部長自らの激励があったのだ。

「あの人、島袋理沙さんじゃないですか。噴水の所です」

親泊の視線を追うと確かに理沙だ。その横には海人がいる。

車はホーンを鳴らすと告別式の行われる大典寺に向かった。反町たちは県警の車に分乗して、車列のあとを追った。

寺の周辺は人で溢れていた。主催者発表は四千五百人。しかしこの会場の定員は四千人だ。寺の前では入りきらない弔問客が寺に向かって手を合わせている。その周りを島の内外のマスコミが取り囲んでいた。辺野古埋め立てが始まり、日本中の目が沖縄に向かう中での知事の突然の死が与えた衝撃の大きさを物語っていた。

反町は告別式会場に入った。中は熱気で息苦しい。喪主聡美の横には長男の総一郎《そういちろう》が座っている。反町は参列者の背後に立って中を見回した。本土の告別式とは違って、スーツの喪服と黒っぽいかりゆしの喪服が半々程度に分かれている。

「次の知事選に関心が向かってる。今月末にも告示される。これからが大変だ。すでに各勢力とも、候補者選びで大騒ぎだ」

「誰が立つんだ。渡嘉敷知事の再選でほぼ決まってた。他の候補なんて考えてなかった」

「大城副知事じゃないのか。ちょっと荷が重いが」

「知事の周辺は、新人を担ぎ出そうという動きがあるらしい。知名度があって、渡嘉敷知事の遺志を継ぐ者だ。辺野古の埋め立ては即時中止。辺野古に基地は造らせない」

「そんな新人なんているのか。また本土から適当なのを連れてくるのか」

反町の耳に周りのささやきが入ってくる。

「異常ありません。反町さん、誰か探してるんですか」

突然の声に振り向くと、親泊が立っている。彼は会場周辺の警備にあたっていたのだ。

「おかしなのはまぎれこんでいないか。ここで事件を起こすと宣伝効果抜群だ」

反町は半分本音、半分は冗談のつもりで言った。探していたのは、海人と理沙だ。なぜか気になっていた。母ちゃんを護ってくれ。海人の声が耳の奥に残っている。

「起こるかもしれませんね。だとすれば標的は――。この人混みに紛れていれば、目立たないし」

参列者の方を見ていた親泊の視線が止まった。ひときわ目を引く長身の女性がいる。

「理沙さんです。島袋理沙」

黒のかりゆしウェアを着た理沙だった。背筋を伸ばして前方を見つめている。周りではカメラのシャッター音が響いていた。反町は一瞬身構えたが、身体の力を抜いた。ここで狙われる可能性は低い。人目が多すぎ、警察官で溢れている。

「理沙さんは渡嘉敷知事とは親しかったんですか」

「彼女は海の埋め立てには反対だが、基地には反対していない。むしろ、共存路線を考えている」

「彼女、無所属でしたね。今日は党派を超えた告別式だ。沖縄知事選を見据えてはいますがね」

親泊の声を聞きながら、反町は海人を探して参列者に目を走らせた。理沙の二列後ろに海人の姿が見える。その視線は母親に向いている。

告別式は何事もなく一時間ほどで終わった。

反町が県警本部に戻ってきたとき、ノエルを見かけた。ノエルの方から近づいてくる。

「深刻そうな顔をしてるじゃない。あんたらしくない。こんな時に、笑えというのもおかしな話だけど」

「告別式で理沙さんを見た」

「名護市の議員だし、沖縄県民として見送ったんじゃないの。特別なことじゃない」

「渡嘉敷知事、阿部、理沙さん。おまえ、何か知ってることはないか」

反町の声が小さくなった。渡嘉敷は阿部と会っている。反町は喉元まで出かかった言葉を呑み込んだ。

「理沙さんが知事を殺したとでも言いたいの。ついでに阿部殺しの犯人にもしたいんでしょ」

「落ち着け。俺は理沙さんを護りたいんだ。海人のことだってあるだろ」

「だったら、紛らわしいことは言わないで。あんた、最近何か変。理沙さんを疑ってる。理沙さんのアリバイは私が調べる」

ノエルは一気に言うと大きな息をついた。

「渡嘉敷知事について知りたい。ここ数ヶ月の知事は明らかに言動に変化があった。赤堀が手に入れた知事の不正、不祥事が入ったフラッシュメモリーの影響だと思っている。誰かがあれを使って知事を脅していた」

「東京の誰かでしょ。あのフラッシュメモリーだって、どうなったか分からないのよね。赤堀だって、未だに警察庁に戻れない。辺野古に揚がった阿部の水死体、知事が突然亡くなった。最近、沖縄は異常ずくめよ」

ノエルも声を潜め、腹立たしそうに言った。

何かが起こっている。反町の脳裏に理沙の顔が蘇《よみがえ》ってくる。

エレベーターの横に立ち、二人を見ている具志堅に気づいて、反町はその場を離れた。

その日の午後、病院で渡嘉敷知事の死亡原因についての正式発表があった。

「知事の死因は心臓の冠動脈の破裂と断定しました。予想外の血栓で血管が詰まり、破裂しました。血管のかなりの部分が壊死《えし》していました。長年患っていた糖尿病も影響したと考えられます」

院長自らがホワイトボードに描いた図を示しながら、神妙な表情で説明した。

「手術はうまくいったんじゃないんですか。翌日には知事自らテレビに出て県民に無事を訴えました。選挙が近いとは言え、異例のことです」

院長は発言した記者に視線を向けたが、そのまましゃべり続けた。

「手術直後は出血も止まっていました。その後、冠動脈の他の部分が破れ、出血したと思われます」

「だったら、手術は必ずしも成功したとは言えないんじゃないですか」

「成功でした。出血原因として、知事の遺体から採取した血液サンプルから、微量ながらアルガトロバンが検出されました。この薬は血液抗凝固剤の一種で、一般的な経口剤ではなく静脈注射されます」

「素人にも分かるように説明してください」

「知事は血栓塞栓症《そくせんしょう》、つまり心筋梗塞、脳卒中の傾向があり、抗凝固薬を服用していました。血栓を防ぐために血液をサラサラにして、固まりにくくするものです。ですから、手術時には特別な配慮をいたしました。ところが、その抗凝固剤が血液中に混じっていました」

「誰かが意図的に入れたということですか」

「分かりません。知事は過去に何度かアルガトロバンを使用したことはあります。しかし現在は、経口のものにしていました」

「渡嘉敷知事の遺体の検視は行われたんですか」

「遺族の希望により、行われていません」

「結局は藪の中ということか」

呟きのような声が聞こえる。

病院の発表を聞いて、県警本部は色めき立った。

新垣刑事部長の指示で、直ちに捜査一課の捜査員が集められた。

「誰かが点滴液にそのアルガトロバンとかいう薬を入れたという可能性はないのか。病室の出入りはどうなってる」

「家族と医師と看護師に限られてる。不慮の事故に備えて病室前には制服警官を二十四時間態勢で配置していた。不審者はゼロのはずだ」

「現在のところ、医師の発表では事件性は認められない。沖縄県警は総力を挙げて辺野古崎水死体事件に取り組む」

古謝一課長の声で捜査員たちは立ち上がった。

3

その日の夕方、県警本部で開かれた捜査一課の会議に新垣刑事部長が現れた。

「大城副知事が知事代行を担うことになった。次の知事選のタイムスケジュールは、追って発表される。おそらく知事選後、県民葬が行われる。それまでには何としても阿部の事件に決着をつけたい」

「マスコミからは知事の死に疑問を持つ声が聞こえます。つまり、何者かが意図的に血液抗凝固剤を知事に注射したというものです。捜査はしなくていいんですか」

捜査員から声が上がった。

「あくまで噂だ。県警としては、病院の発表を踏まえて、慎重に対処したい」

「渡嘉敷知事の検視はどうなってるんです。持病の心筋梗塞をおさえる血液抗凝固薬による大量失血死でいいんですか。手術後、テレビカメラの前に出て県民に健在をアピールしてるんです。次期知事選に対する抱負も述べている」

「知事自身がいくら生きるつもりであっても、寿命だけはどうしようもない」

「すでに死因は病院が発表している。これ以上騒ぐ必要はない」

「病院職員への聞き込みはやってるんですか。避けられない病状悪化か、医療過誤か。それとも――」

「要請はしているが、医療過誤の証明は難しい」

古謝一課長が立ち上がって言う。

「知事の死亡についてはこれで終わりですか」

「病院の発表に嘘があると言うのか。だったら、それを示せ。検察も納得するように」

古謝の言葉も冷静さを欠いている。

「手術はうまくいった。その後、知事自らが会見までやってます。退院後の重大発表までにおわせている。容態の急変だけで片付けるのはあまりに――」

「だったら、何があったと言うんだ。それを探せ」

古謝の苛立《いらだ》ちに満ちた声が飛んでくる。

「依然として阿部の足取りは完全にはたどれていない。空白の部分がある。引き続き、全捜査員は全力を尽くすように」

古謝一課長が立ち上がり、意見を求めるように捜査員に視線を向けたが、誰からも声は上がらない。

会議は一時間ほどで終わった。これといった新しい情報はない。


ロビーに降りると、海人が椅子に座って反町を見ている。

「なんか用か」

「用がなければ来ちゃダメなのか。ひらかれた警察だろ。ここだって公共施設だ。それに、あんたが俺を探してるって聞いたから来たんだ」

「ノエルが言ったのか」

海人が頷いた。海人に何か言ってやれ、ということか。

「何か食うか」

「オバアと食った」

二人はロビーの端の椅子に座った。反町は自販機で買ってきたコーラを海人に渡した。

「おまえ、頑張ってるな。知事の告別式で、理沙さんの背後にいただろ。母親を護ってるんだよな」

海人は答えない。

「あれでいい。犯人が誰かを狙うとき、まず周りを見るんだ。誰かが見てると、うかつなことはできないからな。母親だって身内が見守ってくれてると思うと心強い」

「俺だって、ずっとついてるわけにはいかない。母ちゃんは感づいて、嫌がってる。そろそろキレそうだ。あの人、絶対におかしいよ。自分がヤバいのに」

「母親としてはそうだろう。おまえを危険にさらすってことにもなるんだから」

「だったら俺はどうすればいい」

「名護市のマンションには帰ってるのか」

「那覇にはオバアだっているだろ。母ちゃんは忙しいし。俺が見張ってるのを嫌がるのは、自分が怖がってると思われたくないんじゃないの」

「議会は夏休みだ。普通、この時期は地元周りか」

「俺は知らない。でも、那覇にもけっこう来てる。特に最近は。那覇でも支持者の集会があるらしい。オバアの家に泊まることもある。昨日も俺が寝てる間に来てた。朝、起きたらいたから。最近はよくある」

「那覇で何をやってる。集会以外は」

「何かを調べてる感じ。図書館に行ったり、大学に行ったり。新聞社にも行ってる。人とも会ってる。俺なんて眼中にない」

「何を調べてるか分からないか」

「聞いたけど、教えてくれなかった。あんたには早すぎるって」

「政治に関することか」

「知らないって言っただろ。でもあの人の頭の中は今はそれだけ」

エレベーターが開くとノエルの姿がある。

反町と海人に気づいてやって来た。

「なにコソコソやってるのよ」

「堂々と話してるだろ。俺たち友達だからな。母親公認の」

反町は海人の肩をつかんで引き寄せた。

「俺、行くわ」

海人は椅子の下から引き出したスケートボードを持ってロビーを出て行く。県警本部を出ると、反町たちに向かって手を上げて、スケートボードに乗り、そのまま階段を下りていく。ノエルが呆《あき》れ顔で見ている。

海人を見送ったノエルが反町に向き直る。

「変なこと吹き込まないでよ。彼、あれでも理沙さんの子供とは思えないほど純情なんだから。何の話をしてたの。私には言えないこと？」

「母親のことだ。海人なりに心配している。理沙さん、最近、那覇によく来るらしい。知ってたか」

「私には何も言ってないけど、秘書の奈美《なみ》ちゃんから聞いてる。彼女が理沙さんに、何をしてるのか聞いても答えないらしい。それとなく、注意してってと電話で頼まれた」

「何かあったのか」

「ここ数ヶ月で何度か嫌がらせを受けてるの。よほど怖かったのよ。また襲われると思ってるのね。私もそんな気がする」

「気をつけてはいるが本人次第だ。理沙さんも協力的であってほしいね」

反町は数秒考えたが、ノエルも知っておくべきだ。

「理沙さんは何かを隠している。海人もそれに気づいている。だから怯《おび》えてる」

「あんた、理沙さんと話したの」

ノエルが反町を見た。

「捜査の一環だ。理沙さんは、おまえに何か言ってたことはないか」

「何かって。はっきり言いなさいよ」

「はっきり言えないから、おまえに聞いてるんだ。海人も、理沙さんが那覇に来て何かを調べてるらしいと言ってた」

反町の脳裏に海人の思い詰めた顔が浮かんだ。純粋に母親を心配する子供の顔だ。何としても護ってやりたい。理沙も海人も。

「あの人は沖縄の海を護ろうとしている。そのために新しい沖縄を創ろうとしてる。本人は意識してなくてもね。私も注意してる。あなたも必ず理沙さんを護るのよ」

ノエルは真剣な表情で反町に懇願するように言った。

4

辺野古での水死体事件の捜査は一向に進展がなかった。阿部の身元が分かったことで一気に事件解決かと思われたが、それから先に進んでいない。

反町は名護署の特別捜査会議を休んで、海人から聞いていた那覇中央図書館に行った。

貸出係の所に行って、警察手帳を見せた。

「俺は沖縄県警の刑事だ。島袋理沙という女性が借りた本のリストを知りたい」

「そういうことはできません。個人情報保護で禁止されています」

貸出係の若い女性が戸惑った顔で反町を見上げている。

「刑事だって言ってるだろ。怪しいものじゃない。捜査に必要なんだ」

「でも、規則ですから。館長に叱られます。正式な手続きが必要です」

「時間がないんだ。そこのパソコンのキーを二、三度押せばいいんだろ。何なら俺がやってやろうか」

腕を伸ばしかけた反町の前に、ドサリと十冊近い本が置かれた。

「今日借りたのはこれよ。他のが知りたかったらノートを見せてあげる。私、読んだ本は記録してるの」

振り向くと理沙が立っている。

「それにしても、沖縄県警は強引じゃない。いくら捜査のためと言っても。彼女、かなり困ってる」

反町に言葉はなかった。自分でもそう思う。

「予約し忘れた本があったので戻ってきたら、あなたが女の子をイジメてた。これって、完全なパワハラよ」

「イジメてたんじゃなくて、頼んでたんです」

「私について聞きたいことがあったら、直接聞きなさい。その方が早いし、トラブルもないでしょ」

理沙はついてくるよう目配せした。反町はテーブルの本の束を持って後に続いた。

理沙は図書館に隣接している喫茶店に入り、椅子に座るなり聞いた。

「書架の陰から私を見てたの反町くんね。私に何か用なの。それとも、ただ私を見張ってるだけなの」

「それ、俺と違います。俺は来て直接、貸出係に行きましたから。理沙さんが来てるの知りませんでした。どんな奴でしたか」

「気のせいかしら。最近、やたらと気になって」

理沙が考え込んでいる。

「注意してください。ストーカーもどきや嫌がらせも多いんでしょ。無言電話もあるって聞いてます」

「海人でしょ。まあ、いいわ。それで、用は何なの。ハッキリ言いなさい。手間を省いてあげる」

「嘘じゃないです。どんな本を借りたか知りたいと思って。理沙さんが探しているのが何か知りたかったんです。最近、何か調べてるんでしょ」

反町はテーブルに置かれた本のタイトルを見た。『沖縄の戦後史』『沖縄返還からの二十年』『沖縄、政治と基地と金』、その他もすべて沖縄の戦後史と政治の本だ。基地問題と法律についての本もあった。

「調べてなんかいない。私は今まで勉強なんて集中してやったことがなかった。その分つけが来て、今頑張ってる」

「手伝いますよ。何を調べてるか言ってください」

反町は理沙が借りてきた本の一冊を手に取った。

『沖縄の戦後史』、どこかで見た本だ。思い出そうとしたが思い出せない。沖縄の基地問題、政治と法律に関する本だ。著者は金城《きんじょう》光雄《みつお》。

「こう見えても市会議員だから。こういう勉強は必要なのよ。今までやってこなかった分、取り戻そうとしてるだけ」

「嘘でしょ。海人も言ってました。何かを調べてるって。俺に母親を護ってくれとも。彼なりに心配してるんです」

理沙はしばらく目を伏せていたが、やがて覚悟を決めたように顔を上げて反町を見た。

「私にも何を調べてるか分からない。ただ――」

「誰にも話しません。誰かに話すことが必要になれば、まず理沙さんに相談します」

「阿部堅治さん、水死体で発見された大和建設の社員。彼とホテル・ラグーンで会ったことは言ったでしょ。話は、東部海浜開発計画に大和建設を参加させてほしいってこと。その時、彼が自分たちには、最強の切り札があるって言ったの。本土の政治家や大手ゼネコンとのトラブルは、自分たちに任せてほしい。黙らせることができるって。魅力的な言葉だった。私たちはいろんな方面から有形無形の妨害や威圧を受けている」

「任せてほしいって、どうやるんです。お互い、膨大な利害が発生する仕事です。具体的な話はしたんですか」

理沙が首を横に振った。

「彼は大和建設がプロジェクトに参加できるのであれば、すべてお話しすると言ってた。そして新規の開発計画を出してきた。でもそれだと、海の埋め立てはやらなきゃならない。だから私は話を中断してホテルを出た。事前に聞いていた話と違ってたのよ」

「阿部が言う最強の切り札って、何なんです。本土の政治家と大手ゼネコンは任せておけっていうものは」

「そんなこと分からない。ただ、やたらと強調してた」

「だったら、理沙さんはなにを調べてるんです」

理沙は黙り込んだ。反町から目を逸《そ》らせて何かを考え込んでいる。

「ただ勉強している。今までしてこなかった分もね」

「金城光雄のファンですか」

反町は目の前に積まれた本の著者の名を言った。聞いたことのある名前だ。

「いい本よ。あなたも読んでおくべき」

反町は本の背表紙を開けて経歴を見た。

「金城光雄、享年六十八歳。琉球日報退職後も新聞社と関係してた。沖縄の歴史と在日米軍についての記事やレポートを多く発表している。本も出してる。現役時代からいろいろ騒がれた人だ。東京にいた四年間で社長賞三度。亡くなった時、騒がれましたね」

しゃべっているうちに、三年ほど前の事件を思い出した。那覇港で水死体で発見された新聞記者だ。

「ユニークな人よ。留置場五回の経歴の持ち主」

「何をやらかしたんです」

「飲みすぎて喧嘩で二度と、家宅侵入で三度。家宅侵入の二件は国会議員宿舎。一件は大手企業の社長宅。玄関に入り込んで、しつこく粘ったの。警察を呼ばれてる。これでよく新聞社をクビにならなかったわね。よほど優秀だったか、社長の弱みを握ってたか」

反町も酔っぱらいと喧嘩では何度か当事者を捕まえた。翌日、酔いが覚めたときには気弱そうな普通のおじさんの場合がほとんどだ。始末書を書かせて帰らせている。家宅侵入も窃盗とは違い、家主と言い争って、玄関先まで入って通報される場合がある。放っておくわけにもいかないので、落ち着くまで留置場に置いておく。金城の場合は取材がらみの家宅侵入だろう。

話を聞いているうちに金城の水死事件について次第に思い出してきた。

当時交番勤務だった反町には、県警本部が中心で動いている事件など雲の上の話だった。最初、他殺か自殺かでもめたが、半年前に妻が死に、かなり生活が荒れていたこと、アルコールの血中濃度が異常に高かったことなどから自殺と断定された。遺体が揚がって短期間で捜査は打ち切られた。

しかし、当時テレビのワイドショーで騒がれ、本土からもマスコミが来たことを覚えている。金城が普天間基地移設に関する政府と沖縄県との密約をスクープしたと話題になっていたからだ。当然金城殺人説が浮かんだのだ。

「金城さん、かなりのインテリで勉強家。本を十二冊書いている。全部、琉球日報出版局から出てるので、本土の人にはほとんど知られていない」

「ぜんぶ読んだんですか」

「一冊以外はね。明日までに読んでおかなきゃ」

それがこれ、と言って、テーブルの本から一冊を抜き出した。

「沖縄の政治史ね。資料がビッシリ。あなたも一冊くらいは読んでおくべき。一般的に言われていることとかなり違うことの方が多い。驚くから」

反町のポケットで波の音が聞こえ始めた。慌てて手を入れてマナーモードに切り替えようとしたがうまくいかない。波の音は続いている。

「出なさいよ。私は気にしないで」

理沙の言葉でポケットからスマホを出し、背中を向けて話した。

〈今どこです。捜査会議に出なかったでしょ。すっぽかすほど重大な聞き込みですか〉

「重要な新情報はあったか」

親泊の言葉を無視して、反町は聞いた。

〈本部長が来て、知事選が始まる前に事件の真相を明らかにしろ、沖縄県警の威信に傷を付けるなということです〉

反町はそのままスマホを切ってポケットに入れた。

テーブルを見ると、理沙と本、そして伝票が消えている。

窓の外に視線を向けると車に乗り込む理沙の姿が見えた。

運転席の窓が下がり、理沙が反町に向かって手を振ると車は走り出した。


反町は県警本部に戻った。

捜査一課の捜査員たちはほぼ全員がいない。辺野古水死体事件の捜査に出ているのだ。

自分の席に戻ると、隣で具志堅がパソコンを覗き込んでいる。迷ったが声をかけた。

「金城光雄を覚えてますか。那覇港で水死体として揚がった元新聞記者です」

具志堅が顔を上げて反町を見た。

「何か残しませんでしたか。マスコミには掘られてないモノ」

しばらく何かを引き出すように考えていたが口を開いた。

「金城レポートか。捜したが、そんなモノなかった」

金城レポート、初めて聞く言葉だった。

「俺、そんな話、聞いたことないですよ。当時、交番勤務だったからかな」

「いっとき、一部の者の間で話題になった。金城が死んだときに噂に上がったんだ。他殺説の根拠だという記事もいくつか出た。沖縄じゃ、こういう怪文書話は大いに盛り上がるんだ。政府がらみの陰謀説には本土のマスコミも飛び付く。証拠なんて無視して、なんでも書き放題だ。ところが、これからって時に立ち消えてしまった。潮が引くようにな。捜査も金城自身の状況から自殺説に傾いていった。おかしいと思ったが、現場全体がそういう雰囲気に飲まれていったんだ。おまえが交番勤務で、横断歩道に立って児童の誘導なんかをしてるときだ」

「結局、金城レポートって何だったんですか」

「誰も、何も知らない。元新聞記者の爺《じい》さんがまとめ上げた沖縄の真実、なんてささやかれた。沖縄振興予算、軍用地の借地料問題、基地返還と移設問題、米軍との核がらみの密約。この島には、いかがわしさを含むものは山ほどある。身に覚えのある者は震えあがったようだ。金城が死んでホッとした奴は多かっただろう。だから今でも他殺説が根強くささやかれている」

「県警は放っておいたんですか。その金城レポートってやつ」

「あるかないかも分からないもので、警察に動けってか」

「金城が殺されたってことは——」

「阿部と違って、金城の水死体はボロボロだった。波にもまれ、魚に食い千切られていた。頭部付きで揚がったのが奇跡だった。歯型とＤＮＡ型反応でやっと金城だって分かったんだ。女房に死なれ、多額の借金による自殺説、酔っ払って足を踏み外しての事故説、愛人とのトラブル説、生きるのに面倒になって衝動的に飛び込んだってのもあった。トラブルメイカーでもあったんだ」

「だったら、殺されたって可能性もあるわけですか。正式発表は何だったんですか」

「水死。原因は不明だ。どうやって原因を特定しろと言うんだ。おまえは他殺説を信じるのか」

反町は答えなかった。いや、答えられなかった。しかし思った。阿部と同じだ。阿部も発見が遅れれば金城の遺体と同じようになっただろう。

ふと具志堅のデスクに目を止めた。『沖縄の戦後史』のタイトルの本がある。金城の本の一冊だ。

5

反町は二課の赤堀のところに行った。周囲の視線が反町に集中する。

反町にとって、二課はどうも居心地が悪い。足での捜査と昔ながらの根性と勘、経験が優先されがちな一課と比べ、二課の刑事たちはパソコンと睨み合っている時間の方が長そうだ。刑事たちもメガネをかけ、青白いインテリ風の者が多い。デスクには書類が積まれ、六法全書が広げられているのが普通の光景だ。

「金城レポートとは何だ。知らないとは言わせないぞ」

反町は赤堀の耳元でささやいた。

赤堀が弾《はじ》かれたように立ち上がると、反町の腕をつかんで空いている会議室に連れて行った。

「その言葉、誰から聞いた」

「誰でもいい。知っていることを全部話せ」

「県警の者なら、誰でも知ってるはずだ」

「俺は今日まで知らなかった。おまえはいつ知ったんだ。東京の奴らから聞いたか」

反町の脳裏に、検察庁と警察庁の二人のキャリアの顔が浮かんだ。

赤堀は一瞬下を向いたが、すぐに顔を上げると腹をくくったように話し始めた。

「三年ほど前に琉球日報の元記者がおぼれ死んだのを覚えているか」

「金城光雄だ。事件か事故かでもめた。奥さんの死、借金があったことや、愛人騒ぎで心身ともにまいっていた。それで、自殺と断定された」

反町は理沙と具志堅から聞いた話を繰り返した。

「なんだ、知ってるじゃないか。当時、おまえは交番勤務だった。あの事件の後、大規模人事があった。それで、さほど成績もよくなかったおまえが、希望を出していた刑事部第一課に異動が決まった」

赤堀は淡々とした口調でしゃべった。

初めて聞く話だったが、反町には反論できなかった。自分でも意外な人事だったし、思い当たる節も多い。新垣が刑事部長になったのもその頃だ。

「そういうおまえはまだ東京の警察庁にいただろ。なんでそんなことまで知ってる」

「調べるのは得意だって言ってる。沖縄に出向と決まっていろいろ調べた。過去、現在、未来についても。それに、僕は関係する相手については、しっかり調べるんだ。おかしな者とは付き合えない。おまえだけは、調査不足だった」

赤堀は当然だろうという顔で反町を見ている。

優子《ゆうこ》はどうなんだという言葉を呑み込んだ。人間の気持ちには、調査結果など関係ないという見本だ。

数年前から、赤堀は沖縄の有力者、儀部誠次の軍用地がらみの事件に関わっていた。儀部の長男彰《あきら》が土地の権利書と実印を持って東京に逃げたのだ。

優子は、三十二歳。その有力者の三人目の妻だったが、親子ほどの歳の差がある。

反町は赤堀に車の運転を頼まれ、何度か儀部の家に行った。そのとき優子に会ったが、どこか憂いを含んだ美しい女性だった。

優子が儀部と結婚したのは、当時生きていた母親の生活と金のためだと赤堀は話した。赤堀は優子に好意以上の感情を抱いている。

優子は儀部の妻ながら、沖縄と東京を行き来する謎の女性だった。

今年に入って、統合型リゾート施設の建設をめぐって、地元暴力団や香港マフィアが絡む殺人事件が起こった。その事件をきっかけに彰が持ち出した軍用地の権利書とともにフラッシュメモリーが浮かび上がってくる。その中には渡嘉敷知事が地元企業から金を受け取る数枚の写真が入っていたのだ。

そのフラッシュメモリーを手に入れた赤堀は警察庁の元上司の尾上に渡した。

現在、優子は儀部と別れ、東京で儀部彰と再婚している。

「俺が知りたいのは金城自身ではなく、金城レポートだ」

「金城のもとには取材ノートと称した百冊以上のノートがあり、沖縄、日本本土、アメリカとの密約を含めた戦後史の裏の部分を書きとめているという噂があった。金城はそれらをまとめあげた」

「それが金城レポートか」

「金城は水泳が得意だった。千五百メートルの自由形で国体にも出ている。検視結果は溺死だが、肺の海水は溺死と判断するには微妙な量だった。事件性は大いにあった。遺体はボロボロだったが、ブレザーのポケットから石が見つかっている。ほとんどが流れ出て、かけらしか残ってなかったが、大量に入っていた、という者もいる。国体に出るほど水泳が得意な奴が、石をポケットに詰めて溺れ死にたいと思うか」

「俺は思わないが、思った奴がいたんだろ。そいつが手を貸したか」

「僕が自殺するとすると、水泳が好きなら水で死のうなんて思わない。首を吊《つ》るかクスリを使う。だがとにかく、最終的には自殺となり、事件性はなしと判断された」

「署内からも文句が出たと聞いた。もっと調べるべきだって」

「結果は、自殺で決着した」

赤堀は繰り返した。具志堅から聞いた話と大まかなところは矛盾はない。

「当時の幹部は」

「都筑《つづき》元刑事部長だ。副部長は新垣——その後すぐに部長になってる。都筑さんは警察庁に帰ってる」

「それで金城レポートはどこにある。そんなものなら誰もが欲しがる」

「僕だって知らない。本当にあるのか、単なる噂なのかも。一部の幹部だけの妄想だって話もある」

「警察庁と特捜検事の二人はそれを探しているのか」

「僕には分からない。僕の受けている指示は、変わったことがあれば知らせることだ」

言ってから、赤堀はしまったという顔をした。反町は気づかない振りをして続けた。

「おまえも警察庁出身の準キャリア官僚だ。情報は山ほど入ってくるだろ。おまけに、渡嘉敷知事の不正の証拠を手に入れた功労者だ。もっと聞かされてるだろ。俺が警察庁に直訴してやろうか。もっと見返りをよこせって」

「やめてくれ。警察庁と地検特捜部が直接調べてるんだ。金城レポートなんてなかった。あの事件は蒸し返さない方がいい。納まるべきところに納まっている。誰も文句を言う者はいない」

「死んだ本人と家族以外はな。金城って男、あの世に行き切れないで、そこらに漂ってるとは思わないのか」

赤堀が反町を見てかすかに息を吐く。

「警察の仕事には、犯人を挙げる以上に重要なことがある」

赤堀の表情が変わり、反町を見据えた。

「社会秩序を保つことだ。それこそが国民の安全を護り国家の安定につながる。下手につついて、傷口が開けば混乱が起こる」

「だから宮古島では、本部長自ら具志堅さんに電話をして、チャンを逃がしたのか」

反町は赤堀の反応を見ていたが、目立った変化はない。

「金城レポートについて調べてくれ。おまえの方が人脈も多いし、頭もいいだろ。おまえだって知りたいはずだ。そのために本土から二人もキャリアが来て、おまえもまだここにいるんだから」

赤堀は乗り気ではない顔をしている。

「何か分かったら知らせろ。特に警察庁と特捜の情報がほしい」

「おまえの方もな。ギブ・アンド・テイクを忘れるな」

赤堀は一度大きく息を吐き、部屋に戻っていった。

「バカ野郎。犯人を逮捕しなくて何のための警察だ」

反町は赤堀の後ろ姿を目で追いながら呟いた。


一課に戻ると隣の席で具志堅がパソコンを睨んでいる。

反町が座った途端スマホが鳴り始めた。

〈尾上さんと木島さんが阿部の捜査状況を聞きたがっている。説明してくれ〉

赤堀の押し殺した声が聞こえる。二課からかけているのだ。

「あの二人が、なんで阿部の事件なんだ」

おそらく、反町の口から金城レポートという言葉が出たことを赤堀が二人に報告したのだ。

〈言われたことをやればいいんだよ。後でまた連絡する〉

電話は唐突に切れた。

「俺に何か言うことはないのか。すべてを報告しろと言ってるはずだ。赤堀という二課の課長補佐からだろ」

隣から声が聞こえる。具志堅がパソコン画面に目を向けたまま話している。

反町は赤堀の言葉を繰り返した。具志堅の手が止まり、視線が反町に移る。

「二人のキャリアが、阿部事件の捜査状況を知りたいと言って来てるのか」

「赤堀はそう言ってます」

「いつどこで会う」

「また、連絡が来ます」

「必ず、俺に言うんだぞ」

具志堅は反町からパソコン画面に視線を戻した。

十分後、赤堀から再び電話があった。

〈いつものホテルにすぐ来い。誰にも話すんじゃないぞ。二人はおまえの上司の上司の、遥《はる》か上の上司なんだからな〉

「いつものホテルにこれからだな。ギブ・アンド・テイクを忘れるな」

反町は赤堀の言葉を繰り返したが、その途中で電話は切れていた。

横で具志堅が時計を見ている。


沖縄セントラルホテルのロビーは、スーツ姿のビジネスマンが多い。かりゆしウェア姿もほとんどいない。その中で反町のアロハと具志堅のくたびれたスーツは目立った。

二人の前を赤堀が歩いていく。

反町が赤堀の肩を叩いた。振り向いた赤堀の目が具志堅と合って表情が変わった。

赤堀が反町を睨み付ける。

「おまえ、裏切ったな」

「大げさだな。具志堅さんが勝手についてきたんだ」

「ラウンジで元上司が待ってるんだろ」

具志堅が赤堀の背を押した。

赤堀が観念したようにラウンジの隅に歩いていく。

テーブルでは尾上と木島が三人を見上げていた。

「反町の奴が勝手に――」

「去年の東京以来ですね、具志堅さん」

尾上が赤堀の言葉を遮る。

「警察庁と検察庁のお偉方に、なぜ沖縄の水死体の情報が必要なんだ。単なる興味じゃなさそうだ」

具志堅が尾上を見つめている。

尾上が軽い息を吐いた。

「金城レポートか」

具志堅の言葉に尾上が反応する。

「どこでそれを」

「金城レポートは有名だ。名前だけで、見たという者は聞かないが。何が書いてある」

「私たちもそれが知りたい」

「分かってるから追ってるんじゃないのか。金城を贈収賄の容疑で引っ張ったとき、自宅から大量の資料を押収したと聞いてる。それらはすぐに東京に運ばれた」

反町は具志堅を見た。この話は初めて聞く。

「すべて返却しています」

「押収した分から、表沙汰になってまずいものは抜き取ってるんだろう。しかし、別の場所にコピーがあるかもしれないし、押収したもの自体がコピーだったか。金城自身の頭にあったものもある。あるいはさらに重要なものがあるのかもしれない。それらの集積が金城レポートとして、どこかに何らかの形で保管されているとしたら」

「それが事実なら、何としても回収しなければなりませんね」

尾上の言葉に木島が困った顔をしている。

「少なくとも県警の押収物の中には、金城レポートらしきものはなかった」

「なぜ、阿部の捜査状況を聞きに来たんです」

反町が二人の言い合いを中断するように聞いた。

「赤堀君から連絡があった。きみが金城レポートに興味を持ってると。きみは阿部の事件も調べてるんでしょう。捜査過程で出てきたものじゃないのか。何か知っているかもしれないと思い、赤堀君に手配してもらった」

反町が赤堀を見ると知らん顔をしている。

今度はきみたちの番だという風に、尾上が具志堅と反町を交互に見た。

具志堅が反町に話すように合図した。

「阿部の事件は行き詰まっています。俺に言えるのはこれだけです」

反町はこれでいいかという風に具志堅を見た。具志堅は何も言わない。行き詰まっているという言葉を使ったが、具志堅もそう思っているのか。反町は続けた。

「金城レポートについて、あんたらはもっと知っているはずだ」

「分からないからきみに会った。その名前はどこから出たんです」

尾上がどうなってるという風に赤堀を見た。

彼の言葉に嘘はなさそうだった。

「ギブ・アンド・テイクだったな」

具志堅が低い声で言う。電話での反町の言葉を聞いていたのだ。

三十分ほど二人のキャリアと話して、反町と具志堅はホテルを出た。

「ちょっと話しすぎでした」

県警への帰り道、反町が言う。

「おまえの性格だ。しかしおまえは金城光雄についてどうして知った」

「俺もこんがらがってて。もう一度整理する必要があります」

反町ははぐらかしたが、具志堅もそれ以上聞かなかった。彼はすでに理沙のことを感づいているのかもしれない。

県警本部に近づいたとき、県庁前の道路に数十人の男女が集まっている。

〈渡嘉敷知事の志を守れ。辺野古の埋め立てを阻止しろ〉

〈県民の意思は辺野古新基地建設反対だ〉

マイクの声が聞こえてくる。普天間基地の辺野古移設反対のデモだ。

二人は足早に県警の建物に入っていった。


反町と親泊が名護署に着くと、捜査会議はすでに始まっていた。

二人が慌てて会議室に入ると、部屋は静まり返っている。

「おまえら、なにをトロトロやってるんだ」

古謝の怒鳴り声が響いた。

「事件からすでに十三日目だ。何一つ手がかりが得られていない。こういうのを八方塞がりと言うんだ」

「捜査範囲をもっと広げたらどうです。被害者の身元をもっと詳しく調べるとか」

「すでに身元は判明している。阿部は被害者だぞ。これ以上何が必要だ」

「阿部は行きずりの強盗なんかで殺害されたんじゃないとしたら。何か目的があって殺されたと考えたらどうです」

反町が立ち上がって言う。

「その根拠は。新しい情報があったのか」

「それを探すんです。阿部が沖縄に入ってからの足取りを分単位で追うべきです。今回の犯行につながるものが出てくるかもしれません」

「おまえら、それをやってるのか」

「本格的にはやってません。しかし、そろそろ方針を変えてもいいと思います」

「だったら、基地反対派、環境団体、米兵、軍属、名護市のチンピラ、すべてを捜査対象に加えろ」

古謝の横では新垣刑事部長が目を閉じて二人のやり取りを聞いている。

第五章　金城レポート

1

翌日の朝、反町は赤堀のところに行った。

横に立つと、何だという顔で赤堀が見上げてくる。

「金城光雄について詳しく知りたい。彼の死因は――」

赤堀が反町の足を蹴飛ばす。しゃべるな、ということか。

辺りに視線を走らせ、何気ないふうにデスクの鍵を開けてファイルを出した。

反町の腕をつかむと隣の会議室に行った。

「なにをやってるか分かってるのか。過去の亡霊を引きずり出そうとしているんだ」

「亡霊がなんだ。俺は刑事だ。犯罪があったのなら亡霊であっても見逃せない。捕まえて、刑務所に放り込む。おまえは、金城の遺族に会って話を聞いたのか」

「僕が沖縄に来た時には、この事件は過去の遺物だった。誰も話題にしたこともない」

赤堀がデスクにファイルを叩きつけるように置いた。

反町はファイルを開いた。ファイルには金城の情報が整理されて入っている。

「遺族と会ってはいないが、彼については調べた。なかなか大した奴だった」

「かなり、インテリのようだな。おまえのタイプじゃないのか」

沖縄の歴史、米軍基地問題、本土復帰についての著書が十二冊ある。理沙と具志堅が持っていた本もあった。その他に所属した団体や役職についても年代順にまとめてある。新聞記事のコピーもあった。すべてが沖縄に関するものだ。

それらを見ていると、反町は何か違和感を感じた。沖縄を愛しているというのとも違う。反体制、反基地、反権力を貫き通した男のようだ。それだけに、どこか凄み、怨念のようなものを感じる。同じウチナーンチュでも理沙とは正反対の人間のようだ。

「琉球日報社会部に四十年以上いて、主に沖縄について書いている。いや沖縄のことしか書いていない。それも政治、経済、基地、歴史についてだけだ。裏も表も知り尽くしてるんだろう」

ファイルを見ているうちに、理沙との違いが顕著に分かってきた。理沙は沖縄を全身で感じ取っている。空気、風、音、光、匂い、すべてを肌と心で感じている。金城は頭で理解しようとしている。歴史、政治、経済、社会、地理を綿密に調べて組み立てる。

「彼について調べてどうするつもりだった」

「意味はない。ここに来て最初にやったことだ。事件の捜査が終わってすぐのころで、関係者が集まって追悼式をやっていた。することがなかったから行ったんだ。どんな男か興味を持った。気になることを前もって調べておくと、あとで役立つこともある」

「だがここには肝心なことは何もない。金城の死についてだ」

年譜の最後に没とだけある。

「それはおまえらの領域だろ。捜査記録は残っている。僕の興味があるのは彼のここだ。何を思い、何を考えていたか」

赤堀は人差し指で自分の頭をつついた。

「僕はテリトリーは守る主義なんだ。だから、おまえらも守ってくれ」

「遺族の話も聞かなくて、なにが調べただ。パソコンで検索すれば、半日もあればこのくらい集められる」

「さんざん警察にマークされていた男だ。今さら遺族に会って何を聞く。遺族は警察に対していい感情は持ってない」

住所は与那原町となっている。那覇市の隣町、反町の下宿に近い。

「ついてこい」

ファイルを持って反町は立ち上がった。

反町は赤堀を連れて、車で金城の家に向かった。

赤堀が文句を言わずについてくるのは、彼も興味があるのだ。

与那原町に入ってしばらくすると、東に太平洋が見え始める。坂道の両側には、赤っぽい屋根瓦の沖縄風平屋が並んでいる。

「おまえの下宿の近くじゃないか」

「そうだが、うちはもっと海岸寄りだ」

金城の家は丘の中ほどにあった。なだらかに続くサトウキビ畑とその先に陽に輝く太平洋が広がっているのが見える。

「ここに娘が一人で住んでいる」

「金城久栄《ひさえ》。三十五歳。四年間アメリカの大学に留学。翻訳会社と契約して、自宅で翻訳の仕事をしている」

「なんだ、知ってるんじゃないか。それもインターネットで仕込んだのか」

反町の言葉に赤堀は答えず、門の上に置かれた小さなシーサーを見ている。

インターホンで名前と身分を言うと、しばらくの沈黙のあと、すぐ行きますという声が聞こえる。

金城の娘、金城久栄は色白の落ち着いた感じの女性だった。

「まだ警察の人が用があるんですか。父が亡くなったのは、三年も前です」

おだやかなしゃべり方だが、警察に対する拒絶の意志が感じられる。

「そのころのお父さんの様子を知りたくて来ました。俺たち、昔の事件を蒸し返そうなんて――」

「もう、さんざん話しました。警察にも残ってるでしょ。調書にサインもしました。自殺だって決めたのは、あなたたち警察でしょう。父の周りの人はみんな、もっと調べてくれって言ってました」

「僕たちが知りたいのは、当時金城光雄さんがやっていた仕事のことです。どんなことをやっていたか、教えてくれませんか」

赤堀が反町を押し退《の》けて前に出てくる。

「それもすべて話して、父の書斎のものもみんな持って行きました」

久栄はいかがわしそうに二人を見ている。今度は反町が赤堀を押し退けた。

「実は俺、ここから海岸に下ったところに下宿しています。宮良よし枝っていう九十近い婆ちゃんの下宿です。もう、六年になります」

「その方なら知ってます。ときどき、町の公民館でお会いします。父も知っていたはずです」

「あの婆ちゃん、有名なんだ」

やっと久栄の顔のとげとげしさが少し取れた。八十八歳の宮良よし枝は、沖縄戦を生き抜いた女性としてこのあたりの住人の尊敬を集めているという。

「ちょっとだけ、入ってもいいですか。すぐに帰ります」

そう言うと反町は赤堀を押し退けて玄関に入った。

二人は玄関横の応接間に通された。

反町は壁の絵に目を止めた。強い陽射しに輝くガジュマルの木に朱色の沖縄瓦の家、その向こうに海が見える風景が描かれている。

「きれいな絵ですね。沖縄ってすぐに分かる」

「父が描きました」

三人でしばらく絵を見ていた。たしかに美しい絵、美しい沖縄の風景だ。金城が書いた本のタイトルからは考えられない絵だ。金城は理沙に劣らず、沖縄を愛していたのかもしれない。

「絵はきれいですが現実はね」

やがて久栄が静かな声で話し始めた。

「父は子供の私から見ても変わった人でした。仕事一筋であったことは本当です。生まれ育ったのは沖縄ですが、大学は東京でした。卒業後沖縄に帰って、新聞社に就職しました。最初数年間は東京支社にいました。その後沖縄勤務になりました。以来、沖縄から出たことはありません。沖縄はかわいそうだ、血の涙を流して泣いている、と言い続けていました」

何かを思い出すようにしばらく無言で考えていたが、顔を上げて二人を見た。

「沖縄は歴史抜きでは語れません。江戸、明治、大正時代。そして昭和の戦前、戦中、戦後です。ヨーロッパ諸国に植民地があったように、沖縄は長年、本土の植民地的存在でした。しかし私たちは、自分たちが日本人以外の民族だなどと考えたことはありません。それは父も一緒です」

「お父さんは沖縄について多くを書き残しています。そこに書かれていないことをまとめたという話も聞きましたが」

「金城レポートと呼ばれて騒がれていたものですね」

反町と赤堀は思わず身体を乗り出していた。久栄の口から出るとは思わなかったのだ。

「それは、警察の方の方が詳しいのではないですか」

「どういうことです」

「贈収賄の容疑で父は逮捕されました。父が新聞記者の立場を利用して、県の公共事業の情報を聞き出し、業者に漏らしたというのです。そんな器用なことができる父ではありません。ひと月後には証拠不十分で釈放されましたが、受けた精神的ダメージは大きなものでした。そのとき警察の方が来て、家にあったすべての資料を持っていきました」

二人は顔を見合わせた。捜査資料には関係資料とあった。

「どのくらいの量ですか」

久栄は立ち上がり、二人について来るように言った。

奥の部屋に行った。

「父の書斎です」

八畳ほどの部屋の半分に段ボール箱が積まれている。壁一面の本棚にはほとんど何も入っていない。本まで持っていって、その本は現在この箱に入っているのか。箱にホコリは溜まっていない。掃除はしているのだ。

「四十七箱あります。警察が押収して、一年後に返されてきたままです」

「金城さんは開けなかったのですか」

「この通りです」

「すべてが戻されたのですか」

「分かりません。おそらく父も分からなかったと思います。持っていったのは、本棚の本全部と、すべての資料と書類です。何百というファイルに入っていました。取材ノート、手紙、記事、書きかけの原稿までもです」

デスクの書類や筆記用具は片隅に寄せられ、中央にノートパソコンが置かれている。

「パソコンも持っていかれました。返されたときに、これだけは箱から出してデスクに戻しました。仕事上、必要だったのでしょう。中のファイルがどうなっていたか、私は知りません。父もなにも言わなかったですから」

おそらく、そのままということはないだろう。すべて開けられ、いくつかは消去されていたのかもしれない。あるいは、すべてのデータが。

「仕事はやったのですか」

「あの後は気力がなくなったようでした。一日椅子に座って、ぼんやり庭を眺めている日がほとんどでした。そんな父が亡くなるひと月ほど前、書斎にこもって書き物を始めたようでした」

「それは何だか分かりますか」

久栄は答えない。反町はもう一度聞いた。

「それが金城レポートと呼ばれているものですか」

「私は知りません。私はできるかぎり、政治から離れようと心がけていました。父は仕事一筋の人間で、母がさんざん苦労している姿を見て育ちましたから」

リビングに戻ったとき、反町はタンスの上の写真に目を止めた。野球のユニホームを着た男たちが肩を組んでいる。

「これは?」

「父の高校時代の写真です。いちばん楽しかった時代じゃないですか。私には想像できませんが、父は水泳に加えて野球もやっていたようです」

反町の横で赤堀も食い入るように見つめている。

「最後に一つ。阿部という名前に心当たりはありませんか。東京の建設会社の社員です。お父さんに関係してるかもしれない」

久栄は考え込んでいる。やがて静かに首を横に振った。

二時間近く滞在して、二人は金城の家を出た。

「もう、お会いしません。そっとしておいてください」

別れ際、久栄は二人を見つめ静かな声で言った。


「最後のひと月間で金城レポートをまとめ上げたということか。自分の死を予感して。あるいは死を決めて。だったら自殺と結び付くか」

帰り道、反町は呟くように言った。

「それはないだろう。警察に持っていかれていた資料は、返却されても開けていない」

「重要なものはすべて抜かれていることを知っていたとしたらどうだ。だから箱を開けもしなかった。だが、資料なしで書けるものなのか。すべて頭の中に入っているというのはありえないことでもないが。しかし、パソコンだけは箱から出して使っていた」

「僕は警察の押収物のリストを調べたが、すべて返却されている」

「それを裏付けるものはあるのか。リストなど書き換えは簡単だ」

赤堀は答えない。答えられないのだ。

「捜査に当たったのは沖縄県警か。だとすれば二課だ。調べたんだろう」

「記録はすべて読んだが、通り一遍のことしか書いていない。金城は収賄容疑で逮捕された。だがひと月後、証拠不十分で釈放されている。こんなこと、普通ではありえない。だから、騒ぎが大きくなった。しかし、その騒ぎもすぐに引いて行った。何事もなかったかのように。まるで、何かの意思が働いたようにだ」

赤堀は淡々とした口調で話した。

反町は内心驚いていた。赤堀は赤堀なりに調べてはいたのだ。

「他の二課の者に聞いてみたか。当時の刑事もいるだろう」

「僕はそういうの苦手だ。すでに終わった事件だし」

赤堀が言い訳のように言う。

「資料を押収するために、警察が不当逮捕に至った。贈収賄事件をでっち上げたということはないのか」

「分からんね。六年前の事件だ。僕は大学四年生だ。おまえは？」

「沖縄に住み始めた年だ。就職浪人をしていた」

那覇市に入るまで二人は無言だった。

県警本部が見え始めたとき、黙っていた赤堀が口を開いた。

「そう言えば、新垣刑事部長もこの件に関係している。当時、第一課の課長補佐だった」

「そういうのは早く言えよ。他に俺の知らないことはないのか」

「金城を逮捕したとき、警察庁から応援が来ていた。かなりの数だったらしい。記録としては残ってないが」

「尾上と木島もいたのか」

「半分当たりだ。尾上さんだけだ」

「金城は不起訴になって三年後に死んだということか。その間はただぼんやり家で箱を眺めてすごしていた。そして、何かをしようとして殺された。そうだとすると、金城の死はやはり金城レポートと関係しているのか」

「僕が知るわけないだろ」

赤堀が無愛想に言うと、シートに身体を沈めた。

2

反町は具志堅に金城の娘に会ってきたことを話した。同時に自分が金城の名を聞いたのは理沙からだと告げた。具志堅は平然とした表情で聞いている。

「おまえは名護市の女市議が探しているのは、金城レポートだというのか」

「断定はしていません。警察庁と検察の二人が沖縄まで来て探しているものがあると言うので、もしかしたらと思っただけです」

「金城の六年前の捜査のときにも尾上が来ていたのか。金城の自宅から押収した書類から、なにが抜かれたか分からないのか」

「金城の書斎には、段ボール箱が開けられないまま山積みになっていました。手はつけていないでしょう」

「話がややこしくなるな。しかし、辻褄は合ってくる。消えていた金城レポートが再びあらわれた」

「俺もそう思います。金城は新聞記者だっただけでなく、本を十冊以上書いてるインテリです。かなりインパクトのあるものも書けそうです」

具志堅がデスクの引き出しを開けて一冊の本を取り出した。

『沖縄の真実と歴史』、著者は金城光雄だ。出版は琉球日報出版局。分厚い本だ。

反町が手に取ってめくると、ところどころに赤線が引いてあり、付箋も挿《はさ》んである。

「パソコンばかりじゃなく、本も読んでるんですね」

「おまえ、俺をバカにしてるだろ。沖縄に住むのなら読んでおくべき本だ」

具志堅は反町の手から本を取ると、デスクの引き出しにしまった。

阿部が泊まっていた那覇ウィークリー・レジデンス周辺の防犯カメラの映像が、数日前までさかのぼり集められて調べられた。防犯カメラ映像のリレー捜査で阿部の行動を把握するためだ。阿部の姿は何ヶ所かで発見されたが、同伴者や近くに不審な人物は見受けられない。聞き込みに当たっている班も同じだった。

反町と親泊は那覇署での捜査会議が終わると、車で五分ほどのところにある食堂に入った。那覇署の捜査員が来ない店だ。

「反町さん、おかしいとは思いませんか。阿部は本気で大和建設の沖縄進出を考えていたんですかね」

親泊は反町と作った阿部の行動をまとめた表を見ながら言った。

「俺もおかしいと思う。回っている企業が少なすぎる。それも那覇市内だけだ。まるでやる気がない。会った者で分かっているのは渡嘉敷知事と島袋理沙だけだ。空白の時間は何をやってる」

「飯食ったり、少しは観光もするでしょうね。部屋の様子だと、ほとんどが外食でしょうから」

長期宿泊施設なので小さな炊事場がついて冷蔵庫もある。中には飲みさしの水のペットボトルしかなかった。

「まとまった空白の時間帯がいくつかあります。車の走行距離を考えると、四日間でそんなに遠出したとは思えません」

「せいぜい一日二、三時間乗っただけだ。死んだ日が一番の遠出じゃないのか。片道切符だったが」

「那覇中心に動いていたってことですね」

「阿部は沖縄に到着してその足で県庁に行って、渡嘉敷知事と会った。東京の建設会社の社員がアポイントもなく行って会える相手じゃない。しかし、阿部は知事とアポイントを取っていた。だったら、二人の接点は何だ」

反町の脳裏に阿部と渡嘉敷の顔が浮かんだ。二人の接点など思いつかない。

「もっと綿密に調べろってことですかね」

「阿部の空白の時間は、渡嘉敷知事と会ってたんじゃないか。なにも一回だけとは限らない。特に殺される前日の夜」

「反町さん、知事を疑ってるんですか」

「そうじゃないが、知事の行動は分かるか」

「新聞に出ています。知事が倒れたときの公会堂での講演会も、半年も前から決まっていました」

「阿部が沖縄入りしてからの渡嘉敷知事の行動を詳しく知りたい。どこに行き、誰に会ったか。完全にプライベートなものを含めてだ。おまえ、前に調べたんだろ」

「あれは知事の公務の時間です。いくら警察でも知事のプライベートを含めての行動日誌の閲覧は、手続きが必要です。知事の暗殺説が流れてから、厳しくなってると聞いています」

「今すぐ見たい。何とかしろ。地元育ちだろ。コネがあるだろ」

親泊が考えている。

「県庁には同級生が何人かいます」

二人は急いで食事を済ませると、那覇に戻った。

二人は県庁に行き、親泊が高校の同級生だという職員を呼び出した。

反町が警察手帳を見せると、職員の表情が変わった。

「なに緊張してる。俺だって那覇署の刑事だぞ」

「おまえは友達だけど——この人、本物の刑事か。そうは見えない」

「知事の予定表があるだろ。亡くなる前までの一ヶ月分を見たいだけだ」

「そんなの新聞に載ってるだろ。別に秘密はないよ。倒れた当日と前日のものはすでに県警に提出している。要請があったんだ」

「だったら、見せてもいいだろ。秘密でもないんだったら」

「正式な書類がいる。それを受け取ってからじゃないと」

職員が反町の方をチラチラ見ながら話している。

「知事が病死であろうと死んだんだぞ。そんな悠長なことをやってる時間はない。だから、あんたのところに来た。あんただって、真相を知りたいだろう。トロトロしてるとすべてが闇に埋もれる。そうなったら、規則に縛られた馬鹿な県職員のせいだって、マスコミに言いふらしてやる」

反町は職員を見据えて言った。彼の顔が次第に引きつってくる。

「真相、闇に埋もれるって――」

「それを調べようって言うんだ。さっさとしろ」

反町の声が大きくなった。まわりの者が三人を見ている。

十分後、県庁の食堂の片隅で、反町と親泊は頭を寄せ合って座っていた。正面に県職員が座っている。

二人の目の前には知事の一ヶ月分の予定表があった。

県庁が保管している知事の行動日誌で、分刻みの行動が書かれている。

大部分が公務で、あらかじめ発表されているものだ。

渡嘉敷知事の場合、県庁の知事室で会っている人が多い。阿部が到着した日の午後は東京より来客とある。阿部の名前はない。

沖縄県の知事は国との折衝が多いが、目立って特別な相手とは会っていない。

「さすがに県内の経済界の重鎮との会合は多いですね。本土から来る政府関係者も多い。俺ですら名前を知っている人たちばかりだ」

親泊が予定表を置いて大きく息を吐いた。

「問題は公務以外の時間だ。これをコピーしてくれ」

「それは無理です。見せるだけだって規則違反なのに」

「もう規則違反を犯してるんだ。おまえは何も知らないし、見ていない」

反町はスマホを出して、写真を撮り始めた。

職員が泣きそうな顔で見ている。


反町は親泊と近くのコンビニに行って、スマホで撮った知事の予定表を印刷した。コーヒーショップに入り、知事の日程を追っていった。

「誰と会って何を話したか。ここに書かれているのは、公の会議や会談ばかりだ。知りたいのは空白の時間帯に何をして、誰と会っていたかだ。知事室以外でやっていたこと。それを探すんだ」

「車の運転手に聞いた方が早いです」

「知りたいのは、公用車以外の車で行った場所と時間だ。阿部が殺された日の午前の行動はどうだ」

親泊がスケジュール表を目で追っている。やがて一枚のコピー用紙を反町に向けた。その日は午後二時に公用車が知事公舎に迎えに行っている。午前中は空白になっていた。公務を入れていないのだ。

「家で休んでるんでしょう。土日だって公務が入ってる。一週間、働きづめじゃ身体は持ちません。持病だってあるし、歳だったし」

反町は俺だって働きづめだという言葉を呑み込んだ。

「やはりこの表だけだと誰に会ったかは分かりません。特にここに出ていない時間に会った人物となると」

「それを調べるのが俺たちの仕事なんだ」

二人は二時間近くコーヒーショップですごした。

結局、予定表を見ただけでは、目新しいことは何もなかった。

朝と夕方、名護署で捜査会議が開かれた。朝の会議でその日の捜査内容が具体的に示され、各班に分かれて捜査に出て行く。

夕方は名護署に戻って報告が行われる。その報告を聞いて、上層部が翌日の捜査方針を立てた。

その日の夕方にも各班の捜査状況が述べられたが、目立った進展はなかった。引き続き防犯カメラの映像が調べられていたが、やはり特別なものはない。阿部はいたる所の防犯カメラに映っているが、誰かと一緒にいたり、特別に人と話している様子もない。阿部の捜査は殺人の線に絞られていたが、完全に暗礁に乗り上げている。

親泊が反町に身体を寄せささやく。

「やはり、物盗りの犯行なんですかね」

「バカ野郎。深夜、辺野古に来て、物盗りにあったのか。財布やスマホを盗られ、海に放り込まれて溺れ死んだって言うのか」

反町がやけのように呟いた。

「米軍をもっと調べるべきじゃないですか」

どこからか声が飛んでくる。

「なんの容疑だ。物盗りか。気まぐれ殺人か。理由が必要だろ。殺人だぞ。交通事故とは違うんだ」

古謝の強い声が返って来る。

反町は立ち上がった。部屋中の視線が集注する。

「恨みによる犯行というのは考えられませんか。行きずりの犯行なんかじゃなくて。辺野古のような辺鄙な場所で溺れさせて、捨てるんです。顔見知りが誘い出したのかもしれません。もう一度、阿部の身辺を洗うべきです」

「犠牲者の身元か。これ以上何を調べるというんだ」

「阿部の交友関係、仕事関係、家族を含めて——」

「東京まで行ってか。誰が行くんだ。おまえか。休暇を取って自費で行くんだな」

どこかから声が飛んで笑いが上がった。

古謝の横で新垣刑事部長が両腕をデスクに置いて聞いている。

「沖縄到着から分刻みに阿部の行動を追ってみたらどうでしょう。いつどこで誰に会っているか。犯人との接点が出てくるかもしれません」

「もうやってる。阿部は大和建設の沖縄進出の先遣隊だ。到着した日に知事に会い、那覇で名護市の市議にも会っている。親泊巡査部長から報告を受けた。その他、県内の建設業社にも行っている。後はアメリカ村、ライカモールなどリゾート地だ」

「しかし、まだ空白の時間があります。阿部は必ず誰かと会っています」

「考えておく。引き続き、阿部の足取りを追っていこう」

古謝がもうこれでいいだろうという顔で言う。

新垣が顔を上げて反町を見ている。

その日の夜、那覇市に帰ってから、県警本部捜査第一課の刑事が会議室に集められた。

反町は親泊とともに会議室に行くように言われていた。

部屋に入ってきたのは徳田本部長と新垣刑事部長だった。

新垣が立ち上がり、いつもとは違う険しい表情で捜査員たちを見回した。

「知事の死に一部の者が疑問を持っている。マスコミが騒ぎ始めている。県警本部としても特別班を作って捜査を始める」

会議室にざわめきが起こった。

「知事の死に事件性があるんですか」

「それを調べるんだ」

新垣が珍しく強い口調で言う。

「今さら何を考えてる。阿部の身元が割れて、リレー捜査で阿部の動きが分かり始めたときだ。後を詰めるのは所轄だけでは難しい」

「病院発表ではそんなこと言ってなかったぞ」

「主力を阿部の捜査から外して、知事に振り分けるっていうのか」

「なんで捜査に当たるのは、県警本部の一部だけなんだ」

声が上がり始めた。新垣が立ち上がり、捜査員たちを見渡した。声が引いていく。

「これは本部長命令だ。ただ今から特別捜査チームが組まれる。ただし、あくまで本格捜査の前段階だ。事件性なしと決まればただちに解散される。記録にも残らない」

「そんなの聞いたことがない。俺が呼ばれたのは反町さんと動けってことですか」

親泊が小声で反町に囁く。

「もう一度、病院の医師、看護師、防犯カメラの映像を調べるんだ。病室に不審者の出入りはないか。さっさと捜査に当たれ」

古謝一課長の声が響いた。

3

反町は下宿に帰る前に、ケネスと〈B&W〉で会った。

ケネスが意外そうな顔で反町を見て言う。

「元気そうだね。ノエルや赤堀さんはどうしてる。前に会ったのは――」

「他に言うことはないのか。キャンプ・シュワブの鼻先で遺体が発見されたんだ。おまけに、まだ事件の見通しも立たない。アメリカは、どう説明するんだ」

「僕らは関係ない。これは、断言できる」

ケネスが真剣な表情で言う。嘘ではないのだろう。

「どうりでアメリカ側が落ち着いてるわけだ。そう言い切る根拠はなんだ」

「僕が知るわけないだろ。キャンプ・シュワブは僕の管轄じゃない」

「おまえらが、ただ黙って指をくわえて見てるはずがない。何か情報を提供しろ」

「だったら、そっちもね」

アメリカも慎重に行動しているのだ。一歩間違えば、日米間で政治レベルの大きな問題に発展しかねない。

「ところで、金城レポートは知ってるか」

ケネスは反町から視線を外した。

「知ってるんだな。どんなものだ」

「僕はどんなものかは知らない。すごく重要で、危険なものだと噂に上った。でも、アメリカはそんなものには興味がない。興味があるのは沖縄でのスムーズな基地運営だけ。僕、個人的には、もっと日本側と話し合えればと思ってる」

「辺野古の裏話なんかが書いてあるらしい」

「それにも興味ない。アメリカの意向だとかいろいろ言われてるけど、アメリカは普天間の代替地がどこであろうと関係ない。機能的に問題がなければね。お金を出すのは日本側だから」

「どこであろうと関係ないだと。日本がこんなにもめてるのに」

反町の声が大きくなったが、今日のケネスは平気だ。

「それは日本の都合。アメリカは普天間基地の移設先は、当然現在の米軍基地内だと思ってた。最終的にキャンプ・シュワブ内に決まりそうだったけど、突然ダメになった」

「なんでだ。俺は聞いたことないぞ」

「きわめて政治的理由とだけ聞いてる。日本側のね」

ケネスが平然と答えた。

「この野郎、もったいぶらずに全部しゃべれ」

「本当に知らないの。日本人は素直すぎるんだ。よく考えてごらんよ。沖縄には広大な米軍基地があるんだ。海に面してるところも、過疎地もたくさんある。それをわざわざ、綺麗な海を埋め立てて飛行場を造るんだ。これっておかしいよ」

「騒音問題、二千メートル級滑走路の必要性。港だっているんだろ」

「そりゃ、港があって、海に面してるのは騒音や離着陸を考えると都合がいい。でも、津波の心配も出てくる。沖縄は大きな台風も多いから、海岸は問題になる。高潮や塩害だってあるだろうし」

ケネスはルートビアを一口飲んで、反町を見た。

「それになにより、海を埋め立てなきゃならないから、陸地に基地を造るのより、何倍もの工事費が必要になる。全部、日本側の費用でね。時間だってかかるし。おまけに海を埋め立てなきゃならないってことは、アメリカだったら、全米の自然保護団体が大騒ぎよ。世界の同じような団体を巻き込んでね」

「おまえは、辺野古崎の海上案を選択したのは間違いだと言いたいのか」

「すぐ北側に広大なアメリカ軍の基地があるでしょ。その中に作れば問題なんて起こらなかった。一度はまとまった話が突然駄目になった。なぜだか考えないの」

ケネスは淡々と話した。反町は言葉もなく聞いていた。

「金城レポートにはそのいきさつが書いてあるのか」

「知らない。書いてあるとしたら、日本が辺野古崎の埋め立てにこだわる理由が書いてあるからじゃないの。つまり、辺野古で得をする人たちのこと。もう想像は付いてるだろうけど」

ケネスは他人事《ひとごと》のように話した。たしかにアメリカにとっては、他人事だ。直接関係ある話ではない。すべてが日本側の都合であり費用で行われる。


ケネスと別れた後、反町は赤堀を呼び出した。

二人は那覇港近くの海辺のカフェに入った。静かな波の音が聞こえてくる。

反町は赤堀の方に身体を乗り出した。

「俺は阿部殺しの犯人を捜している。俺の中では阿部は殺されたと確信している。そんなとき、渡嘉敷知事が病死した。俺たちは二つを捜査していたが、その過程で一人の女の名が浮かんだ」

反町は赤堀を見据えた。赤堀が視線を外したが、思い直したように反町を見る。

「島袋理沙だ。分かってるんだろ。おまえらも理沙を追っていた。だから、辺野古の反対運動の場にもいた。なんで追ってるか、話してもらわないと騒ぎ立てるぞ。警察庁がなんだ。検察なんか知ったことか」

反町の強い口調に、赤堀が一瞬、身体を引いた。しばらく無言だったが、観念したように反町に身体を近づけた。

「沖縄ってところは、歴史的にも地理的にも複雑で微妙な場所なんだ。過去、現在、未来が入り混じり、影響を与え合っている。同時に日本の最南端の県だ。江戸以前から朝鮮半島、中国、台湾とは貿易でつながっていた。日本の国土の〇・六パーセントの県に在日米軍基地のおよそ七〇パーセントが置かれている」

「それがどうした。おまえに沖縄を語られるとは思ってもみなかった。腰掛けで、長居はしない場所なんだろ。歴史や基地なんて関係ない。俺が知りたいのは、おまえらが、なぜ島袋理沙を追っているかということだ。理沙は阿部や渡嘉敷知事の死に関係があるのかどうかということだ」

反町の独断的とも思える言葉にも赤堀はしゃべり続ける。

「沖縄の戦後は米軍基地抜きには考えられない。戦後二十七年間の米軍統治時代。日本返還後も米軍は居座っている。年間約八百五十億円という軍用地の地代、三千億円以上にも上る沖縄振興予算が投入されている。総額一兆円近い思いやり予算も沖縄経済に大きく関係している。政府は金で沖縄を縛り、動かし、沖縄はその金で生き残ってきた。それも長年、一部の利権者が独占している。だが最近は、それが難しくなってきた」

赤堀は深くため息をついた。しばらく無言で何かを考えていたが、再度話し始めた。

「ここ数年で、様々な勢力が力をつけてきた。戦前戦後からの沖縄土着の勢力に加えて、日本復帰後の世代を中心にした新勢力が伸びてきている。さらに、中国勢力については目を見張るものがある。中国人観光客も増えてるが、不動産投資も著しい。本島以外の宮古島や対馬《つしま》などの周辺の島に対してもね」

さらに、と言って反町を見据えた。

「辺野古移設にも膨大な補助金が入る。埋め立てに加えて基地建設費だ。さらに、埋め立て工事が中断している間にも、警備会社にも請け負った企業にも金は入ってくる。工事が長引いても同じだ。建設費が膨れ上がるだけだ。一部の企業にとっては丸儲《まるもう》けであり、補助金漬けと言われたらその通りだ」

反町はケネスと理沙の言葉を思い出していた。赤堀と同じようなことを言っていた。同時に「私は理沙さんを信じている」というノエルの声が蘇ってくる。

ノエルの理沙に対する期待はかなり高い。同じシマンチュとしての意識なのだろうか。

「それと理沙さんと何の関係があるんだ」

「僕たちもそれが知りたい。そのために捜査している」

赤堀が反町を見据えて言う。反町の身体から力が抜けていく。彼の言葉に嘘はなさそうだ。

4

渡嘉敷知事死去のために行われる、次の県知事選が大きな話題になっていった。後継者として、大城副知事の名前が挙がっていた。本人は大いに意欲を示したが、知名度の低さで消えていった。

そんな中、衆議院議員の知念長敏が有力視されてきた。当選三回の与党民自党の議員だ。現在六十二歳で、県議を八年、二期務めて国政に移った。県内では実力のある政治家の一人だ。

出馬する場合は、県民の米軍基地への感情を考慮し、民自党を辞め無所属になる。民自党を含め保守政党は推薦にとどめるが、大物国会議員が応援に駆け付けるという。

反町は渡嘉敷知事死亡の捜査の合間に、〈B&W〉でノエルと赤堀に会って、ランチを食べた。

「知念の野郎、かなり乗り気だぜ。国政じゃ先が見えてるからな」

反町は東京の議員会館で会った知念との会話を思い出そうとしたが、ほとんど何も思い出せない。身体と声ばかりが大きい、中身の薄い政治家だ。

「このまま出馬すれば、当選の可能性は高いな。渡嘉敷知事の有力な後継者はいないし、保守層は全力で知念を応援する。知念が当選すれば辺野古移設は今よりスムーズになる。だが沖縄は変わらない。相変わらずの政府主導の補助金依存体質、ごね得体質の継承だ。基地もそのまま」

赤堀の言葉にノエルが顔をしかめたが、何も言わない。当たっているのだ。

「知念の出馬に、金城レポートは関係してないんだろうな。それを使って、誰かが知念を操るってことにでもなればヤバいぜ」

反町の言葉に赤堀が考え込んでいる。その誰かは、中国勢力の可能性もある。

翌日にはテレビや新聞に知念の名前が見られるようになった。

同時に、理沙の知事選出馬が噂されるようになった。


反町はノエルに連れられて、那覇市に来た理沙に会った。

理沙は花模様の明るい色のかりゆしウェアを着ていた。今まで見たことのない派手な服装だ。

「知念議員が知事選出馬の意向を固めたって本当ですか」

「そのようね。私にも本人自ら電話があった。その時はよろしくって」

「理沙さん、応援するんですか」

「突然言われてもね。知念議員には何度も会ってるけど、五分以上話したことがないの。それも何を話したか覚えてない」

理沙は時折り考え込みながら、慎重に言葉を選んで話した。

「理沙さんは出ないんですか。出馬の可能性はかなり高いって噂です」

「昨日も同じことを聞かれた。誰が言ってるの、そんなこと」

「噂ですよ。知念のインタビューを聞いて、かなり怒ってたって」

今週になって知念がマスコミに出る回数が増えている。沖縄の未来について経済第一主義の自説を述べている。

「そりゃあ怒るわよ。海がどんどん埋め立てられていく。でも、そんな話、どこで仕入れてくるの。自分が市議会議員だってことも、未だに自覚がない。完全に力不足を実感してる」

理沙が笑いながら言う。

「でも、信念だけはある。だから人がついてくる。それって、いちばん重要で、強力ってことじゃないですか」

「分からない。分かってるのは、私にはもっと勉強が必要ってこと」

理沙が消極的な声を出した。だが本音とも、単なる謙遜とも取れる言い方だ。図書館で見た読書量と、最近の理沙のインタビューでの受け答えからは、豊富な知識から生まれる自信も感じられる。

理沙が背筋を伸ばして改まった顔で反町とノエルを見た。

「あなたたちが羨ましい。私も議員になる前は怖いものなんてなかった。世の中は自分の望むように動くと信じて突っ走った。でも、議員になったとたん、世界が狭くなった。現実がのしかかり、先を考えるようになったのね。いろんなしがらみで、身動きが取れなくなってもくるし」

理沙はしみじみとした口調で言った。

翌朝の新聞、テレビは、知念が沖縄知事選に出馬するために、衆議院議員を辞職したことを報じた。

昼には県議の宮里を始め沖縄の政財界の重鎮が迎える中、知念が那覇空港に到着した。そのまま民自党県本部に行き、党を辞めると同時に推薦を依頼した。

夕方には地元事務所にマスコミを集め会見を開いた。若作りを強調した派手目のかりゆしウェアを着て、顔には満面の笑みを浮かべている。

知念は選挙公約の目玉に「統合型リゾート施設建設」を挙げた。県と民間が一体となってアジア最大のリゾート施設を作るというのだ。将来的にはカジノを誘致する計画だ。その計画が発表された翌日、反町は理沙が県知事選に出馬するという噂を再度耳にした。

反町は親泊と朝から阿部の足取りをたどった。

那覇空港、レンタカー会社、県庁での知事との会談、那覇ウィークリー・レジデンス、辺野古、理沙との会談を除いて阿部の足取りはつかめていない。

特に到着から三日目の夜、午後七時から十一時については不明だった。空白の時間だ。二人は、那覇ウィークリー・レジデンスに行き、隣の部屋を借りている鈴木奈央子に会って、話を聞くことができた。

彼女によると、この日、深夜に帰ってきた阿部は、かなりはしゃいでいた。

「よほどいいことがあったのね。聞いてみたけど、笑ってるだけだった。今度、高級レストランでご馳走《ちそう》すると言われた」

阿部は奈央子の部屋で一時間ほど飲んでから、自分の部屋に帰った。

夜中に何度か電気がついて物音がしていたと言っていた。

「嬉しすぎて眠れなかったんじゃないの。そんなことってあるのかしらね」

奈央子と別れて二人は近くの駐車場に止めた車に戻り、自動販売機で買った缶コーヒーを飲んだ。

「誰かに会ったんでしょうね。大和建設が何かのプロジェクトに入り込めたのかもしれません。でも、その翌日には」

親泊がため息をついた。

阿部は翌日の朝、理沙と会い、深夜に殺害されている。

「阿部は沖縄の東部海浜開発計画に食い込むために沖縄に来た。そのために、知事と理沙さんに会っている。少なくとも理沙さんからは、あまりいい返事をもらっていない」

「他に会う人物はいますかね」

「沖縄の政財界の有力者だろう」

「でも、有力者はほぼすべてが既成勢力というところです。誰を口説けばいいんです。新規の大和建設が食い込むためには」

「普通のやり方では参入は無理だろう。すでに沖縄の建設業界の構図は出来上がっている。新規企業が入り込む余地なんてない」

反町は親泊の言葉を繰り返した。彼の言葉は正しい。

「そのために、理沙さんにも知事にも何か有力な情報を提供するつもりだった」

「有力な情報ってなんです。かなりのものじゃなければ難しい」

「阿部の行動は普通の建設会社の社員とは明らかに違っていた」

「どこがどう違うんです。統合型リゾート施設建設への参入ですよ。そのために理沙さんとも会ったんでしょ。そして、辺野古にも行った」

「よほどの強力な何かをもっていた。だから単身沖縄に乗り込んで来て、知事と新進気鋭の女性市議にも会った。いや会うことができた」

反町の言葉に親泊は黙り込んだ。やがて話題を変えるように言った。

「ところで具志堅さん、最近、おかしいとは思いませんか。もともと愛想がない人だと思ってましたが、ますますみがきがかかった。県警本部で何かあったんですか」

「おまえもそう思うか。確かに何か考えてる。チャン逮捕の時も一人で追ってた」

「今度も誰かを追ってるんですかね」

「誰を追うっていうんだ」

反町の脳裏に理沙の顔が浮かんだ。

「理沙さん、何かを隠してることは確かですよね。あの人、身体も大きいし、スポーツ万能で阿部より力がありそうだ」

「ハッキリ言えよ。阿部を殺して、遺体だって運べそうだということか」

「そんなこと言ってないでしょ」

「思ってるだろう」

親泊は答えない。

「阿部のパソコンの紛失、足取りの不明。身元の判明も遅れた。核心に触れるような証拠はすべて消されている。警察捜査によほど詳しい者が関わっていると考えられないか」

「まさか、具志堅さんだって言うんじゃないでしょうね」

今度は反町が黙った。

5

反町は親泊と、渡嘉敷知事が入院していた病院にいた。

警備室で防犯カメラの映像モニターを見ていた。渡嘉敷知事が入院していた病室階にある防犯カメラだ。エレベーターと病室のドアが映っている。病室のドアの前には制服警官が立っていた。

倒れた日は数十人の面会申し込みがあったが、病室に入れたのは副知事と秘書、家族、数人の親しい友人だけだ。あとは病院関係者、医師と看護師だ。

親泊が映像を止めてモニターに顔を近づけた。

「この人——理沙さんじゃないですか」

反町は横から覗き込んだ。

「間違いない。隣にいるのが知事の奥さんの渡嘉敷聡美だ」

「知事と理沙さんは親しいんですか。こんなときに、病室に入れるほどに」

「そうは聞いていない。告別式には出ていたが、一般の人と同じだった。単に突然の死を悼んでのことだろう」

「じゃ、政治的にはどうなんです。基地反対派のリーダーと一緒にいました」

反町は理沙の言葉を思い出していた。

「基地については知事は絶対反対、理沙さんはむしろ共存の立場だ。ただ、辺野古の海の埋め立てには反対してる」

十分余り後、理沙は病室から出てきた。知事の奥さんがエレベーターまで送っていく。二人は親しそうに話し、ときおり聡美が頭を下げた。

「まさか理沙さんが阿部を――」

反町はつぶやいた。

県庁に用事があるという親泊と別れて、反町は一時間ほど病院に残り、医師と看護師に話を聞いた。

県警本部に着いて車を降りたときにスマホが鳴りだした。

親泊からだ。県庁にいるが、すぐに会えないかと言う。

「県警に戻ったところだ。これからそっちに向かう」

〈外で会いましょう。正面の道路を渡ったところにいてください〉

一分もたたないうちに親泊が県警本部正面入口に現れた。県庁の駐車場を横切ってきたのだ。

道路を渡ってきた親泊が反町の腕をつかみ、近くのコーヒーショップに入った。椅子に座るなり、親泊がポケットから知事の予定表の束を取り出した。

「もう一度、渡嘉敷知事の予定表を調べてみました。公なものじゃなくて、空白の時間帯です。その時間を埋めていきました。公じゃない時間が大事だって反町さん、言ってたでしょ。幸い、県庁には俺の知り合いも多くいます。それとなく聞きました」

楽なようだが、根気と時間を要する作業だ。

用紙を一枚抜き出して反町の前に置いた。

「この日の空白の時間帯。午前十時から正午まで。知事は中城城跡《なかぐすくじょうあと》に出かけています。公用車ではなく、知事の私設秘書の車を使って。彼の妹が俺の高校時代のクラスメートです。電話して何とか聞き出しました。会ったのは誰だと思いますか」

「島袋理沙か」

反町の答えに親泊の肩の力が抜けた。

「なんで分かったんです。知ってたんですか」

「阿部が殺された日だ。思い付きで言ってみた」

「でも、スゴイですね。一度で当てるなんて」

「おまえが裏取りをしたんだ。その方がスゴイ」

反町は予定表のプリントされた紙を手に取り、その日の知事のスケジュールを目で追う。午前中は空白になっている。この時間に二人は会っていた。場所は中城城跡か。

中城城跡は十五世紀中頃に築城されたと見られる琉球王国の城跡で、標高百六十七メートルの丘陵の上に建てられている。石垣の上に立つと、東に太平洋、西に東シナ海を見渡すことができる。

「理沙が知事を呼び出したのか」

「分かりません。しかし、島袋議員と渡嘉敷知事が会ったのは事実です。クラスメートの兄貴、私設秘書も驚いていたらしい。遠目にしか見ていないけど、あれはたしかに島袋理沙市会議員だと。背が高くてキレイだから目立つのだろうって。だから妹の私に話したと、彼女も言ってました。今まで仕事のことは話したことがないのにって」

「どのくらいの時間だ」

「およそ一時間。二人だけで話したそうです。その間、秘書は車で待っていました」

「渡嘉敷知事が理沙さんと会ってたのか。それも阿部が殺された日に。そのことを理沙さんは隠している」

反町は低い声で繰り返した。

「家で会議の準備をしてたというのは嘘ですね。しかし、ますます分からなくなりました。島袋理沙が会った二人が死んでいる」

「知事は一度は命を取りとめた。しかし――」

具志堅に話すべきか迷いながら反町は言った。

「次、俺は何をすればいいんですか」

「フラーが、自分で考えるんだ。俺だって分からん」

親泊が頷いて、スマホを反町に見せた。

『知事候補、美しすぎる市議の素顔』とあって、ビキニ姿の美しい女性が写っている。

「この過激な水着の人、本物の理沙さんなんですか。髪は茶髪ですよ」

「金髪だ。これから、こういうの増えるぞ。ネガティブ・キャンペーンと言うらしい。選挙の中傷合戦。ノエルが言ってた。まだ正式な出馬発表もしていないのに」

「日本の風土には合いませんよ。でも投票率、上がるだろうな。若い連中で、盛り上がってるそうです」

確かに理沙は昔のアイドルだ。グラビアモデルと同じ感覚なのかもしれない。

「家族はたまらんだろう」

反町は海人のことを思った。いくら美人でも自分の母親だ。

「理沙さんも覚悟はしてたんだろ。県知事選と市議選では違うって。当選すれば、沖縄の顔になるんだ。打たれ強くなけりゃな」

言ってはみたが、海人にとっては、やはりきつい。ノエルは怒り狂っているだろう。

「昔の恋愛話まで、面白おかしく興味本位で書き立ててる雑誌もあります。辺野古以上のインパクトかな」

親泊がスマホの画面を変えて反町に見せた。

「女手一つで海人を育てた女闘士というのもあります。沖縄の海を護り続ける守護神とも書いてある」

「それは事実だ」

「息子の父親は誰だ、って記事もありますよ」

反町は親泊のスマホをひったくった。本土の雑誌で、海人が三歳の時に家を出たと書いてある。自由な理沙の生き方についていけなかった。もっともらしいことが書かれている。今は東京で家庭を持って三人の子供がいるともあった。

「これじゃ、理沙さんが悩むのも当然だな」

反町は呟いていた。

「今後ますます激しくなります。アメリカのように中傷合戦とはいかないでしょうが」

親泊の声は嬉しそうでもある。反町は親泊のスマホを取り上げて画面表示をオフにした。

結局、具志堅に話すのはまだ早いと決め、反町は理沙に会いたいと電話した。

理沙は県庁に用があるからと、その日も那覇に来ていた。

二人は県庁前のレストランで会った。

理沙は何でも聞いてくれというように、背筋を伸ばして反町を見ている。

「理沙さん、あなたは阿部とホテルのラウンジで会った後、渡嘉敷知事と会っている。何の話をしたんです」

反町は単刀直入に言った。理沙は予想していた質問のように冷静に聞いている。

「警察に話す必要はない。それともこれは正式な捜査の質問なの。阿部殺害のアリバイなら、秘書に聞いてちょうだい。その日の深夜なんでしょ。私はうるま市にいた。東部海浜開発計画の打ち合わせ。何時にどこにいたか、彼女の方が記憶は確か」

「あなたが阿部を殺したとは言ってません。とてもじゃないがムリがある。素人、それも女性にやれる事件じゃない。心当たりはないですか」

反町は理沙を凝視した。理沙の反応が見たかったのだ。理沙は平然とした顔で、何も読み取れない。

「阿部さんが亡くなって得になる人を考えればいいんじゃないの」

「例えば――」

「それを見つけるのは、あなたたちの領域。私も入るんでしょうね」

「遺体は辺野古の海岸で発見された。何か意味があると考えています。思い当たることはありませんか」

理沙が考え込んでいる。やがて覚悟を決めたように顔を上げ反町を見た。

「知事から電話してきたのよ。会いたいって。それも、極秘でと」

「話の内容を教えてください。知事は死んでる。あなたに聞くしかない。我々は何としても事件の真相を暴きたい。次の選挙前には確実に。警察の義務だと考えています」

反町の真剣な表情と強い叫びのような言葉に、理沙はゆっくりと話し始めた。

「知事が会おうと指示した場所は中城城跡よ。あそこは人が多いけど、本土と外国からの観光客がほとんどで、知事でもあまり目立たない。一人で来てほしいと言われた。私と会うことを知られたくなかったんでしょうね」

理沙は言葉を止めて、また考えている。言うべきかどうか迷っているのだ。

「おそらく、辺野古に対する理沙さんの考えを聞いたんじゃないんですか。理沙さんは反対派活動家とも会っている。次の選挙では、どっちにつくか」

「よく知ってるわね。まさか、盗聴なんてやってないでしょうね」

「当たってましたか。半分以上想像だったんです。裏付けなんて取れっこないでしょ。で、どう答えたんです」

「辺野古の埋め立てには反対だと言った。ただし、知事とは反対する理由が違うって」

「海を埋め立てることには絶対に反対でしたね。基地に反対、賛成は関係なく」

「私のこと、少しは分かってきたわね。そう。基地反対、賛成とは関係ない。埋め立てには反対する。とうぜん辺野古崎には基地は造れない」

理沙は反町に視線を向け、強い口調で言い切った。

「でもキャンプ・シュワブ内に造るのであれば、私は反対しない。新基地の建設でもないしね。普天間基地の移設だから。ただし、一緒には動けないとも言った。先日の辺野古での反対運動は、私の思い描いていたものとは違っていた」

「どう違うんです」

「あんな、思想的、暴力的なものじゃない。海の埋め立て反対運動は、もっとシンプルで地域住民の生活に根差したものであるべき」

「俺にも分かるように言ってください」

理沙が上目遣いに反町を見ている。反応を確かめているのか。

「私は辺野古の住民にも話を聞いた。できる限り多く幅広い世代の人にね。六十代以上の人たちは返還前の沖縄で育ってる。辺野古のある中部地区は、特別な産業もない。沖縄でも過疎地に当たる。主な仕事としては、漁師くらいね。私の父も海人《ウミンチュ》だったことは知ってるわね。辺野古は沖縄でも貧しい地域。大浦湾も、ジュゴンが棲《す》み、サンゴが生息している美しい海と言われてるけど、遊泳禁止地区よ。最近やっと下水道工事に政府の補助金が付くことになったけどね。まだまだ整備できてない家は多い。そんなこと地元住民しか知らない」

反町は辺野古出身の親泊の言葉を思い出していた。同じことを言っている。

「彼らは長年、基地内で働いてきた者も多い。町にも米兵は多くいたし、米兵相手の飲食店も多くあった。それが今では見る影もない。米兵には敵対的なイメージより、むしろ親近感を持っている。マスコミは報道しないけどね」

理沙はふうと息を吐いた。

「もちろん、沖縄全土の人がそう思っているとは思っていない。一九九五年の米兵による少女暴行事件のときには、信じられなかったし、本当に怒りでいっぱいになった。でも正直、町が米兵でにぎわい、活気があった昔が懐かしいって言う者も多い。あのころは沖縄には今とは違った文化があったって」

理沙は話しながらも何かを考えている。

「理沙さんは、沖縄は昔に戻った方がいいと思ってるんですか」

「そうじゃない。現実を受け入れ、その中で沖縄らしい沖縄であってほしい」

理沙はしばらく無言だった。

やがて、覚悟を決めたように再度話し始めた。

「私は沖縄の知事たちを信用していない。普天間基地の問題も、初めは人口密集地にある危険な飛行場を何とかしようというところから始まった。まず言い出したのは基地の閉鎖。でも、それじゃあ米軍の作戦任務に支障が出る。受け入れるはずがない。で、現在ある基地内に移設することになった。費用はすべて日本持ち。それでキャンプ・シュワブ陸上案が候補に挙がった。アメリカも納得し、かなりスムーズにいくはずだった。しかし、港が必要、騒音がひどい、海側には基地兵舎が建っている。国道が通ってる。いろいろと問題が出てきた。でも、普天間には港はなかったし、騒音は内陸も海も大して変わらない。津波や台風対策もいる。兵舎なんて他の場所に移せばいいし、国道も北に通せば済むこと。移設先はホワイトビーチなど他にも候補地は挙がったけど、環境破壊が問題になって潰された。結局は辺野古周辺に落ち着いた」

理沙が反町に挑むようなまなざしを向けている。

「地元名護市との協議で、海の方が騒音など住民への影響が少ないということで辺野古崎に決まった。でも本音は、陸上案では基地は動いても、お金が動かないってことよ」

理沙は軽いため息を吐いた。

「陸から二百メートル海を埋め立てて滑走路を造る。当時の知事も同意した。でも、知事が代わると滑走路はさらに海にせり出し、埋め立て地は拡大した。ヘリの騒音など、地元住民への影響を減らすという理由でね。知事はその海上案に同意した。二千億円の補助金と一緒にね」

理沙は下を向いて、しばらく考えていたが顔を上げた。

「最後は、沖縄経済界と本土の経済界、というより土建業者の思惑が一致した。辺野古の海を埋め立てる。砂利を使ってね。砂利利権よ。その間に辺野古周辺の土地は買い占められていた。買い占めた者のリストには、本土の政治家の名前もずいぶん挙がっている。与野党ともにね。有名な政治家も多い。この人が、と思う人もいる。沖縄の政治経済は利権で固まっている。沖縄の利権だけじゃなく、本土の利権を含めてね」

理沙は反町の目を真っすぐに見つめ、きっぱりとした口調で畳みかけるように話した。いつものフランクで親近感のある理沙の話し方とは違っている。その表情と口調は、明らかに有能な政治家を思わせた。

「知事が代わるたびに、辺野古の埋め立て地は大きくなっていく。最初、知事は普天間基地の単純返還を求めた。次の知事は北部振興策を条件に基地の移設を了解した。でも、そのまま八年が経過した。次の知事は――。知事が代わるごとに新基地は内陸から海へと移動している。埋め立て面積を増しながらね。渡嘉敷知事は白紙撤回。もうメチャクチャ。なぜだか分かる？」

理沙が試すように反町を見ている。反町は答えることができない。

「建設費三千五百億円。その内、埋め立て費用二千三百十一億円。これはさらに膨らむ。おまけに、最近見つかった軟弱地盤の改良には、総額二兆五千億円が必要だって。とにかく、埋め立てには特別な技術はいらないけど、お金がかかる。沖縄向き、って言ってる人もいる。これって私たちをバカにしてる。普天間基地は、初めから埋め立てありき、で成り立ってるのよ。これは、沖縄内部の政財界の利権。さらには本土の利権も絡んでいる。私はそんなの許さない」

理沙は強く唇をかんだ。

「一般の人はほとんど何も知らない。反対派の人もね。本土の人にとって、沖縄は観光地にすぎない。基地なんてどうでもいい。ウチナーンチュにとっては基地なんてない方がいいに決まってる。私はアメリカ人にも軍の人間としてより、美しい沖縄の海を見に来てほしい。それだけよ、私の望みは」

理沙は一気に言って横を向いた。泣いているのかもしれなかった。

6

反町は理沙と別れて、割烹《かっぽう》〈沖縄〉に行った。

具志堅の幼馴染《おさななじみ》がやっている店だ。一年前に初めて連れてこられて、以後は時々、反町一人でも来ている。

根間和子《ねまかずこ》は相変わらず店の奥に座って、新聞を読んでいた。反町を見ると注文を聞くことなく、カウンターに入ってソバを作り始める。

「最近、ショウちゃんはどうしてる」

和子は具志堅正治のことをこう呼ぶ。

「来ないんですか」

「ここ半月あまり見ないさー。来ても、ムスッとした顔でやってきて、ソバを食べて帰るだけだけど。そういや、最後に来たとき、あんたのこと言ってたよ。あいつもちゅーいだちしたって」

一人で立つ、一人前になったという意味だ。

「驚いたな。そんなこと言ったんですか」

「私に言えば、あんたに伝わると思ったんじゃないか。その通りなんだけどさー」

和子はかすかに笑った。出会って一年以上になるが、彼女が笑ったのは初めて見た。

「そういや、島袋理沙って女性議員、あんたいつか話してただろ。今度の知事選に出るんだってね。ちょっと前テレビに出てたさー」

「出ても当選は難しいんじゃないですか。名護市の市会議員で一匹狼《いつぴきおおかみ》です。テレビにも出てて知名度はあるけど、組織はないに等しい。沖縄全県レベルじゃ、まだまだ認知度は低い。俺は好きだけど」

「ああいう知事がいてもいいんじゃないかね。海を護る。沖縄の財産は海。埋め立ては絶対に許さない。いい言葉じゃないか。本物のレキオスさー。私は賛成するさー」

「でも、基地には触れていない。沖縄じゃ避けては通れない問題です」

「あの人は共存を望んでるんじゃないのかね。ただし新しい形の共存さー。昔は賑やかだった。基地の周りの飲み屋街は兵隊であふれてた。問題も多かったけどね。私には分かるさー。日本人にも、ひどい奴はいる。本土じゃ若い女を複数殺したり、年寄りの集団殺人もあった。子供の虐待は跡を絶たないしさー。ようは人種より、個人の問題さー。問題をなくして、新しい共存を考えてるんじゃないのかね。私にはそう聞こえるさー」

新しい形の共存。理沙は沖縄駐留米軍の家族も、基地の外に住まわせたいとも言っていた。

「和子さんは島袋理沙を応援してるんですか」

「そろそろ新しい風が吹いてもいいんじゃないかね。今までは保守も革新も名前は違っても、内容は大して変わらなかったさー。ワイワイ言い合ってるだけ。結局は国の言いなりさー。普天間の移設だって移設先は決まっても、いつになるか分からない。危険だと騒ぎながらも、その間は普天間基地はあり続けるわけさー。変わるのは辺野古の海の埋め立て面積が増えるだけ。もういいかげんうんざりしてるさー。今度は、大きく変わってほしいね」

理沙が言っているようなことを和子も言っている。

和子はでき上がったソーキソバを反町の前に置いた。しかし、今日は反町をじっと見つめている。いつもなら隅の椅子に戻って新聞を読み始める。

「浮かない顔をしてるさー。何か言いたいことがあるんじゃないのか」

「そんなことないですよ」

「辺野古の水死体の事件の捜査だろ。解決しそうなのか」

「して見せますよ。そのために、やってる」

知子は小さく息を吐き、しばらく考えていた。

「沖縄じゃ、本土では単純なことが複雑になるさー。もっと単純に考えることも必要さーね」

和子が意味深なことを言う。しかし、思い当たらないこともない。

和子がテーブルに琉球日報を置いた。一面には、〈辺野古の埋め立て、近く再開〉の見出しが大きく見える。横に〈島袋理沙、知事選始動、秒読みか〉の記事がある。

「もっと単純に考えることも必要か」

反町は口に出して言ってみた。ソバを食べながら、事件から無駄なものをそぎ落としていった。辺野古で発見された水死体。自分たちに先入観はなかったか。基地の移設問題、急かされている埋め立て。事件の収束に圧力をかけてくる政府。このままだと、事故か自殺で片付けられる恐れもある。

反町の脳裏に、事件解決を急がせる県警幹部とさらに彼らに圧力をかける政府の役人たちの顔が浮かんでくる。


反町は店を出ると県警本部に戻り、自転車で金城久栄の家に向かった。

「もう会わないって言ったでしょ」

チェーンのかかったドアのすきまから久栄が言う。

「下宿へ帰る途中にちょっと寄ってみただけです。嫌なら帰ります」

一度閉まったドアが開いた。

「アロハに自転車という警察関係の人は初めて。あなたは刑事らしくない。悪い人じゃなさそうね」

久栄は無遠慮に反町を見たが中に入れてくれた。

リビングに入ると反町はタンスの上の写真を手に取った。野球のユニホームを着た男たちが肩を組んで写っている写真だ。

「この中に知ってる人はいませんか。最近、家に来たことがあるとか、卒業してからも金城さんと会っていたとか」

「古い写真です。いたとしても、変わってるでしょう。父は多くの友人や知り合いがいました。家にもしょっ中、人が出入りをしてた。徹夜で泡盛を飲んで話していました。でも――この中の方はいなかったように思います」

反町はスマホに阿部の写真を出した。久栄が眉根を寄せて見ている。

「この男は知りませんか。最近でも昔でもいい」

「見たことがない人です。私は父の関係者には関わりたくありませんでした。癖のある人が多かったから」

一時間ほど資料を見せながら、何とか金城と阿部の繫《つな》がりを探ろうとしたが、久栄は首を振るばかりだった。

反町は薄暗くなった道を下宿とは逆の那覇市内に向かって自転車を走らせた。

県警本部に戻ると具志堅もまだパソコンを睨んでいる。

「金城久栄に会ってきました」

具志堅が数枚の用紙を机に置いた。

「金城の経歴だ」

生年月日と小学校から大学、以後の経歴が書いてある。

「俺も新聞社で調べました。優秀な記者だったようです」

具志堅も反町の言葉を否定しない。

「金城と阿部との繫がりを調べようとしましたが無駄だったようです」

「阿部が金城レポートと関係があるというのか」

「そう思いましたが繫がりは見つけられません。そもそも、金城レポートなんて存在するんですかね」

反町の問いに具志堅は答えない。

7

電話の音で目が覚めた。

下宿に帰ると日付が変わって一時間近くたっていた。まだ三時間も寝ていない。

〈すぐに来てよ。名護市の市立病院。理沙さんが車に撥《は》ねられた〉

ノエルが一気に言って、病院名を繰り返した。

「理沙さんの様子はどう――」

言いかけたときには、すでに電話は切れていた。交通事故なら、名護署の管轄だ。

「なんで俺が名護市の病院に――」

そのままベッドにひっくり返ったが、ノエルの声の調子が気にかかった。かなり興奮していた。理沙の怪我がひどいのかもしれない。

身体を起こして時計を見ると、午前五時すぎ。窓の外はすでに明るくなっている。

迷ったが、タクシーを呼んだ。十分で着替えて、表通りまで走った。交差点の手前にタクシーが止まっている。

反町が行き先を告げると、運転手が聞いてくる。中年の運転手は若い頃、警官をやっていたという。反町は急ぎのときは近所の個人タクシーを呼ぶことにしている。「タクシー出勤か、優雅だな」とからかわれることがあるが、車を持ったり那覇市内に部屋を借りるより、はるかに安上がりだ。

「事件か」

「交通事故だ」

「最近は名護市の交通事故に県警本部の刑事が行くのか。それもこんな朝っぱらから」

皮肉をこめた言葉が返ってくる。彼も刑事志望だったが、三年間で警察官を辞めて実家の漁師を継ぎ、今はタクシー運転手だ。ここ数年で沖縄近海では魚が急激に獲れなくなったらしい。彼に言わせれば、埋め立てを多くやりすぎたのだ。

名護市の市民病院に着いたときには、陽は上っていた。

駐車場を見ると、ノエルの黄色の車が止めてある。

早朝の病院はひっそりしていた。

反町がエレベーターを降りると、笑い声が聞こえてくる。

声の方を見ると若い医者と看護師に囲まれて、薄茶色の髪が見える。ショートパンツからスラリと伸びた脚、赤いスニーカー、薄いブルーのTシャツの女性は理沙だ。

ノエルは前のソファーに座っている。深刻そうな顔をして足元を見ていた。

「反町くん、どうしたの。こんなに朝早くから」

反町に気づいた理沙が声をかけてくる。

右脚に包帯を巻き、腕にも大型の絆創膏《ばんそうこう》を貼っていた。ふとももにも包帯を巻いていた。Tシャツの腹の黒いシミは腕の傷を腹につけて押さえていたのか。スニーカーにも血の跡があった。かなり血が出たのか。

「どうしたのって、ノエルに呼ばれて——」

理沙はノエルに視線を向けたが、何も言わないので話し始めた。

「早朝ランニングしてたら、後ろから来たワゴン車に撥ねられそうになったの。とっさに避《よ》けたら溝に転落。深さが五十センチほどもある溝」

「後ろから？」

「音に気がついて振り向いたらワゴン車が迫ってた。私、運動神経だけは抜群なの」

「番号は見ましたか」

「とっさのことだったのよ。横に飛び退いたら、そこに溝があって——。這《は》い出したときにはワゴン車は豆粒。歩けないこともなかったけど、出血がひどくて——。ふとももが切れてて八針縫った。跡が残らなきゃいいんだけど。仕方がないからノエルに迎えに来るよう頼んで、病院に連れてきてもらった。彼女、昨夜からうちに泊まってたの」

「車種は覚えていますか」

「車の種類なんて、乗用車、ワゴン車、トラック、軽自動車くらいしか知らない。昔は軽トラ専門だったたし、荷物が積めて動けば何でもよかったから」

「車は理沙さんを撥ねようとして、寄ってきたんですか。それともハンドルを切り損ねて――」

「そんなの分からない。運転手に聞いてよ。とにかく、私は危ないと思って飛びのいた。で、溝に転落。車に当たるよりましでしょ。あなただったら、はねられてる」

「それってひき逃げでしょ。ぶつかろうとしてたんだから」

黙っていたノエルが口を開いた。

「この状況だと、ひき逃げの証明は難しい。理沙さんの証言だけだし、怪我は溝に落ちてできたものだろ。秘書と一緒だったとか――」

「朝の四時すぎよ。走ってるのは私くらい。早朝ランニングは気持ちいいんだから。帰ってシャワーを浴びて、朝食を取ると、さあ、今日もやってやろうって気になる」

反町は頷いて、ノエルの横に座った。

「理沙さん、元気そうじゃないか」

反町は耳元で囁いた。

ノエルが顔を上げ反町を見つめる。

「すぐに手配してよ。理沙さん、ひき逃げにあったのよ」

「おまえも警官だろ。これって、ひき逃げになるのか。車には当たってない。接近してきた車を避けようとして、溝に落ちて怪我をした。たしかに車が悪い。しかし、考えようによっては、自分の不注意だ」

反町は声を潜めて言ったが、ノエルは反論しない。状況は反町の言葉が正しいことが分かっているのだ。

「相手が接近していないと言ったらどうするんだ。早朝で目撃者もいない。車に驚いた理沙さんが過剰反応した」

やはりノエルは無言だった。

「でも、被害届は出しておいた方がいい。いつ必要になるか分からない」

「理沙さんは出さないって。騒がれたくないからですって」

ノエルがかすかに息を吐いた。

「仕方がないな。本人がそう言うのなら。しかし良かったな、おまえがいて」

「理沙さんの家に泊まってたのよ。昨夜、夕食に呼ばれて、そのまま」

「おまえも一緒に走らなかったのか」

「私は寝てた。早起きの趣味はない」

理沙が二人の方にやってきて時計を見た。

「反町くんもノエルも、帰った方がいい。あと一時間とちょっとで勤務時間でしょ」

「理沙さんを送っていきます」

「ダメ。公務員は時間厳守が基本。私はいいから、早く行くのよ」

強い口調で言って、ノエルの腕をつかんで立たせた。そのときかすかに顔をしかめた。傷が痛んだのか。平気な顔をしているが、かなり痛んでいるのかもしれない。脚の包帯と腕の大きな絆創膏は、確かに痛々しい。

反町とノエルは病院を出て駐車場に歩いた。

「名護署まで送っていけ。捜査会議に出る」

反町は軽自動車に乗り込んだ。

ノエルは無言で車をスタートさせた。

車は病院を出ると東に向かって走った。道路に車はほとんど見られない。

「どこに行くんだ。県警本部に戻るんだろ」

相変わらず反町を無視して前方を見ている。

「事故現場か」

「絶対にひき逃げよ。ちゃんと調べるべき。理沙さんは狙われてる」

「誰に何のために狙われるんだ」

「今年の初めだって、ストーカーに付きまとわれて大騒ぎになった。でも今は分かってるでしょ」

　四十代のストーカー男からの一日に百回近い電話とメールに悩まされて、警察に被害届を出した。これは話題になってテレビでも放送された。反町も何度か見たことがある。今は知事選がらみということか。

「ストーカーはひき逃げなんてしない。知事選だって正式な出馬表明はしていない」

「調べるべき」

「彼女には他に狙われる理由があるのか」

「政治家だもの。反対勢力はいるでしょ。それに理沙さんには、付きまといも多い」

「何が言いたい。おまえ、なにか隠しているのか」

「理沙さんには、誰にも言わないようにって言われてるけど、昨日も相談を受けて家に行った。誰かに見張られてる感じだって」

「具体的に言え。あとをつけられたとか、おかしな手紙をもらったとか、いたずら電話があったとか」

「そんなの日常的で、放ってるって言ってた。手紙はゴミ箱、電話はガチャン。今回はもっと不気味な感じだって。はっきり表現するのは難しいって」

「だったら、何でそんな早朝に一人でランニングなんてするんだ」

「習慣を変えたくないんだと思う。怖がってるとも思われたくない。そんなことで、生活のリズムを変えるのは負けだと思ってるんじゃないの。意固地なところがあるから」

「それじゃ警察は動かない。おまえも知ってるだろ」

「だから、あんたに頼んでるんじゃない。県警本部、捜査一課の刑事でしょ」

「俺だって暇じゃない。阿部の事件で手一杯だ。昨夜だって、下宿に帰ったのは今日になってからだ」

渡嘉敷知事の死亡についての捜査も行っていることは言えなかった。捜査一課だけの特別捜査だ。

車は国道三二九号を辺野古に向けて走った。

両側にはキャンプ・シュワブが広がっている。見通しのいい道路で、道幅もさほど細くはない。

車のスピードが落ちた。

ノエルが車を路肩に寄せて止めた。

「理沙さん、そこの溝の横に座ってた。青い顔をして震えてた。病院じゃ元気そうに振る舞ってたけど、実際はかなり怯えてる。相当ヤバかったのよ。私には分かった」

「やはりそれだけじゃな。ひき逃げ未遂として捜査はできない」

反町は辺りを見回した。目撃者などいそうにない所だ。

「彼女、このコースを毎日走ってるのか」

「そう言ってた。大雨や緊急の仕事がない限りは。でも、当分はやめるよう説得した」

「納得したか」

「納得させたの」

ノエルが強い口調で言って、反町を見た。

「まずは、名護署に事情を話すんだな。相手が不明で、気分だけで狙われてると言っても、取り合ってはくれないだろうが。被害届だけは残せる」

ノエルは無言で車をUターンさせた。

今度は止まることなく名護署に向かった。

反町は名護署前で降りた。ノエルは無言のまま、那覇に戻っていった。


反町は特別捜査会議に出て昼前に県警本部に戻った。その足で二課に行き、赤堀を屋上に連れ出した。

「尾上と木島は最初から金城レポートを探していた。渡嘉敷知事の不正の証拠の入ったフラッシュメモリーじゃなかった。あれはラッキーな副産物だ。金城レポートこそ、二人が探していたものだ」

思いつき程度のものだったが、今では確信に変わっている。

「僕が知るわけないだろう。僕は一介の――」

「おまえがそれほどバカだとは思えない。何も知らずに、ただ踊らされているだけだとはね。彼らが教えなくてもおまえが調べてる。警察庁の後輩を使って」

「知ってても言えるわけがないだろ」

赤堀がむきになって言う。言ってからしまったと思ったのか、下を向いて黙り込んだ。

反町は一年前の深夜、赤堀が反町の下宿まで持ってきた新宿高層ビルのクラブでの密会の映像を思い出していた。日本人が二人、他に中国人が二人いた。

「すべては東京にありということか」

「僕は知らない。沖縄の状況を東京に知らせるだけだ」

「そんなこと誰が信じる。おまえは警察庁出身の準キャリア官僚だ。情報を手に入れる方法は山ほどある。おまえは、知事の不正の証拠が入ったフラッシュメモリーを手に入れた功労者だ。沖縄県政を左右するものだ。なんなら、俺が警察庁に直訴してやろうか。早く東京に帰れるように」

「バカを言うな。そんなことやると――」

「よく考えろ。おまえは東京の奴らに、利用されてるだけじゃないのか。あのフラッシュメモリーで東京に帰れるはずじゃなかったのか」

反町の再度の言葉に赤堀が視線を下げた。

「最近の渡嘉敷知事の言動は明らかに昔とは違ってた。あからさまな基地批判がなくなった。日本政府の立場まで言い出した。誰かがあのフラッシュメモリーを使って知事を操っている。それほど重要なものだった。俺たちで真実を突き止め、東京の奴らに一泡吹かせてやろう」

赤堀が改まった顔で反町を見た。

「僕は二人が求めているのは、たしかに知事の不正の証拠以上のものだと思っている。さらに重要な沖縄の真実。日本の政財界をひっくり返すものだと思う」

「それが金城レポートか。中身は知ってるのか」

「重要なモノとしか聞いていない。だが、この件については、軍用地がらみの事件として三年も付き合ってきたんだ。おおよその見当はついている」

「だったら、もったいぶらずに話せ」

反町の言葉に、赤堀はじらすように再度黙り込んだ。しばらく考えていたが、腹を決めたように口を開いた。

「普天間飛行場の辺野古移設に関する日米の密約とも言えるものだ。辺野古にいたる移設場所の決定から、海の埋め立て、滑走路建設、さらにその設計変更にいたる詳細な過程と、金の動きが書かれている可能性がある。官房機密費というやつだ。添付された一連の証拠書類と一緒に。他にもいろいろあるようだ」

「マスコミは全くつかんでいないのか」

「金城レポートの存在自体が確かではなかった。僕だって半信半疑だ。それを見つけ出すように指示は受けていたが」

赤堀の声のトーンが落ちた。

「それで全部か。もうすべてを話したと思ってもいいんだな」

「尾上さんと木島さんは、今も金城レポートを探している。それを見つけて、すべてを明らかにする」

「おまえが二人に渡したフラッシュメモリーは、どこにも公表されなかった。政府が自分らのために使った。渡嘉敷知事を脅して」

「金城レポートは知事の不正の暴露とはレベルが違う。現政権を脅かす大きな問題を含んでいる」

「そのレポートはどこにある。……まさか、阿部が持っていたのか」

反町と赤堀がお互いに見つめ合った。やっと二人の意見が合った。阿部はどうやってそれを手に入れた。東京に行かなければならない。


「東京に行けませんか」

反町は捜査一課に戻って具志堅に聞いた。

「行ってどうする」

「阿部について調べます。大和建設、阿部の家族に会って、直接話を聞きたい」

「阿部の身辺を調べてなんになる。彼は被害者だぞ。犯人はやはり単なる物盗りではなく、阿部自身を狙ったというのか」

「それを調べたいと思います」

具志堅が考え込んでいる。この時期に短期間であれ、捜査員が抜けることに対して風当たりは強いだろう。

「無理だな。今、沖縄県警がどういうときか考えろ。辺野古崎での阿部の水死体発見に加え、現役知事が死亡した。日本中の目が沖縄と辺野古に集まってる。早急に辺野古水死体事件の解明が求められている。本部長の訓示を聞いただろう」

「分かってます。だからこそ東京で阿部の——」

反町は言葉を呑んだ。今まで引っかかっていたモノが取れかかっている。やはり鍵は東京にある。

「東京に行けばつながる気がするんです。阿部堅治、渡嘉敷知事、島袋理沙——」

「阿部の水死には、渡嘉敷知事も関係しているというのか。さらに島袋理沙が。確信が持てるか」

「分かりません、行ってみなきゃ」

「フラーが。そんな状況で俺にどうしろと言いたい」

具志堅が睨むような目を向け、押し殺した声を出した。こんな弱気な具志堅は初めてだった。

「六年前、金城が贈収賄事件にからんでいるという容疑で逮捕されました。しかし、金城レポートは見つかっていません。阿部は渡嘉敷知事にも島袋議員にも会っている。突然来て会える相手じゃない。沖縄の有力者を動かす何かを持っていた可能性があります」

フラッシュメモリーで脅された渡嘉敷知事は、意志を曲げざるを得なかった。知事は脅迫者に屈したのだ。この件は具志堅にも話していない。

「勝手にしろ。だが、出張扱いにはできんぞ。東京の親戚に病気にでもなってもらえ」

「ありがとうございます。成果は真っ先に具志堅さんに報告します」

反町は具志堅に頭を下げた。

第六章　東　京

1

翌日、反町は朝一番の羽田行きの飛行機に乗るために那覇空港に行った。

叔父さんの病気見舞いの一泊二日の休暇という名目だが、叔父さんは岡山で元気に暮らしている。

那覇空港から羽田まで二時間強。始発は七時三十分。最終便は羽田二十時発、二十二時四十分那覇空港着だ。

反町は警察手帳をデイパックの底に入れた。基本的に休日には、警察手帳は署内に置いておくことになっている。紛失を防止するためだ。しかし、反町は警察手帳がなければ誰も自分を刑事だとは信じないことを経験から知っている。

搭乗ゲート前の椅子に座っていると、人の気配で顔を上げた。

前に男が立ち反町を見つめている。

反射的に立ち上がり、敬礼をした。

「やめろ。みんな見てる」

慌てて姿勢を崩した。新垣刑事部長はホッとした顔で椅子に座り、反町にも座るように促した。

「きみもこの飛行機で東京に行くのか。出張かね」

「いいえ、プライベートです。叔父さんが病気で、見舞いです。明日には戻ります。捜査には支障はきたしませんから」

嘘を言ったが、新垣も額面通りには受け取っていないだろう。

「阿部の水死体の捜査は進展があったか。きみ自身の見解でいいから聞かせてほしい」

「俺は渡嘉敷知事の捜査と兼務です。頭がかなりこんがらがっています。こんなの初めてですから」

「私の責任だ。知事が亡くなるとは思わなかったので、徳田本部長が大慌てだ。今日も官邸に呼ばれて、捜査状況と辺野古の埋め立て工事再開について説明することになった。私は彼の代理だ」

「工事はしばらく中止というわけにいきませんか。遺体発見現場の保持は重要です。渡嘉敷知事死亡の捜査の兼務はやめた方がいいです。捜査員に混乱を招くだけです。那覇署と県警本部で専従をつけた方がいいです。何も出なければ、辺野古水死体の捜査の手抜きだと、かなり叩かれそうです」

新垣は考え込んでいる。

アナウンスが搭乗を告げ始めた。

新垣はそれじゃあ、というふうに片手を挙げると優先搭乗で先に乗り込んでいった。


羽田に到着して、後方座席の反町が降りる頃には新垣の姿はなかった。

到着ロビーへの出口に歩いて行くと、ゲートを出て行く新垣が見える。反町は無意識のうちに歩みを遅らせていた。

ゲートの向こうにはスーツを着込んだ二人の男が待っている。新垣の荷物を持つと空港出口に向かって歩いて行く。

反町は彼らの後を追った。空港出口前には黒塗りの大型セダンが待っている。

新垣が乗り込むと車は走り去っていった。

反町は空港内に引き返し、モノレールで浜松町《はままつちょう》に出た。


反町は通りを隔てたビルを見上げていた。

大和建設は有楽町の駅近くにある。

どっしりした高層ビルの壁面が陽の光を受けて輝いていた。大和建設はそのインテリジェントビルの五フロアを占めている、いかにも伸び盛りの企業というイメージだ。

反町は阿部の上司の中村に面会を申し込んだ。阿部の遺体の取り引きを含めた後始末に沖縄に来た男だ。約束のない面会は難しいと言った受付の女性も、反町が警察手帳を出すとすぐに取り次いだ。

応接室に通され十分ほど待つと、中村が五十代後半と見える男と現れた。橋本《はしもと》と名乗った男は企画部長の名刺を出した。

「その節はいろいろとお世話になりました」

中村が慇懃《いんぎん》な口調で言いながら、反町に頭を下げた。

しかし、今ごろ何をしに来た、という迷惑そうな表情が顔全体に表れている。

「阿部さんの沖縄訪問の本当の理由が知りたくてね」

「沖縄で話した通りです。弊社の沖縄進出の準備です。この事件で、考え直す必要が出てきましたがね」

「阿部さんは事業推進にあたり、何か強力な情報を持っていたのですか。それを持って沖縄に渡った」

中村の顔色が変わって、橋本をチラリと見た。

「強力な情報とはなんです」

「そのために阿部は殺されたんじゃないのか。あんたらだって、十分に知ってるだろ。

だから彼のパソコンにこだわった。パソコンの中には、その情報が入ってる」

反町は身体を乗り出して中村を睨み付けた。

「いや、我々は本当に何も知らないので――」

突然、反町の口調が変わったのに驚いた中村からは、歯切れの悪い答えが返ってくる。

「パソコンには何が入ってた。あんたは知ってるんだろ。ここで話すのが嫌なら、任意同行で沖縄県警に来てもらってもいい。沖縄県警の阿部殺害事件の重要参考人として」

「阿部はうつ病で半年ほど長期休職していました。出社するようになってしばらく様子を見ていましたが、この仕事が復帰後最初のものです。しかし、再発して衝動的に自殺したと――」

中村の声が震えている。必死で平静を保とうとしているが、動揺が伝わってくる。

「自殺する者が十日もレンタカーや宿泊施設を借りるか。遺体で発見される前日には人と会って沖縄進出の話をしてるんだ。俺たちは、阿部の持っていた情報を狙った何者かの計画的犯行と睨んでいる」

中村と橋本が顔を見合わせている。

「人が一人死んだんだぞ。阿部には年老いた母親がいるんだろ。気の毒だとは思わないのか。真実を暴き出せば、死んだ阿部も多少は報われる」

「そう言われても知らないものは――」

中村が震える声を出した。あくまでしらを切る気か。

「後で何か出てくると、ただじゃ済まさないからな。会社にだって迷惑がかかるぞ。脳みそに刻み込んでおけ」

反町はもう一度、中村を睨んで立ち上がった。

「すべて話した方がいいんじゃないのかね。刑事さんの言うとおり、人一人が亡くなっている。問題が大きくなりすぎた」

今まで黙って座っていた橋本が、中村に向かって言う。

中村の身体から力が抜けた。反町はソファーに座り直した。

「結果は最悪になったが、我々は本当に何も知らないんだ。法に触れることをやったわけじゃない。リスク管理は適切に行った方がいい」

中村に諭すように言うと、橋本が反町に向き直った。

「阿部は沖縄の有力者と、弊社の沖縄進出のためにコンサルティング契約を結ぼうと考えていたようです。彼らのアドバイスと力添えにより、沖縄の今後の大型事業に参入できる、というものです。阿部は渡嘉敷知事にも会ったし、東部海浜開発計画に大きな影響力を持つ島袋理沙さんという女性市議にも会いました。東京では私も同席しています。しっかりした意志をお持ちの方だ。沖縄の未来を本気で考えておられる。彼女たちの計画に参加できるよう阿部が調整していました。しかしうまくいかなかったようです」

橋本はため息をついた。

三十分ほどの面談だったが、反町は疲れを感じた。今までバラバラに散らばっていたパズルの断片が、部分的に形を成してくる。しかしまだ、全体の形が見えるには程遠い。


反町は大和建設を出て歩き始めた。

「沖縄の刑事さんですよね」

振り向くと白いブラウスの女性が立っている。額に汗がにじみ、息を弾ませているのは走ってきたからか。

制服を脱いでいるのですぐには分からなかったが、応接室にお茶を運んできた女性だ。

「阿部さんのことでいらしたのですね。私、刑事さんの声、覚えてます」

「最初に出た方ですね」

「遠山秀子《とおやまひでこ》と言います。会社では阿部さんの隣の席でした。事件の捜査、どうなってるんですか」

「俺も話を聞きたい。阿部さんがどんな人だったか」

二人は近くのコーヒーショップに入った。

「阿部さん、ぶきっちょな所があるけど、とても優しくていい人でした。もう会えないと思うと、何だかこれでいいのかっていう気分になって」

「知ってること何でも話してくれ。俺も真相を突き止めたい」

「親思いのとても親切で優しい人。私たち派遣社員にも、いつも丁寧な態度で接してくれました」

「閑職にいたと聞きましたが」

「半年ほど休んでいたんです。うつ病だと聞いています。戻ったら、居場所がなくなってて。だから、今度の沖縄のプロジェクトはどうしても成功させたかったんじゃないですか。いろいろ無理をしてでも」

「無理って。何をやったんです」

「前任者ができなかったことを引き受けたんです。彼、昔、沖縄にいたと聞いてます。友達もいたんじゃないですか。だから、なんとしても成功させようと——」

「沖縄にいたんですか」

　初めて聞く話だった。実家は東京と聞いている。

「何かの折り、話してくれたことがありました。余り楽しそうでもなかったんで、深くは聞きませんでした。そのころは阿部さん、他の担当だったから」

「だったらなぜ、彼が——」

「沖縄に新規建設会社が食い込むのは難しい、というのが前任者の結論です。阿部さん、自分から手を挙げました」

「阿部さんの家族については知ってますか」

「お父さん、沖縄で警察官だったたって聞いたことがあります。阿部さんが小学生時代は名護市の交番勤務だったたって話してました。いま騒がれている辺野古崎のある市だって。辺野古にはよく行ったたって言ってました」

「そのこと、橋本さんや中村さんは知ってましたか」

「さあ——知らないと思います。私も聞いたのは一度だけです。すぐに話題をそらせました。いい思い出はないいんじゃないですか」

秀子は首をかしげていたが、時計を見て慌てて立ち上がった。

「もう、行かなきゃ。クビになってしまう」

反町にペコリと頭を下げると急ぎ足で店を出ていった。

反町は小走りに会社に戻っていく秀子を目で追っていた。上司から聞いた阿部の姿と秀子が話した阿部の姿がうまく重ならない。

しばらく考えてから、池袋のホテルにチェックインするために立ち上がった。

2

反町はスマホの地図を見ながら板橋区の高島平団地を歩いた。古びたマンション群が続いている。会社で聞いた阿部の実家のある街だ。

五十年近く前には巨大なベッドタウンで、五万人以上を抱える一大住宅都市だったが、現在では高齢化が進み独居世帯も多いと聞いた。

ドアチャイムを押しても返事がない。

出直そうかと思い始めたとき、廊下を歩いてくる音がする。

反町はドアの前で立ち止まった足音に向かって言った。

「沖縄県警の反町という者です。息子さんのことでちょっと話を聞きたいのですが」

ドアが開き、出てきたのは初老の女性だ。阿部の母親、阿部博美《ひろみ》だろう。六十代のはずだが歳よりもかなり老けて見える。足が悪いと聞いていた通り、ドアの横の壁に手を添えて立っていた。

「阿部堅治さんの事件を担当しています。今日は、阿部さん本人とお父さんについて聞きたくて来ました。阿部博美さんですか」

戸惑った表情ながら博美が頷いた。

「お線香を上げさせてもらえませんか」

反町は具志堅に言われたことを思い出しながら言った。菓子折りの入った紙袋を前に出して、見えるようにした。必ず供え物を持って行け。普通なら仏壇の部屋に通してくれる。話はそれからだ。

「本当に残念なことです。沖縄県警の警察官として必ず事件を解決します」

焼香が終わって、お茶を持ってきた博美に言った。

「阿部さんのお父さん、雄二《ゆうじ》さんは沖縄の警察官だったと聞きましたが」

「昔の話です。主人はそれに触れられるのを嫌がっていました。テレビを見ていても、警察ドラマが始まるとチャンネルを替えてました」

「嫌がるというと、理由はあるんですか」

「私は存じません」

確かに博美には沖縄訛《なま》りがある。

「息子さんの件は非常に残念です。何としても犯人を挙げたい。県警は全力で捜査をしています。息子さんは沖縄で誰かに恨まれるというようなことは――」

「私たち家族が沖縄を離れて、二十年以上になります。堅治が中学三年の時です。それ以来、沖縄には一度も帰ってはいません」

「でも、なにか――」

反町は言葉に詰まった。何を聞いていいか分からない。

「ご主人が沖縄県警を辞めた理由は何ですか」

「知りません。私も、突然知らされて。東京に警備会社のいい就職口があるからって。一週間後には東京に出ました。それ以来、主人は親戚も避けるようになって、付き合いもなくなりました。私が沖縄の話をすると怒り出すこともありました」

「じゃあ今は沖縄の親戚とは——」

「人のつながりなんて、脆《もろ》いものです。一度崩れると、そのまま消えていきます」

しみじみとした口調で言う。沖縄については話したくない様子が露骨に出ている。

「俺は明日、沖縄に帰ります。何か思い出したら、ここに電話ください」

反町は携帯番号を名刺に書いて渡した。

博美はしばらくそれを見ていたが、ぼそぼそと話し始めた。

「主人は沖縄が好きでした。おとなしい性格で口には出しませんでしたが、警察の仕事に誇りを持っていました。刑事になった時は、横で見てて滑稽なほど喜んでいました。みんな優秀でスゴイ仲間だって」

「じゃ、なぜ警察を辞めたんです」

「私にも分かりません」

博美はそれっきり黙り込んだ。彼女自身にも分からないのだろう。

反町が立ち上がり、玄関に向かおうとした。博美もテーブルに手をついて立とうとしているが、足元がおぼつかない。反町は手を貸して立たせた。

「俺、八十八歳のオバアの家に下宿してるんです。畑仕事もしてる元気なオバアなんですが、時々立ち上がるのに苦労してて。俺が手を貸すと口ではうるさがりますが、内心喜んでるのが分かります」

博美の目に涙が浮かんでいる。

「堅治も私がもたもたしてると、手を貸してくれました。堅治は決して出来のいい子じゃありませんでした。沖縄の言葉でフリムンと言います。ノンビリしてて、ドン臭い。でも、根はやさしい子でした」

反町を見つめて言う。

「ちょっと待ってください」

博美は隣の部屋に入っていった。

しばらくして大きめの紙袋を持って戻ってきた。

「先月、堅治が持ってきました。沖縄に発《た》つ前日です。一年前に父親が亡くなったとき、堅治と遺品整理をしているときに出てきたものです。沖縄時代のものも入っています」

中にはノートが十冊余りと百枚以上の写真が入っている。他にもファイルが数冊ある。

写真の一枚を見て、反町の動きが止まった。男は新垣刑事部長。そして、女は――。

反町は何度も見直した。

「ノートは日記です。東京に来てあったことや調べたことがいろいろ書いてあるようです。私は読んでいません」

反町は言葉を失っていた。博美が不思議そうに見ている。

「これ、借りてっていいですか。必ず返します。約束します」

「私は使いません。今更読むのはつらい。でも、堅治はこれを見つけた日は徹夜で読んでいました」

「息子さんは何て言ってました」

「何も言ってませんでした。その日は持って帰りました。でも、先月持ってきて、保管しておいてくれって。なくさないようにって念を押されました。でも今となっては」

「息子さんに誓って、返します」

反町は何度も頭を下げて部屋を出た。

ホテルに帰る前に反町は、博美から聞いた阿部の父親が勤めていたという警備会社〈セイフティ〉に行った。新宿にある大手警備会社で、入口を入ると受付には若い女性が二人いる。壁にはビルやマンションの最新の警備システムのパネルが飾られ、大型モニターには警備の説明が流されている。

反町は警察手帳を見せて、六年前に退職した阿部雄二について聞きたいと告げた。

タブレットを持って現れた、中年の男が対応してくれた。

「阿部さんは十八年間弊社に勤務後、六年前に定年退職しています。沖縄県警の刑事さんがどういったご用ですか」

男がタブレットを反町の方に向けた。真面目くさった中年男が反町を見ている。東京に来た頃の写真だろう。たしかに雰囲気は阿部に似ている。

「息子さんが沖縄で事件に巻き込まれましてね。その関係で何か聞くことができればいいと思って」

「阿部雄二さんの同僚というと、すでに退職した者が多いですね。残っている者もいますが、出払っています」

男はタブレットを操作しながら言う。

反町は同僚だったという男の連絡先を聞いて警備会社を出た。

そのまま池袋のホテルに帰ってベッドに座ると、阿部の母親から預かったノートを読み始めた。

達筆である上に字が小さく読みにくかった。しかし、近くのコンビニに夕食の弁当を買いに出る以外はずっとノートを読みふけった。

最初のノートはまだ沖縄時代だ。日常の出来事と共に、沖縄県警に対する不満が書かれていた。そして、東京に出てある時期からは県警を揺り動かすことが書かれている。

気がつくと深夜の三時を回っていたが、まだ半分以上残っている。こんなに真剣に文字を追ったのは、沖縄県警の採用試験のための勉強以来だった。

反町はノートを置いた。目がさえて眠れそうになかったが、ベッドに横になった。

明日は反町自身にとって重大なことが残っている。そのためには、少しでも寝ていた方がいい。しかし、やはり眠れそうにない。

3

翌日、反町は赤坂《あかさか》に向かった。

青木《あおき》法律事務所は表通りから脇道に入ったビルにあった。

所属弁護士は三人、弁護士事務所としては小規模だが、こぎれいな事務所だった。

主に女性の人権問題を扱い、刑事事件の弁護にも実績を上げている。

愛海が東京に送られて国選弁護人がついたと聞かされた時、調べた。

「ご用件は何ですか」

反町を見て、近くのデスクにいた若い男が立ち上がった。愛想はいいが不審の表情は隠せない。スーツにネクタイはしているが、どこか不自然に感じるのだろう。

部屋の隅にはさす股が立てかけてある。

「青木陽子《ようこ》弁護士に会いたい」

「あなたは——」

「俺は——怪しい者じゃない。青木先生と話したいんだ」

「だから、名前と用件を言ってくれなきゃ、取り次げません」

部屋にいる四人全員が、反町を見ている。何か言おうとしたが言葉が出てこない。

そのとき、窓際のデスクから女性が立ち上がった。

「私が青木です。弁護士事務所というのは、時にはおかしな人も来る。特にうちは女性の弁護をするケースが多いですしね。だから、みんな神経質になるの」

デスクに置かれた本立てと積まれた書類で顔が見えなかったのだ。

切れ長の目に、引き締まった唇。四十半ばの小柄だが意志の強そうな顔をしている。

歯切れのいい口調で話した。

青木弁護士は目を細めて、確かめるように反町に視線をはわせる。

「あなた、反町さんでしょ。沖縄県警の刑事、反町雄太巡査部長」

「はい、そうです。反町です。弁護士さん、俺を知ってるんですか」

青木は身体をそらせるようにして、改めて反町を見た。

「なるほどね。サーフィンをやる、陽に灼けた刑事らしくない刑事ね」

「あんたとは初対面のはずだけど」

「安里愛海さんからさんざん聞かされてるからね。あなたの話をするとき、彼女、初めはすごく楽しそうだけど、最後には必ず涙を流す」

「彼女に会えませんか」

「難しいのは分かってるでしょ。事件に関わった刑事が拘留中の容疑者と会うのは、取り調べのためでしょ。警察が取り調べできるのは、検察に引き渡されるまで」

「個人的に会うというのはダメですか。恋人——いや、親しい友人ということで」

「彼女が拒否すると思う。今は、彼女の中で心の準備ができていない。事件については、まだひどく動揺することがある。特に、あなたに関してはね」

反町は次の言葉が見つからない。

「あなた、ハガキを書いてるでしょ。最近は週に一度の割合でくるって、嬉しそうに言ってた」

「愛海、読んでくれてるんですか。返事一度もないから」

「もう、何千回も読んでるって。あなたのハガキが今の安里さんを支えてる。あなた、すごくいいことをしてるのよ」

「会うのは無理でも、愛海と話せないですか。電話ででも」

「あなた、刑事でしょ。そのくらい知ってるはず。たしかに安里さんの言う通り、とんでもない刑事のようね。常識なんて持ち合わせていない。あなたみたいな刑事ばかりだと、弁護士も楽なのにね。いくらでも捜査の盲点を突くことができそう。でもそんなこと安里さんは望んでない」

青木はかすかに息を吐いて、笑みを浮かべた。

「どうすればいいんですか」

「ハガキを書き続ければいいんじゃない。あとは、我々弁護士に任せること。そして、二度とここには来ないこと。逮捕した女性容疑者の弁護士を訪ねる刑事。マスコミの格好の餌食になるわよ。いろんなストーリーが用意できる」

　青木の顔からは笑みが消え、優秀な弁護士の表情になっている。

「これはあなたのためばかりじゃない、安里さんのためにもね」

　反町は頷かざるを得なかった。

「私たち弁護団は正攻法で行くことに決めている。安里さんもそれを望んでいる。安里さんが犯罪組織に加わったことは間違いない。でもそれは、安里さんが事情を深く知らなかったから。事情を把握してからは、何とか抜け出そうとして、警察にも協力的だった。結果、主犯に撃たれて重傷を負った。検察は否定するでしょうけど。安里さん自身もすべてを正直に話して、その決定に従うと言ってる。一年、二年の実刑は覚悟してる。我々は執行猶予を狙ってるけどね。事件の性質上、ちょっと難しいかも」

　青木は独り言のように言って続けた。

「安里さんの育った境遇を訴えて減刑に持って行こうと提案したけど、それは彼女に拒否された。やってしまったことは自分の弱さにほかならないって。同じような境遇でも、立派に生きてる人もいるからって」

　デスクの電話が鳴り始めた。若い女性が受話器を取り、言葉を交わすと青木の方を見ている。

反町は一礼して、ドアに向かった。

「安里さんに伝えておく。あなたが来たこと」

青木の声が聞こえたが、反町はそのまま部屋を出た。

表通りまで歩いて、反町はタクシーを止めた。

タクシーに乗っている間、愛海、阿部、阿部の父と母、そして優子と新垣——。様々な顔が浮かび、様々な思いが湧き上がってくる。

午後二時すぎ、反町は羽田についた。最終便のチケットを次の便に変えた。早く沖縄に帰って、残りのノートを読む必要がある。

保安検査場をすぎて出発ゲートに入ったところでスマホが鳴り始めた。

〈渡嘉敷知事の捜査が終了になりました。事件性はなし。病死です。県警本部長自らの記者会見での発表です。夕方に新垣刑事部長から、我々にも話があります〉

親泊が一気に言う。

「唐突だな。何か決め手があったのか」

〈知事には持病がありました。心筋梗塞です。以前から入院の話もありましたが、今はできないと知事自ら断っていました。上層部はこれ以上調べても、何も出ないと踏んだ

んじゃないですか〉

「今さら、なんなんだ。取ってつけたように」

〈それより問題は、上層部は阿部の溺死も衝動的な自殺と片付けるつもりです。決め手は阿部が睡眠薬を飲んでいたことと、半月前までうつ病の治療を受けていたことが分かったことです。おまけに死ぬ二日前に反対派の連中と辺野古を見に来ています。死に場所を探しに来たというヤツもいます〉

「上の奴ら、阿部は沖縄までわざわざ死にに来たと言いたいのか。新垣刑事部長は昨日の段階でそんなことはおくびにも出さなかったぞ。東京に一日いて考えが変わったか。政府からの圧力が強いんだ。早く片付けて工事を再開するようにと」

〈それもあるでしょうね。それはそうと、東京で新しい発見はありましたか〉

〈これより搭乗を開始いたします。まず、機体後方の座席の方からご搭乗いただき――〉

アナウンスが聞こえ始めた。

「搭乗が始まった。帰ったらそっちに行く」

スマホを切ると列の後ろについて、機内へと入っていった。

第七章　レキオスの海

1

夕方には反町は那覇空港に到着した。

空港を出ると、黄色い軽自動車が止まっている。ノエルの車だ。

「迎えに来てくれたのか。持つべきは友達だな」

「親泊に頼まれた。県警本部は大騒ぎよ。さんざん発破をかけておいて、突然の終了発表でしょ。現場じゃかなり反発も出てるって聞いてる。でも捜査本部を立ち上げる前でよかった。後だったら責任問題で大変」

ノエルは自分には関係ないという風に言った。しかし、理沙に関係している可能性が出た段階ではかなり気にしていた。

「急いで県警本部に行ってくれ」

反町は時計を見た。あと三十分で新垣刑事部長の話が始まる。

「あんた、愛海ちゃんには会ったんでしょうね」

「バカ野郎。俺は阿部殺害の事件捜査で東京に行ったんだ」

強い口調で言ったが、思い直して続けた。

「俺は愛海の逮捕に関わった刑事だぞ。会えるわけないだろ」

「やっぱりね。でも、青木弁護士には会ったようね。メールがあった」

「なんだおまえ、青木弁護士とは連絡を取り合っているのか」

ノエルは答えず、アクセルを踏み込んだ。車は県警本部に向けて、スピードを上げた。


県警本部に戻ると、反町は会議室に入った。

所轄からの応援を含めて、総勢三十人近くの捜査員が出席している。後部ドアから入ると、最後尾の奥の席に具志堅の姿を見つけた。

反町は具志堅の横に座った。

「おまえ、今日まで休みだろ」

「サービス出勤です。親泊の電話を聞いて、那覇空港から直行しました」

部屋の空気は張り詰めている。

「みんな不満を持ってる。これからって時に事件性なしの終了宣言だ」

部屋中から、捜査員たちのピリピリした空気が伝わってくる。強引とも言える捜査開始後の突然の終了宣言だ。

「阿部水死体事件を放《ほお》って、こっちに回されたんだ。中止はないでしょう」

「上は何考えてるんだ。徹底的に調べろって、檄《げき》飛ばしてたのは上だろ」

様々な声が飛び交い始めた。

前のデスクには古謝一課長と新垣刑事部長が座り、無言で捜査員たちの言葉を受け止めている。

反町は無意識の内に立ち上がっていた。部屋の視線が反町に集中する。

「知事の体内から、血液抗凝固剤のアルガトロバンが検出されました。もっと、詳しく捜査すべきじゃないですか」

「どうやってやるって言うんだ。知事の遺体はすでに火葬されている」

「しかし――アルガトロバン投与の疑惑が持ち上がってから医師、看護師の聞き込みは十分にやったんですか」

反町は古謝を睨むように見て言う。横で新垣が目を閉じて聞いている。

「おまえには犯人の目星はついているのか。最近、おまえは単独行動が目立つそうだな。何かつかんでいるのか。東京にも行ったんだってな」

「あれは私用です。きっちり休暇を取って行きました」

「俺たちは阿部の水死体発見以来、泊まり込みだぞ。おまえの勝手は許されん」

暴対の中年捜査員が怒鳴るように言う。具志堅のため息が聞こえた。

「いい加減にやめろ。会議を続ける」

古謝の声が飛び、新垣が立ち上がった。親泊が言ったように、改めて捜査中止を告げた。

「以後、沖縄県警は阿部水死体事件の解決に全力を尽くす。今後はさらに捜査範囲を広げる。基地反対派、辺野古に出入りする業者、すべてを調べ直す。全員名護署の捜査に戻り集中してほしい」

会議が終わると親泊がやって来た。

「東京に行ってきたんでしょ。捜査の一環ですか。俺は、何も聞いてません」

「そんなんじゃない。女に会いに行ったんだ。断られたけど」

親泊さん、行きますよという声が聞こえる。見ると出口に二十代半ばと思える男が立っている。

「新しい相棒です。反町さんが消えてしまうことが多いので、彼に代えられました」

親泊は相棒に向かって手を挙げると走っていった。

反町に新しい相棒は決められていない。阿部の捜査を降りろという、暗黙の指示か。

「東京での報告ですが――」

「急ぐ話でなかったら、明日でいい。目が死んでるぞ。だからおかしな発言をするんだ。今日は帰って寝ろ」

「優しいんですね」

「やっと気づいたか。しかし、俺も歳だな」

具志堅が軽口を言うのは珍しい。たしかに最近の具志堅には以前の破天荒さ、鋭さがない。ほぼ一年をかけて一人でチャンを追い続け、逮捕した気の緩みからか。それとも——。反町は言いかけた言葉を呑み込んだ。頭の中では東京でのことが渦巻いている。もっと整理して話した方がいい。曖昧なことが多すぎる。

県警本部を出たが、午後八時になったところだった。デイパックのノートが気にかかったがそのまま下宿に戻る気にはなれなかった。だが行くところも思いつかない。駐車場に止めてある自転車に乗り、与那原町の下宿に向かった。


翌朝、親泊からの電話で起こされた。

〈やはり、反町さんと組むことになりました。彼とだと、お互いに何やっていいか分からなくて——。いや、本当は俺が、戻してくださいと頼みました。迷惑かもしれないけど、よろしく頼みます。で、今日は何をするんですか〉

反町は県警本部で待ち合わせをした。

阿部の母親、博美から預かったノートから那覇に住んでいたときの住所を書き写した。住所から阿部が通っていた中学を見つけるのは簡単だった。

昼の休み時間を狙って、反町は親泊と中学校に行った。

沖縄県警の手帳と名刺を見せると、緊張した顔の教頭があらわれた。

阿部堅治の名前を出して、学年写真と名簿がないか聞いた。

「ありますが見るだけで構いませんか。記録は遠慮してください。個人情報の扱いがうるさくて」

教頭が二人の刑事を値踏みするように見ながら言った。派手なアロハとかりゆしウェアの二人は、刑事には見えない。

教頭は部屋を出て行くと、しばらくして一枚の写真を持って戻ってきた。

目を近づけて見ていたが、写真をテーブルに置いて指さした。

「彼ですね」

学生服にメガネの生真面目そうな学生が見つめている。

「三年三組の新学期の集合写真です。阿部君は二学期に東京に引っ越しているので卒業写真はありません」

「同級生の誰かに会って話を聞きたいと思っています。住所のコピーをもらえませんか」

「だから個人情報の問題があると言ってるんです」

教頭はそう言いながら、スマホを出した。口元を覆うようにして話している。

すぐにドアが開き、三十代後半と思える男が入ってきた。

「喜久川《きくかわ》先生です。彼は阿部君と同級でした」

喜久川は二人に頭を下げて、校長に視線を移した。

校長が座るように言って事情を説明した。

「印象の薄い学生でしたね。私も刑事さんが来るまで、正直、一度も思い出したことはありませんでした」

「じゃ、よく考えて思い出してください。どんな同級生だったか」

反町の言葉に喜久川は考え込んでいる。

「おとなしくて目立たない学生でした。本当にそれだけです」

「家族について知ってることはないですか」

「本人についても思い出せないんです。家族のことなんて全く知りません。あえて言うなら、二学期の後半になってからの転校です。高校受験はどうするんだろうと思った記憶がわずかにあります。ああいう突然の転校ここではほとんどありませんから」

阿部に対する記憶は喜久川の中にはその他にはなさそうだった。

「誰に聞いても私と同じ程度だと思います」

喜久川は二人に言って頭を下げた。

反町と親泊は礼を言って、部屋を出た。

「今度の事件、阿部の子供時代とどういうつながりがあるんです」

校門を出たところで、親泊が聞いてくる。

反町は東京で阿部の母親に会ったことを話した。預かったノートや写真、資料についてはもう少し確かなことが見え始めてからだ。

「それにしても、阿部が沖縄に住んでたというのは驚きですね。てことは、次に行くのは――」

反町は住所を書いた紙を渡した。


阿部が住んでいたのは、中学校から車で五分余りの所だった。

建物は新しかった。数年前に建て替えられたものだ。

「ここって、県警の家族住宅ですよ。ここにいたってことは阿部の父親は警察官だったんですか」

親泊が驚きの声を上げた。

「俺だってそう聞いたときは驚いた。もっと早く、調べるべきだったんだ」

「しかし、何といっても阿部は被害者ですからね。被害者の親父の前職までは誰も調べようなんて思いません。阿部の事件に関係がありそうなんですか。……分かりました。それを調べるのが刑事なんですね」

親泊は一人で言って、一人で納得している。

「住人は入れ替わってるでしょうね。もう二十年以上も前の話だ」

幼稚園前の子供の手を引いた女性が出てきた。二人を見て、足早に歩いて行く。

「これじゃ、話を聞こうにも誰に聞いたらいいか分からないな」

反町は建物を見上げて息を吐いた。

「次、何をやるんですか」

「腹が減った。ソバでも食おう」

反町の足は道路を隔てて目についたソバ屋に向かっていた。


ソバを食べながら、阿部博美に渡されたノートについて親泊に話した。

「阿部の父親は沖縄県警本部の警官だった。階級は俺たちのひとつ上。警部補だ。それが突然辞めて、東京の大手警備会社〈セイフティ〉に就職している。本社の課長だ」

「すごいじゃないですか。それって、天下りになるのかな」

親泊は驚きの声を上げたが、阿部元警部補にとってはどうだったのか。

反町は〈セイフティ〉入口のパネルを思い浮かべた。同じ警備関係とはいえ、沖縄県警から東京の民間会社への再就職は、精神的にかなり厳しかったに違いない。

「行ってみたんですか」

「行ったが阿部雄二を知っている者とは会えなかった。定年退職は六年前。一年前に死亡している。元上司の連絡先を聞き出して電話した。真面目を絵に描いた男だったらしい。沖縄に住んでたことは知ってたが、阿部の父親から沖縄について話したことはないらしい。いいことはなかったのだろうと感じたので、彼の方からもあえて聞かなかったそうだ」

「何があったか。調べる必要がありそうですね。大和建設にも行ったんでしょ。中村には会いましたか」

「部長と一緒に出てきた。阿部はこの仕事に賭けていたようだ。勝算もあったらしい。前任者は沖縄には建設会社の新規参入は難しいとあきらめていたが」

反町は考え込んだ。

中学の同級生喜久川や会社で聞いた阿部の人となりは彼の行動とは違いすぎている。阿部堅治は目立たないおとなしい男だ。しかし、今回の沖縄では、阿部は知事に会い、理沙に会って、大和建設の沖縄進出を強引に進めようとしている。それも便宜をチラつかせていた。阿部はそれを進めることができるという確信があったのだ。その根拠が父親が残したノートであることは明白だった。どう利用するつもりだったのか。

「阿部は大和建設の沖縄進出の先鋒として沖縄に乗り込んできた。社内では消極的で目立たない男が自ら手を挙げたんだ。それだけの勝算があったんだろう」

「沖縄に一時期住んだことがあるからじゃないですか。友人はなさそうですが」

「いい思い出はないようだ。沖縄に来たのは他に目的があったからじゃないか」

他に目的と言った時、ふっと、反町の脳裏を新垣刑事部長の姿がよぎった。優子と寄り添ってホテルに入る写真は衝撃だった。

阿部の母親から預かった父親の日記が頭に浮かぶ。

反町はスマホを出して、新垣と優子の写真を親泊に見せた。

親泊は食い入るように写真に見入っている。

「これって、本当に新垣部長ですか。相手の女性は――」

しばらくして親泊がかすれた声を出した。

「儀部優子だ。阿部はこれを持って沖縄に来た。だったら、新垣部長に会っている。それで空白の時間が埋まる」

反町の声のトーンが落ちた。脳裏には様々な思いと疑問が押し寄せてくる。

「阿部の父親、阿部雄二警部補はなぜか県警を突然辞めて、東京に出た。翌週からは警備会社に勤めている。県警を辞めた理由が分からないか」

「県警には記録が残っているはずです」

「調べてくれ。退職者にもあたれ。地元のおまえの方が顔が利くだろ」

反町が動くと具志堅の耳に入るだろう。なぜかそれは避けたかった。

親泊はソバをかき込むと店を出て行った。

夕方、反町とノエルは理沙に呼ばれて名護市に行った。市の公民館で、理沙の定期講演会があるのだ。

聴衆は約三百人。マスコミもかなりの数がいた。理沙の知事選挙出馬の発表が期待されている。反町とノエルは会場の後ろの壁際に立っていた。会場は理沙の異様な雰囲気を感じたのか、静まり返っている。

理沙は演台に立ち深々と頭を下げて、顔を上げた。軽く息を吐くと、一人一人を確かめるように聴衆を見回していく。見た顔がある。金城の娘、久栄だ。

「私は今日付けで、市議会議長に辞表を提出しました」

会場にざわめきが流れた。マスコミらしい女性が声を上げた。

「ということは、県知事選に出馬するということですか」

「届け出は明日からです。その時にはっきりさせます」

理沙の顔にはまだ迷いが見て取れる。「私は沖縄県知事の器ではない」そう言ったときの理沙の思いが伝わってくる。

「私は宮古島の海人《ウミンチュ》の娘です。父親は辺野古に移り住み、もずく作りを始めました。そして私を育ててくれました。海は私たち家族の生活の支えでした。私の使命はその海を護ること」

理沙は沖縄の海と自分と家族との関わりについて話した。会場は静まり返っている。反町は理沙の海への思いを率直に感じることができた。理屈抜きに海を尊び、愛し、護ることに全力をあげている。ノエルもときおり目にハンカチを当てながら聞いている。ノエルにとってもこれほど深い理沙の海への思いを聞くのは初めてだったのだ。

「私たちレキオに住む者は海を護っていかなければなりません。海を埋め立て、なくしていくことは、レキオ自体を消し去っていくことです。レキオスとして誇りを持って、私たちの海、レキオスの海を護っていきましょう」

理沙の一時間にわたる講演が終わり、会場は拍手に包まれていた。理沙の海に対する思いは聴衆に染み込んでいった。

「理沙さんは知事選に出る。そして勝つことを誓っている」

ノエルがポツリと言った。

「行きましょ。理沙さんは後援会の人と話があるはず」

ノエルの言葉に押されるように反町は会場を出た。

前の通りは帰宅ラッシュで車の列が続いている。会場からは波頭が砕けるような拍手が響いてくる。ノエルが反町の肩に手を置いた。

ノエルの車で那覇まで戻った。ドライブの間、ノエルも反町も黙り込んでいた。あの後、理沙は知事選出馬の意向を正式に支持者に伝えたのだろう。支持者はそれを受け入れた。反町は新しい風の到来と共に、どこか不穏な動きを感じていた。不気味で重苦しい空気がまとわりついてくる。それはノエルも同じなのだろう。

反町は県警本部近くで降りた。そのまま県警に戻る気がしなかった。

ふっと懐かしい香りを感じた。反町は辺りを見回した。月桃の匂いを嗅いだような気がしたのだ。しかし月桃の花が咲くのは、春だ。房状の白い花を付け、甘い香りを漂わせる。反町の脳裏に愛海の顔が浮かんだ。明るさの中に潜む、寂しそうでどこか憂いを帯びた顔。反町の心に深く刻まれている。光と影、陰と陽。見ていると、沖縄の持つ現実そのもののように思えたのだ。

こんなとき愛海がいてくれたら。黙って一緒に歩くだけでいい。

反町は軽く息を吐き、県警本部に向かって歩き始めた。


その日の夜、理沙が反町とノエルに会いたいと連絡をしてきた。

二人は理沙と県庁前のレストランで会った。

「ごめんね。こんな遅くに呼び出したりして。すべてを話しておいた方がいいと思ったの。特にあなたには」

理沙が反町に目を止めて言う。

ノエルが驚いた顔で二人を見つめている。

「私が大和建設の阿部さんと会った後、中城城跡で渡嘉敷知事に会ったことは話したでしょう」

「理沙さんがその日会った二人は、死んでいます」

「私は死を呼ぶ女ってわけか」

理沙は自嘲気味に言って、再び考え込んだ。長い沈黙の後、口を開いた。

「知事と会ったとき、彼は私にある提案をした。いえ、私は頼まれた。それもかなり強く」

「次の選挙で渡嘉敷知事を支持するように、という話ですか」

「そうじゃない。知事は私に知事選に出てほしいと。今の自分には無理だが、私だったらオール沖縄、それよりさらに広く強く、レキオスをまとめることができるって」

反町の身体に衝撃に似たものが走った。目の前の理沙の姿が今まで感じたことがないほどに、大きく鮮明に迫ってくる。

「理沙さんは断ったんですか」

「そう。私は未熟で沖縄県知事の器じゃないって」

「なぜ、渡嘉敷知事は自分が知事選に出ないで、あなたに出るようにと」

「知事は自分は政治家として、いや人として恥ずべきことをした。いま、その報いを受けていると。自分は今期限りで引退するが、沖縄を任せることができるのは、あなただけだと言った。私に注目していて話したこと、書いたもの、ずっと見てきたとも言った。でも、それは買いかぶり。私は政治のことは多くを知らない。ただ、沖縄の海を護りたいために市議になった」

「しかし、自分の信念を貫いている。理沙さんが名護市の市議になってからは、名護市とその近郊の新たな埋め立ては承認されていない」

普天間基地の辺野古移設も、当時理沙が名護市の市議であれば、埋め立て反対を前面に押し出して阻止できたような気がしてくる。

「建設業界からはかなりの抵抗があった。一番の利益を上げる埋め立て工事を中止したんだから。でも、どんな公共工事でもこれだけは譲れない条件として提示した。その分、他の所でかなりの譲歩もしてる。これが政治だと、自分自身に言い聞かせてね」

理沙が深い息を吐いた。反町は意外な思いで聞いていた。渡嘉敷知事の目は正しかったのか。

「渡嘉敷知事は、理沙さんなら知事選に勝てるという確信があったのですか。きっと抵抗は大きい」

理沙はしばらく考えていたが、やがて顔を上げて頷いた。

「知事には自分にまかせるように、と言われた。自分には抵抗勢力を黙らせる秘策があると。かなり自信があるようだった」

「それが何かは言わなかったんですか」

おそらく、金城レポートだ。知事はそれを知っていて、切り札に使おうとしていた。自分は引き、理沙を前面に押し出す。そして、あらゆる利権を排除して、ウチナーンチュのための沖縄を作ろうとしていた。

「私が聞かなかった。選挙に出る気がないのに、知事の切り札を聞いても意味がない」

「じゃなぜ、心変わりして知事選に出馬する気になったんです」

反町の強い言葉に理沙が視線を外した。ノエルがいいかげんにしろという顔で反町を睨んだ。

「知事が倒れた日の夜、病室に呼ばれて、知事選出馬を再度説得された。でも、私は断った。翌日、知事が亡くなったことを知らされた時、心が痛んだ。最後まで私は渡嘉敷知事を受け入れなかった」

だから理沙は告別式に出て知事を見送った。その時、理沙の心に変化があったのか。

「知事の葬儀の夜、知事の奥さんの聡美さんから電話があった。会ってほしいと」

「会ったのですか」

「断れっていうの。知事は志半ばでなくなったのよ。方法は違ったけど、沖縄を愛する心は同じ。彼女に会って慰めたかった」

「話は何でしたか」

理沙は黙り込んだ。重い時間が流れていく。

やがて、覚悟を決めたように話し始めた。

「知事選に出てほしいって。私に、夫の志を継いでほしいと言われた。そして――」

理沙は言葉を止めて、また考え込んでいる。

「聡美さんは私に知事の手紙を見せた。彼は自分の身体に自信が持てなくなって、もしもの時には私に渡してほしいと書いておいた手紙だと、聡美さんは言ってた。そこには知事が企業から受け取った裏金や、それをもとに政府から圧力がかけられていることがすべて書かれていた。それに――未来の沖縄の姿が」

「でも、理沙さんは渡嘉敷知事とは政治的な考えが違う」

「沖縄を思う心は同じ」

理沙は反町を見据えて強い口調で言い切った。

「私はただ、沖縄の海を護りたい。基地なんてどうでもいいとは言わないけど、私にとっては小さなこと。ただ――渡嘉敷知事は、すべてを公表して自分は引退して、司法の手にゆだねるつもりだった」

「しかし、その前に死んでしまった」

「彼のやり方は、私の育ってきた世界とはあまりに違いすぎる。私は海を護るために市議になっただけなのに。でも――」

理沙は再度、言葉を止めて考え込んでいる。長い沈黙の後、口を開いた。

「もう一人、私が会った人がいる。知事が亡くなった日、私は一通の手紙を受け取った。金城久栄さんって女性から」

「金城光雄の娘ですね」

「そう。私はその時、初めて彼女を知った。彼女のお父さん、金城光雄もね。手紙には、非常に大切なことで話がある。ぜひ会ってほしいと書いてあった。丁寧な手書きの手紙。会わなきゃならないと思うような、誠実で重要さを感じさせる手紙だった」

「それであなたは金城久栄に会ったのですね」

「知事の告別式の後、私は与那原町の久栄さんの家に行った。久栄さんは私の書いたものを読んだり、私の講演を聞いて、私が本気で沖縄の海を護ろうとしていることを知ったと言った。沖縄の海を護ることは、沖縄自身を護ることだとも」

「そこであなたは金城レポートのことを知った」

「お父さんが書いたレポートが役に立つかもしれないって。でも、それは消えてしまったとも言ってた。話を聞いて、おそらく阿部さんはそれを手に入れ、利用しようとしていたんだと思った。そして、阿部さんは私と会った日の翌日に、遺体で発見されている。あなたは、私が関係していると疑ってるんでしょ」

反町はかすかに頷いた。

「理沙さんは金城レポートの内容を知ってるんですか」

「本土や島内の多くの政治家や財界の有力者に、大きなダメージを与えるレポートなんでしょ。金城さんから概要を聞いて想像しただけだけど、私にだって、そのぐらいは分かる。それから私は金城光雄の本をすべて読んだ。その他の本もね」

理沙は大きく息を吸った。

「私は思うようになった。私が知事の言葉を受け入れなかったのは、恐れていたからじゃないのかって。沖縄の抱える問題はあまりに多く、大きい。失敗したら――。でも、誰かがやらなければならない」

背筋を伸ばして反町とノエルを見すえた。

「私は知事選に出る。私は弱い人間。でも、一度決めたら、迷わず全力を尽くす。決めるには時間がかかるし、勇気も必要。正直、今でも迷ってる。しかし私を信じてくれる人は裏切りたくない。誰も失望させたくない」

理沙はきっぱりとした口調で言い切った。反町は改めて思った。確かに彼女の言葉と精神には人を引き付ける力がある。

「そういう理沙さん、魅力的です。この人について行くと、新しい何かが起こりそうな気がする。俺でも一票、入れたくなる。きっと、理沙さんには政治家の資質がある。俺らも応援しますよ。ノエルとね」

反町は本気でそう言った。ノエルも頷いている。

理沙は二人に静かな笑みを向けた。


今夜は那覇の母親の家に泊まると言う理沙を送って、反町はノエルと県警本部に向かった。すでに日付は変わっている。

「明日、じゃなくて今日の午後、理沙さんが名護市で記者会見する予定になってる」

ノエルが反町を見て言う。

「おかしなことになったら、私が許さないからね」

ノエルの顔は本気だ。おかしなこと——その考えを反町は振り払った。

前方に県警本部が見え始めた。

ラジオから知念議員の声が流れてくる。

〈沖縄経済は新しい局面を迎えています。この機会は何としても、つかまなければなりません。このままでは沖縄は本土から取り残される。我々沖縄県民の努力と知恵で未来を勝ち取りましょう〉

知念が熱っぽい口調で訴えている。

「理沙さんも聞いてるだろうな」

「当たり前よ、私だって聞いてる。沖縄県人はみんな聞いてる。ウチナーンチュなんだから島の行く末には責任がある」

ノエルが前方に視線を向けたまま、強い口調で言う。

2

その日の午後、島袋理沙の沖縄県知事選出馬発表会見が、名護市の理沙の選挙事務所近くの公民館で行われた。名護署の捜査本部にいた反町はノエルに連れられて最前列の端に立ち、会場内を見回していた。

昨夜、理沙と別れたのは深夜だった。今朝も那覇市で市内の後援会の立ち上げに人と会い、その後名護市に帰り、地元の後援会の人たちと打ち合わせがあったと聞いている。

「理沙さん、名護市の市会議員だったから、那覇市にはほとんど地盤がない。今度の選挙区は沖縄全土。いくらメディアの露出度が高かったとはいえ、沖縄は狭いようで広いからこれから大変よ」

ノエルが反町の耳元で囁く。

予定されていた時間に二十分近く遅れて支援者たちに取り囲まれて理沙があらわれた。元気そうに見えるがほとんど寝ていないはずだ。それでも笑みを浮かべ、軽快な足取りで歩いてくる。

司会者からの紹介の後、理沙は聴衆をゆっくりと見回した。

「沖縄に足りないのは未来の姿です」

力強く透明な声が会場に響いた。多少甲高いのは緊張のせいか。一度言葉を止めて、再度聴衆に視線を巡らせた。

「この島がどうなってほしいかをキッチリと言える人がいない。基地のない沖縄というのも非現実的。アイデンティティなんて、よく分からない言葉で誤魔化しても未来の姿は見えてこない。未来の姿を具体的に描けない島に、満足できる未来が訪れるはずがありません」

理沙は視線を聴衆から前列に集まるマスコミに向けた。今までに見せたことのない挑戦的な目をしている。

「島袋さんの未来の沖縄ってどういう姿ですか」

最前列にいた女性記者が突然、声を上げた。

「私にとって、未来の沖縄とは——日本中から、いえ世界中から美しい海と空を求めて人々が——」

「基地の問題はどう考えている。辺野古移設は賛成なのか反対なのか。埋め立てを断固阻止する気はあるのか」

会場から声が上がった。そうだ、俺たちはそれが知りたい、と声が続く。

理沙の顔が強張った。言葉を探すように視線が空を舞ったが、すぐに覚悟を決めたように声に向き直った。

「私は――絶対に、美しい海は護りたい。青い海と空。空と海は兄弟だと思う。基地を減らす努力はする。歴史から考えても当然のことだと思います。しかし朝鮮半島に近く、中国にも近い沖縄に課せられた義務があるとも思っています。両国は地理的にも歴史的にも、本土より近い」

　理沙は軽く息を吐いて声の方を見据えた。

「これだけは約束します。私は沖縄の未来を日本政府に任せない。私自身でこの沖縄の今の姿と意思をアメリカに伝える。これ以上、海を埋め立てることは許さない。辺野古の埋め立ては即時中止。これ以上、基地を増やすこともしない。まず、普天間飛行場は米軍基地キャンプ・シュワブの中に移転させる。海を埋め立てるより、米軍の兵舎を移転し、道路を内陸に移動させる。数年の期限以内にです。それでも政府の予定より早く、安く実行することを約束します」

　聴衆は静まり返っている。大部分の者はそんなことは不可能だと思っている。しかし、理沙の自信に満ちた声と言葉、そしてその凜《りん》とした姿は静かな勇気を掻《か》き立てるに十分だった。

「アメリカ軍とも、昔のように仲良くやっていければいい。それには、お互いの対話が必要。時代は変わっている。終戦から七十年以上がすぎました。あんな時代はもうたくさん。お互い少し考え方を変えて譲歩し合えば、仲良くやっていけると信じています」

「無茶を言うな。米軍は横暴すぎる。日米地位協定をよく見ろ！」

聴衆からヤジに似た声が上がる。理沙はヤジの方へ視線を向けた。

「このままだとそれも変わりません。少しでも良い方向に持って行けばいい。私たちの時代に、もっと前向きに進めればいい。時間をかけて少しずつ少しずつ前進することを私は約束します」

討論は二時間近くにわたって行われた。一般市民からの素朴な疑問が多くあったが、理沙はその一つ一つに対して丁寧に、分からないことは分からないと正直に答えた。

「正直に言います。私にはまだ沖縄の明確な未来の姿は見えていません。でも近いうちに必ずはっきりさせます。皆さんと共に考えていきたい」

司会の女性が前に出た。

「すでに時間がかなり超過しています。これからも討論会は各地で開かれる予定です」

理沙は頷いて立ち上がった。歩き出そうとした足を止め、会場の人たちに向き直った。

「古く十六世紀、ポルトガル人は私たちをレキオに住むレキオスと呼びました。海の要に住み、武器を持たず平和を愛する人々と。この言葉にもっと誇りを持つべきです。私たちはレキオに住むレキオスなのです。共に新しい沖縄を創りましょう」

会場内は拍手と歓声に包まれた。理沙の正直な言葉を受け入れたように見えた。

「理沙さん、これで本当に良かったのかしら」

帰りの車でノエルが泣きそうな声を出した。反町にも答えられなかった。

3

親泊から電話があったのは夕方だった。

〈父親の阿部雄二警部補も、阿部同様、存在感の薄い奴だったようです。目立たない刑事でした〉

「それで、なんで辞めたんだ」

〈一身上の都合です。公式書類にはそれしか書いていません〉

「不都合は起こしていないのか。どこかから金をもらったとか、容疑者に怪我をさせたとか。警察内部でもみ消したような跡もないか」

〈ないですね。存在感がないって言ったでしょ。目立った功績もなし。失敗もなし。それでも県警本部の刑事だったんだから、実直に調べ上げて他の刑事を補佐していくタイプだったんでしょう〉

「聞き込みはできないか。当時、仲のいい同僚がいたとか」

〈それとなく聞いてはみますが、当てにしないでください。新垣刑事部長と結びつくとなると、かなりヤバいですから〉

最後は声が低くなり、二時間後に会う場所を決めて電話は切れた。

反町の脳裏に阿部雄二のノートが浮かんだ。ノートには新垣刑事部長が上京したときの日程が詳しく書かれていた。会っている人と時間、場所。百枚近い写真もついている。写真の人物は半分は警察関係者で、中の何人かは反町も知っている大物だ。残りは政治家か財界人だ。場所は霞《かすみ》が関《せき》辺りと、高級料亭かレストランの入口か。阿部雄二は新垣をつけて、隠し撮りをしたのだ。その行為を定年直前から続けている。定年退職後は回数が増えていた。新垣も刑事部長に昇格して、東京に来る機会が多くなっている。

驚いたのは優子が一緒にホテルに入る相手だ。ほとんどは新垣だが、他の男もいた。反町も見たことのある警察関係者や政治家だ。

二時間後、反町は親泊と国際通りのコーヒーショップで会った。

「当時の刑事部長は島田剛志《しまだつよし》警視正、阿部雄二は警部補でした。具志堅さんも刑事部捜査第一課の刑事でした。阿部雄二は刑事部に三年いて突然辞表を出しています。理由は一身上の都合です」

「阿部警部補は誰と行動していた。相棒だ」

「そこまでは分かりませんでした。なんせ、二十年以上も前の話です。ほとんどが定年か異動してます。しかし、なんで阿部の親父にこだわるんです。何があったにせよ、殺されたのは息子の方です」

反町は腹を決めてすべてを話した。半分以上は反町の推理だ。

スマホを出して、再度親泊に写真を見せた。親泊はスマホの写真に見入っている。

「優子とホテルに入っていくこの男、警察庁のナンバー4です。なぜ儀部優子が――」

「おまえだって知りたいだろ。この写真を阿部の親父が撮ったんだ」

反町はスマホをスクロールして別の写真を見せていった。新垣と優子の写真もある。

「阿部雄二警部補が沖縄県警を辞めて、東京の警備会社に移った理由を知りたい」

「一身上の理由としか公表されてません」

「当時から県警刑事部にいた人となると――」

具志堅もその一人だ。しかし彼に話すのはまだ早い。なぜか、そんな気がした。

反町は頭を下げた。

「おまえか、刑事部第一課におかしな刑事が入ったって何度も聞かされてた」

下地《しもじ》は身体を後ろに反らせて、反町を値踏みするように眺めた。

反町は松山《まつやま》の裏通りの居酒屋で、元刑事部捜査第一課の下地敏夫《としお》と会っていた。すでに定年退職して、建設会社の顧問をしている。ちょうど阿部雄二と同年代で一緒にいたこともあるはずだ。

「それで、何があったんです。阿部警部補が突然辞めた理由は」

反町は泡盛をつぎながら聞いた。

「当時の沖縄はかなり荒れていた。米兵少女暴行事件に、普天間基地移設問題など、米軍がらみの事件が立て続けに起こった。県民集会が開かれ、本土からも基地反対の団体が押し寄せていた。警察に対する県民の声も厳しく、県警内部で不祥事を起こすわけにはいかなかった。政府も沖縄県警もピリピリしてたんだ。米軍の力もまだかなり強かった。日米地位協定なんて不平等条約が大手を振ってまかり通っていた時代だ。政府も警察庁のキャリア官僚を送り込んできて、問題を早く鎮静化させようと必死だった。官房機密費や与党からの金が大量に入って来ていた」

下地は心の奥底に封印してきた暗い過去を吐き出すように淡々と話した。

「当時の刑事部長、島田に収賄疑惑が浮かんだ。県警関係の建築工事で便宜を図ったというものだ。三百万のケチな額だ。二ヶ月後には警察庁に栄転が決まっていた。本部長城内《きうち》はかなり慌てていた。島田刑事部長は城内本部長の子飼いだったんだ。有罪なんてなろうものなら、自分に火の粉がかかってくる。捜査には当然、ストップがかかった」

「それで、阿部雄二警部補が身代わりになったということですか」

「ハッキリ言う奴だな。捜査で出た証拠はすべて阿部に向いていたということだ。相手企業との打ち合わせの日時と出席者、飲み食いの領収書などすべてで阿部の名前が出てくる。だが、県警内部から逮捕者を出すってことは上層部は全員、何らかの責任を取らされる。そこでチエを出した者がいる。阿部に疑惑が向いたまま、県警を辞めてもらう」

「そのチエ者が当時の新垣警部補だったんですか」

「当たりだ。本部長、刑事部長、阿部の間に入って、動いたという噂だ。あくまで、ほんの一部の間での噂だが」

「他の刑事部の者たちは何もしなかったんですか」

「二十年以上前だぞ。当時の沖縄じゃ、警察庁から来たキャリア官僚なんて、神さまだった。逆らうなんて雰囲気じゃなかった。それに不思議なことに、すべてがうまくおさまった。阿部だって東京に出て大手警備会社の課長で、給料も大幅アップだ。若い者は羨んでた」

　下地は遥か昔を振り返るように視線を空に漂わせた。

「それからの新垣の出世は早かったね。翌年には捜査一課長補佐。今じゃ、警視正で刑事部長だ。初のノンキャリ本部長も夢じゃない。沖縄県警の希望の星だって聞いてる」

「なんで、すべての証拠が阿部さんに向かってたんです。あなたや、他の刑事でなく」

「そんなこと、俺が知るわけないだろ。捜査を続けたらどうなったか分からない。しかし、阿部の辞職ですべて決着した。事件そのものが消えてしまった。当時の東京は今の何倍も遠かったんだ。簡単には行けなかった。金も時間もかかった。島田刑事部長はきれいなキャリアのまま警察庁に戻っていった。その後、審議官まで昇って、退職後は大手警備会社の役員に天下りだ。今はどうしてるか知らないが、十分な退職金をもらって悠々自適だろうな」

下地は吐き捨てるように言って、ため息を吐いた。

「おまえの相棒は具志堅だってな」

「そうでしたが、最近、具志堅さんは単独が多いです」

「あいつは特別だった。俺たちの頃から偏屈で変わり者だ。だが、食らいついて離れるな。全部盗み取れ。いい刑事になれる」

「そのつもりです」

反射的に答えていた。

反町が下宿に帰ると、ベランダの隅に黒い塊がうずくまっている。

思わず腰の特殊警棒に手をやったが、塊は動きそうにない。

そっと近づくと、若い男が両ひざを立てて、その間に顔をうずめている。かすかないびきが聞こえてきた。海人だ。

反町は肩に手を置き軽く揺すったが、起きる気配はない。

「まいったね。理沙さんは知ってるのか」

冷蔵庫から缶ビールを取ってくると、椅子を引き寄せて海人の前に座った。缶ビールを飲みながら、身体を丸めて眠る海人を見ていた。名護署で初めて会ったときの姿が浮かんだ。どことなく寂しそうで、十五歳の少年にしては大人びていた。明らかに、母親の状況を理解しながらも素直に従えない自分に対して、もどかしさを感じている。同年代の少年たちよりも、大人と過ごす時間が長かったのだろう。理沙は父親を知らない子だとも言っていた。

「寂しいんだろうな」

反町はつぶやいて缶ビールを飲み干した。

いつの間にか、反町も眠っていた。

人の気配で目が覚めた。誰かに見られている。

「刑事と言っても、普通の間抜けと同じだな。口開けていびきをかいてた。よだれをたらして」

慌てて口元をぬぐって立ち上がると、海人が反町を見て笑っている。

「疲れてるんだ、おまえみたいなのが多いから」

「よだれはウソだよ。俺もビール、ほしいな」

反町は部屋に入り、缶ビールと牛乳の入ったコップを持って来て、コップを海人の前に置いた。

海人は反町をチラリと見たが、何も言わずコップをとった。

「婆さんが寝ている隙に飛び出してきたのか」

理沙から海人がオバアが眠っている間に家を抜け出して、夜遊びしてると聞いたことがあるのだ。

「友達の所に行ってくると言った。いいだろ。あんただって友達だ」

「泊まってくると言ったのか」

海人が頷いた。

「俺に用があるんだろ。那覇から来たんだ」

海人は黙ってコップの牛乳を飲んだ。

「母ちゃんが心配なのか」

海人が再び頷く。

「この前の交通事故、偶然じゃない。誰かが母ちゃんに怪我させようとした。もしかしたら――」

殺そうとしたと言いかけたのだろう。

「ノエルもそう言ってた。おまえの母ちゃんを怪我させて得する奴はいるのか」

「山ほどいる。母ちゃん、ハッキリものを言いすぎるから。俺だってぶん殴ってやりたくなる時がある。いろんな反対運動をやってるし、デモにも参加してる。母ちゃんを憎んだり、嫌ってる奴は多い」

「具体的に誰だか言えるか」

海人は黙っている。高校一年生には難しい質問だ。しかも関係しているのは自分の母親だ。

「たとえば海の埋め立ての反対運動やってると、賛成してる人から見れば敵だろ。海はきれいで自然のままな方がいいに決まってる。だから母ちゃんは世界中の人が全員、そう思ってると信じてる。でも、海を利用して金儲けをする人もいる。そのために、少しは汚れてもいいと思ってる人もいる。そういう人にとって、母ちゃんは敵だ。母ちゃん、そこのところが分かっていない」

「おまえ、頭いいな。その通りだ。しかし、警察が実際に捜査するには、もっとはっきりした証拠がないとダメなんだ。先日の状況だと、ランニングしている母ちゃんの近くをワゴン車が通った。驚いて避けようとした母ちゃんが、あやまって溝に落ちた」

「母ちゃんの不注意だって言うのか」

「悪いのはワゴン車の運転手だ。しかし、ワゴン車が故意に接近した証拠はない。そう感じただけかもしれない」

「俺は手遅れにはしたくない」

海人が立ち上がった。

「今日は泊まって行け。婆さんにもそう言ってきたんだろ。今ごろ、母ちゃんにも連絡がいってる。友達の家に泊まるって。俺の所に泊まっても、嘘じゃない」

海人は反町を見ると腰を下ろした。

「どうやって来た。タクシーか」

「歩いてに決まってるだろ。そんなに小遣い多くない」

テーブルのコップを持って残りの牛乳を飲み干した。

「ラーメンでも作ってやる。食うだろ」

海人が頷くのを見て、反町は立ち上がった。


翌朝、二人でロードバイクで那覇市に向かった。

反町が使ってないロードバイクとヘルメットを海人にやったのだ。

「おまえ、ロードバイクには乗れるのか」

「自転車のことだろ。小学生の時、九州の親戚の家でひと月すごした。母さんが選挙に出る出ないで騒いでる頃。その時に教わった」

二人で早朝の道路を那覇に向かって走った。

初めふらついていた海人もすぐに滑らかな走りになった。運動神経は母親に似ていいのだろう。

那覇市内に入って、県警本部前で反町は海人と別れた。

別れる前に反町は海人を呼び止めた。

「おまえの母ちゃんを嫌いだったり、憎んだりしてる者はいる。しかしそれは、おまえの母ちゃんのせいじゃない。そいつらのせいだ。おまえの母ちゃんが好きで、応援してる者の方が千倍も一万倍も多い。これは確かだ」

海人は反町の言葉に答えず、そのまま通りを渡っていった。

駐車場に入るとき振り向くと、バイクを止めてこっちを見ている海人と目が合った。

4

阿部の捜査は行き詰まっていた。このまま時間がたてば、捜査本部が縮小されるのは間違いない。最悪の場合は事故で決着がつく、とまで言われ始めた。うつ病で悩んでいた阿部が深夜に辺野古見物に来て、睡眠薬を飲んでふらついて海に落ちた、と。

反町にもどうしていいか分からなかった。

阿部が沖縄で会っている相手、察しは付いているが明確な裏付けがない。

八月下旬の夜、反町は親泊に電話して、県警本部のロビーに呼び出した。

連日三十度を超える日が続いていて、夜も空気は熱と湿気をため込んでいる。

親泊が現れると薄暗いロビーを抜けて、誰もいない会議室に連れて行った。親泊は怪訝そうな顔をしながらも黙ってついてくる。

「阿部が水死体で発見される前日の空白の時間。反町のただならない様子をかぎ取ったのだ。会っていた相手は新垣だ。新垣刑事部長に間違いない。おまえだって、そう思っているはずだ」

反町は親泊を見据えて言った。数秒たってから親泊が口を開いた。

「でも、間違っていたら、俺たち――」

親泊が反町から視線を外した。

反町は、阿部の元同僚、下地と会ったことを話した。親泊は無言で聞いている。

「新垣刑事部長が当時の刑事部長の横領事件をもみ消すために、阿部警部補に辞表を出させたと言うんですか」

「下地さんも口には出さなかったが、そう思っているはずだ。阿部の親父の辞職で捜査は打ち切りになっている」

親泊がうつむきかげんで考え込んでいる。反町はさらに続けた。

「阿部は殺される前日の夜、新垣を呼び出して何らかの話を持ち掛けた。新垣がそれをのんだので、部屋に帰って有頂天になってたんじゃないか」

反町の脳裏には阿部の隣人、奈央子の言葉が浮かんでいた。

「阿部は父親の残した日記と写真を使って、新垣を操ろうと考えていた。しかし今では、新垣はただの沖縄県警本部の刑事部長じゃない。本土からの官房機密費を握り、沖縄政財界に強い影響力を持つ存在になっている。本部長さえも、新垣の顔色をうかがっている。これが、現在の沖縄県警の裏の姿だ」

反町は一気に言って親泊に視線を止めた。

「俺の想像だ。明確な証拠は何もない。いずれにしても、阿部は慣れないことをして失敗した。その結果、新垣に殺された」

話しながらも反町は自分の言葉が信じられなかった。現役の県警本部の刑事部長が、殺人を犯したというのだ。親泊も口を閉ざしたままだ。

「降りてもいいぞ。ヤバすぎる話だ」

「もっと証拠固めをしなくちゃ。誰にも言ってはダメですよ。こんなヤバい話。具志堅さんにも。だって二人は元相棒なんでしょ」

親泊が反町に言う。反町は思わず頷いていた。

「新垣は沖縄県警、ノンキャリの星だ。全署員の憧れだ。彼に泥を塗ろうってんだ。下手すると、袋叩きだぞ。県警にいられなくなる。このまま家に帰ってもいいぞ」

「言い出したの、反町さんです。これだけ聞いて、目をつぶれって言うんですか」

親泊の顔は真剣だ。反町の方が気圧《けお》されていた。

「で、次は何をするんですか。俺は腹をくくりました」

親泊の言葉を聞いて反町は時計を見た。日付が変わろうとしている。

そっとドアを開け、誰もいないのを確かめると部屋を出た。親泊が慌てて追ってくる。

エレベーターに乗ると、三階のボタンを押した。

「意思疎通はしっかりしてください。俺だって人生賭けることになりそうだから」

「おまえ、県警本部に憧れてるんだろ。これから行くのは刑事の頂点の部屋だ」

「まさか、新垣刑事部長の部屋ですか」

「入ったことないだろ。俺は何度かある。部長表彰される者のお供だけど。だから中はよく知ってる」

「やめてください。俺、あの人、尊敬してるんです。県警の警察官は全員そうです。ノンキャリの鑑《かがみ》であり希望です。いずれ本部長になって、沖縄県警を変える人です」

「確かに変える人だ。しかし変えすぎた。彼は正義の意味さえ変えてしまった」

反町は一階のボタンを押して、エレベーターを出た。エレベーターのドアは閉まり、下に降りていく。

二人は廊下を歩いた。どの部屋にも誰もいない。二人の靴音だけが不気味に響いた。

反町は捜査第一課の前を通りすぎた。

「バレたら俺たち、即クビですよ。いや不法侵入で逮捕です」

「黙って俺の言う通りにやってりゃいいんだよ」

「俺、反町さんの道連れは、絶対に嫌ですからね」

親泊はそう言いながらも反町についてくる。

「平刑事が刑事部長の部屋に忍び込むんですからね。バレたら――」

「フラーが。バレなきゃいいんだ。俺たちはここを知り尽くしてるんだ」

「俺たちじゃなくて、俺はでしょ。俺は全然知りません」

「俺よりパソコンについては詳しいよな」

「特別詳しいわけじゃない。反町さんが知らないだけです」

反町は手袋をして鍵を開ける道具を出した。

鍵は数分で開いた。交番時代に一般市民向けに空き巣対策の講演を鍵屋に頼んだ。そのとき友人になった鍵屋に、サーフィンを教える代わりに鍵の開け方を習ったのだ。

二人は部屋に入った。

鍵を閉めて部屋中を見渡した。正面に大型の執務机があり、その前にソファーとテーブルがある。壁の一面は造り付けの棚になっていて、大小のシーサーの置物が二対に壺《つぼ》が置いてあった。その横にテレビがある。

執務机にはパソコンが一台置いてあるだけだった。

「何を探すんです。さっさと見つけましょ。早くここを出たい」

「阿部に結びつくものだ。阿部の親父が書いたノートのコピー。優子との写真もある。阿部は新垣に見せてるはずだ。阿部のパソコンが消えてるだろ。どこかに必ずある」

「刑事のカンですか」

「俺の確信だ。おまえはデスクのパソコンを探れ」

「パスワードが分からなきゃ、パソコンは開けません」

「なんとかしろ。パスワード以外の入り方はないのか」

「新垣刑事部長のお好みの数字、あるいは言葉は」

「俺が知るか」

反町は部屋の中央に立ち見回した。整然と片付けられた刑事部トップの部屋だ。

「官房機密費があるはずだ。阿部のノートによると、新垣が全国刑事部長会議で東京に行ったときに受け取ってくる。それを沖縄でばら撒《ま》いて政財界を操ってる。身近においてあるはずだ」

羽田空港で車を降りたときに、デパートの紙袋や、バッグを渡される写真が何枚かあった。あるいは、政治家の秘書と思われる者が紙袋を持っている。写真の裏に〈金〉の走り書きがあり、クエスチョンマークがついている。おそらく、これが官房機密費だ。

「確かに真実味はありますね。沖縄コンフィデンシャルだ」

反町もパソコンの前に行った。

親泊の指がキーボードの上をピアニストのそれのように走る。エンターキーを押すたびに、エラー表示が出てくる。

反町はデスクに戻り、引き出しを開けていった。新垣らしく几帳面に整理されている。阿部が新垣を脅すとすると、写真を使うはずだ。東京で優子と二人でホテルに入る写真は絶大なインパクトがある。

「机の中には何もない。用心深い男なら、部屋にヤバいものは置かないのか」

「ここは沖縄県警刑事部長の部屋です。沖縄でもっとも安全な場所の一つです。俺だったらここです」

「おまえ、バカじゃないな」

反町は立ち上がり再度部屋の中を見渡した。刑事部長の部屋に隠し金庫があるという話は聞いたことがない。壁の絵を調べたが、額縁が動く気配はない。もう一度、改めて机の中を調べた。

「官房機密費は現金なんですか。デパートの紙袋に百万円の札束が定番か。でも、それは昔の話で、今は送金ってことはないんですか」

「国内だ。ノートにはデパートの紙袋かカバンに無造作に入れられていると書いてあった。新垣が羽田でスーツの男から、紙袋を渡されている写真もあった」

「現金なら、あとが残りませんからね。官邸から紙袋に入れて運ばれ、羽田で刑事部長に渡されて那覇空港に持ち込まれる。県警刑事部長室で保管され、配られるのか。たしかに安全だな」

親泊が皮肉を込めて言う。

パソコンを叩いていた親泊が、反町の横に来てしゃがんだ。パソコンを開くのを諦めたのか。

二人で下の引き出しを抜き出した。奥に何かがある。スマホのライトで照らすと、紙袋だ。紙袋の中には百万円の束が二つ入っていた。

「これだけですか。俺にとっては大金だけど」

「確かに少ないな。配った後かもしれない」

「どうします。これだけじゃ、言い逃れはいくらでもできます。刑事部長のヘソクリでもおかしくない金額だ」

反町はスマホで写真を撮って元に戻した。

約三十分がすぎている。他に収穫はなかった。

二人は諦めて部屋を出た。

第八章　新しい風

1

理沙は県知事選、選挙運動に全力を投入していた。

連日、早朝から深夜まで食事会を含め、十近くの会合に出席して、自分に投票を呼びかけた。最初、身近な者には弱音を吐いていた理沙も日がたつにつれて、自分の主張も固まり、やるべきことが見えてきたようだ。

沖縄、本土のマスコミは選挙が近づくにつれて取り上げる頻度が増していった。

テレビのワイドショーも沖縄が直面する基地、辺野古の問題、さらに解決のメドの立たない辺野古水死体事件を織り交ぜて報道していた。

「理沙さん、見違えるようになった。今の理沙さんなら、沖縄県知事も務まりそう。最初はチョット危なっかしいと思ってたんだけど」

エレベーターで会ったノエルの言葉にも余裕が生まれている。

「立場は人を作るだ。人間、常に前向きに進まなきゃってことだな。人前で話すことで、鍛えられるんだ」

でも――と言って、ノエルが黙り込んだ。

「理沙さんを轢《ひ》きそうになったワゴン車の運転手、まだ捕まらないんでしょ」

「名護署を責めるとかわいそうだ。交通課も水死体事件の捜査に駆り出されてたしな」

反町が頼み込んだおかげで理沙には警護がついている。知事候補にＳＰがつくなど前代未聞だ。海人もそれとなく理沙の背後に立っていることが多い。直接近づいて危害を加えられる可能性は薄らいだが、何かを投げられる可能性は十分にある。

選挙が近づくにつれて、理沙の発言も核心に踏み込む話題が多くなり、大胆になっていった。

米軍基地問題も、普天間飛行場辺野古移設についても自論を話すようになった。沖縄県民にとっては避けられない問題だ。

辺野古水死体事件は停滞したままだった。

反町は県警本部に戻り、具志堅を呼び出した。

反町の緊張でこわばった顔を見て、具志堅は何も言わずついてきた。

二人は県警の屋上に行った。

熱を含んだ空気が二人を包み込んだ。沈み始めた陽が那覇の空と町を赤く染めている。

「具志堅さん、本当は二人の阿部のこと知ってたんじゃないんですか。水死体の阿部と親父の元沖縄県警刑事阿部警部補です」

具志堅は無言だった。

「阿部の父親、阿部雄二元警部補は知ってますよね。俺は東京で阿部の母親に会ってきました」

反町は下地に聞いたことを思い出しながら話した。具志堅が小さく息を吐いた。

「阿部元警部補は当時の刑事部長島田剛志警視正の部下でしたね」

「よく調べたな、大昔の話を。ことの結末も知ってるのか」

「大体のことは。阿部元警部補が亡くなったことは知ってますか」

「去年の春、すい臓がんが見つかった。三ヶ月だ。あっと言う間だったな。彼が死ぬ前に会っておきたかった」

「謝るためですか」

具志堅が顔を上げて反町を見た。反町は具志堅を見返した。

「そればかりじゃないが、それもある」

「そうですね。具志堅さん、というより具志堅さんたち、捜査一課の刑事は何もしなかった。仲間が何もしてくれなかったことが、彼にとってはいちばん辛《つら》かったはずです」

反町の脳裏に古いマンションの部屋で、阿部元警部補の妻が言った言葉が蘇ってくる。

「阿部元警部補は沖縄が好きで、警察の仕事も刑事の仲間も好きで、誇りだったそうです。奥さんが言ってました」

その仲間たちが自分を救ってはくれなかった。

具志堅は長い時間、無言だった。反町の言葉を認めているのか。やがて口を開いた。

「そうだ、調べれば必ず何か出てきた。阿部が大それたことができるような男じゃないことは、俺たち捜査一課の全員が知っていた。愚直で不器用な男だ。表面には出ないが、俺たちを見えないところで支えてくれていた。しかし、誰も何もしようとはしなかった。上の言うままに阿部を見殺しにした」

具志堅はゆっくりと話し始めた。

「すべて新垣刑事部長、当時の新垣警部補がやったことですか」

「分からない。誰も調べようとはしなかったんだから。上の言いなりで、捜査を中止した。そんな雰囲気だった」


反町はポケットからコピー用紙を出して、具志堅に渡した。

阿部元警部補が書いたノートの一部をコピーしたものだ。収賄容疑の証拠はすべて自分の方に向いている。自分は新垣から今日にでも辞表を書いて沖縄を去るようにと提案を受けた。その場合はすべての証拠を隠滅し、東京では警備会社でのそれなりの地位と報酬を約束すると持ち掛けられた。拒めば逮捕され、裁判が待っている。最悪の場合、汚職警官となり懲戒免職で刑務所に入ると脅された。退職金もなく家族は路頭に迷う。自分は新垣の言葉を受け入れざるを得なかった。

最後は、〈他に方法なし。受け入れざるを得ない。新垣、憎し〉と結ばれている。温和でおとなしい性格の阿部元警部補にここまで言わせるとは、よほど無念だったのだろう。その翌日に辞表を出し、三日後には官舎を出て東京に引っ越している。

「これは阿部が書いたのか」

「特徴のある几帳面な字です。阿部元警部補のノートのコピーです。阿部元警部補は新垣の提案をのんだが、その後の沖縄県警の動向は追っていた。東京からでも分かりますからね。特に人事は。新垣や島田の出世を見ているうちに、許せなくなったのでしょう。定年を機に新垣刑事部長の東京出張のたびに後をつけた。そして写真を撮りノートをまとめ上げた」

「阿部元警部補はこれをどうするつもりだった」

反町は軽い息を吐いた。

「俺に分かりようがありません。使う前に彼は病死してしまった。遺品整理でノートと写真を見つけた息子の堅治が、それを使って失敗の続いている大和建設の沖縄進出を成功させ、社内での自分の評価を上げることを思いついた。それだけではないかもしれませんが。いや、こっちが本命かもしれない。しかし、その結果は知っての通りです」

「阿部の息子が新垣を脅そうとして殺されたと言うのか」

「それを調べるのが刑事です」

「そうだったな」

具志堅が低い声で言って、反町に向き直った。

「それで、おまえはこれをどうするつもりだ」

「新垣刑事部長を阿部殺人容疑で逮捕するために使います」

反町は言い切った。警察官の使命は犯人を逮捕することだ。

「だが、これだけではせいぜい不倫の証拠だ。阿部の殺人と新垣は結び付かん」

「阿部元警部補が自分を沖縄県警から追い出した新垣刑事部長を逆恨みして、あることないことをノートにつづった。たしかに、阿部を殺した証拠にはなりません。だから俺は――」

反町は黙り込んだ。次の言葉が続かない。具志堅は無言で写真とコピーを見ている。

「だが使いようによっては、おまえが考えている以上に重要で危険なものだ。阿部元警部補は、新垣一人に突き付けたんじゃない。政府をひっくり返す力がある。ここには官房機密費の受け渡しも記録されている。日時と場所、そして関係した人。すべてが明確にだ。渡された袋の大きさから推測すると、数億円単位の時もある。この額の金が新垣によって沖縄に持ち込まれ、政府高官の意思に従ってばらまかれた。こんな事実が公になるとマスコミは黙っちゃいない」

反町の身体に冷たいものが走った。これが阿部の切り札だった。阿部の金城レポートだった。

「俺には荷が重すぎる」

具志堅は力なく言うと、反町に写真とコピーを返した。

二人は長い時間、無言で那覇の街を見ていた。陽の光が次第に弱くなり、辺りに薄闇が広がっていく。

「俺が調べても分からないことがありました」

反町が低い声で言った。

「どうして、新垣刑事部長は変わったんです。具志堅さんも言っていた。正義感に溢れ、沖縄県警を変えようとしていた奴だったって」

「大昔の話になる。おまえがまだ生まれてまもないころ、よちよち歩きのころだ。新垣は俺の相棒だった。切れる奴で、正義感も強かった。あいつには警察学校以来の親友であり、ライバルがいたんだ。津田涼介《つだりょうすけ》という当時同じ警部補だった。津田は、当時の柳田《やなぎだ》刑事部長のお気に入りで、個人的によく呼ばれて飯も一緒に食っていた」

まだ昼間の熱気を含んだ風が二人の間を吹き抜けていく。反町はアロハの襟首をつかんで風を入れた。

「柳田は警察庁から出向してきたキャリアだ。胡散臭いところがあった。ギャンブル好き、女好きで、金に弱かったというか、汚かったんだ。当時から沖縄には、米軍基地対策費として官房機密費がかなり入っていた。年に数億単位だ。反対派にも賛成派にもばら撒かれていた。その一部を柳田が取り込んでいた。それが公になりそうになった時、柳田はそれを津田に押し付けた。初めからそのつもりで、津田を手なずけていたんだ」

具志堅は視線を街に移した。しばらく街を見ていたが、弱々しい視線を反町に戻した。

反町は視線を外した。こんな具志堅は見たくなかった。

「それでその津田という警部補は——」

「寮の便所で首を吊った。それを見つけたのが新垣だった」

「具志堅さんは柳田の不正を知っていた。だったら——」

「捜査はしたよ。新垣と一緒にな。しかし、すべての証拠は津田に向いていた。東京出張を含めてすべてな。金は競馬を含めたギャンブル、バー、クラブの遊興費で消えたことになっていた。頭がいいんだ、あいつらは。すべて計算して動いている。俺たちは諦めざるを得なかったんだ」

具志堅は大きく息を吐いた。

「柳田刑事部長は？」

「東京に栄転していった。新垣が変わったのはその時からだ。あいつは必死で勉強した。元々あいつは頭が良かった。昇進試験には一発で通っていった。一年後には階級は俺の上を行ってた。その後は、おまえも調べたんだろ。あいつは出世街道を上り、現在は刑事部長、さらに上を狙ってる」

「ノンキャリで沖縄県警の本部長になるかもしれないんですね」

具志堅は反町から視線を外し那覇の街を見つめた。

「俺はあいつに聞いたことがある。そんなに上を狙って何になるんだって」

「俺だって聞きたいですね」

「沖縄県警を変えたいと言った。絶対に本部長になって、キャリアであろうと汚職警官は豚箱に放り込むと。便所で首を吊った津田の姿が忘れられないと。遺体を確認に来た両親の姿は、今も目に焼き付いてると。俺には返す言葉がなかった。あいつには、あいつのやり方があると俺自身に納得させた。たしかに、沖縄県警は変わっていった」

「しかし、阿部元警部補の人生も変わってしまった。そしてその息子も」

具志堅は無言のままだ。

「新垣は沖縄財界の大物の娘と結婚した。今じゃ、押しも押されもせぬ沖縄の名士の一人だ。昔、潰したいと思っていた連中の仲間になっている」

「宮古島でチャンの逮捕を邪魔したのは――」

「誰かが新垣に泣きついたんだろ。新垣が本部長を動かした。しかし、そのチャンもやがて用済みになって、見放された」

チャンの逮捕には新垣の英断が必要だった。被疑者死亡という一度出した結論をひっくり返して、チャンの逮捕に踏み切ったのだ。新垣にとっては大きな汚点となる。しかし、沖縄県警内での新垣の人気と人望はむしろ上がった。

「あれは一種のガス抜きだったのかもしれない。沖縄県警も下の意見を尊重し、変わりつつあることのアピールだ」

「俺たち全員が騙《だま》されてたってことですか」

「人間、一度踏み出してしまえば、タガが外れるんだろうな。一度目はやむに已《や》まれぬ事情であっても、二度目は弾みで方が付く。三度目は理由なんていらない。新垣の野望は膨らんでいった」

具志堅は野望という言葉を使った。その言葉と新垣とが未だにつながらない。

「具志堅さんはいつから新垣部長がおかしいと思ってたんです」

「そんなに昔じゃない。宮古島でチャンを取り逃がしたとき、俺に電話をしてきたのは本部長だった。しかし横に誰かがいた。新垣が指示していたのだろう」

「だったら、その時、新垣刑事部長に何か言うべきでした」

「推測だ。推測で刑事部長の告発など誰ができる。いや、それよりアイツを信じたいと思った。今でもその気持ちは変わらない。間違いであってほしい。しかし――」

具志堅は苦しそうに息を吐いた。

「あいつは皆が考えているより、遥かに弱い男だ。チョットの動揺で簡単に折れる」

いつも見慣れている新垣の姿からは信じられないことだ。だが、具志堅は確信を持って話している。

那覇の街全体が朱色に染まっていた。海からの風は相変わらず熱と湿気を含んでいる。反町の頭は熱で膨らんでいた。具志堅の言葉が反町の全身に染み込み、さらに混乱を増していく。落ち着かせようと、何度も深く息を吸った。

2

沖縄県知事選は九月に入って、終盤に近づいた。

初めは劣勢だと言われていた理沙は、加速度的に追い上げていった。特に那覇など都市部の若者の支持が増えている。彼らは支持を決めるとツイッターやフェイスブック、ラインなどのSNSを使って、またたく間に理沙の魅力を拡散させていった。

選挙戦に入った当時、五十人ほどだったボランティアも数日で二百人を超えていた。

海を護り、基地をこれ以上増やさずその統合縮小を目指す。米軍との協調を打ち出し、雇用を広げ経済発展につなげる。日米地位協定の常識的な見直し。いずれも、当たり前のようで今までの知事には明確に言えなかったことだ。しかし、理沙の素直で素朴な言葉を聞いていると、不可能でもないと思えてくる。

阿部水死体事件については、ほとんど進展はなかった。反町と親泊は阿部の空白の時間帯を埋めるべく、阿部が泊まっていたウィークリーマンション周辺から徐々に広げるように、阿部の写真を持って飲食店の聞き込みを続けるついでに、周辺の防犯カメラを探し出しチェックして回った。

反町は立ち止まり空を見上げた。射るような陽光が目に飛び込んでくる。このままでは捜査は縮小し、事故か自殺として片づけられる公算が強くなった。

軽く息を吐き反町はスマホを出して連絡先をタップした。


反町はケネスと〈B&W〉で会った。

「辺野古で水死体で見つかった阿部についての新情報はないか」

ケネスは答えず、反町の視線をさけてルートビアを飲んでいる。と、いうことは当たりだ。

彼はアメリカ海兵隊のMPだが、アメリカ本土の情報機関とも通じている。沖縄駐留の海兵隊員の犯罪取り締まりと防止が仕事だが、ケネスは特に防止に力を入れている。

「キャンプ・シュワブの警備状況は知ってるか」

突然の問いにケネスが反町を見る。

「そんなこと聞いてどうするの」

「知ってるのか知らないのか、どうなんだ」

「キャンプ・シュワブは僕の管轄外だけど、友達もいるし――」

反町は辺野古崎周辺の地図をテーブルに置いて、一点を指した。

「阿部はここで水死体で発見された。俺の想像だと他で睡眠薬を飲まされて、ここまで運ばれ捨てられた。残念ながら深夜だ。辺野古崎あたりは人っ子一人いない。防犯カメラもないし、目撃者もいない」

無言で地図を見ていたケネスが顔を上げた。

「埋め立ての管理事務所の防犯カメラがいくつかあるでしょ。それには映っていなかったの。怪しい人影や車など」

「よく知ってるな。さすがアメリカ海兵隊のＭＰだ。だが、残念ながら阿部を運んできた奴は、死角を狙って移動していた可能性がある。おまえと同じく、防犯カメラの位置を知ってるんだ。辺野古崎に来るまでも、死角を狙ってる。どのカメラにも映っていない。周辺道路も同じだった。犯人はカメラのない道を通っている」

ケネスが地図を見つめ考え込んでいる。反町はケネスの顔を覗き込んだ。

「とぼけるな、ケネス。おまえに頼みがある」

「いつも、聞いてあげてるでしょ」

「俺は爆弾を持っている。政府を吹っ飛ばす威力がある。しかし、この爆弾を爆発させるには起爆装置がいる。それを探してる」

「やめてよ、バカを言うのは」

「米軍基地内にも防犯カメラがあるだろ」

「ノー、ダメ。それはできない」

ケネスが顔を上げ、甲高い声で即答した。

「まだ、何も言ってないだろ」

「米軍の規則上、そんなもの勝手に調べられないし、持ち出しなんかできない。すべて機密事項になってる」

「そうだろうな。だが確かめる価値はある。俺の推測が正しいかどうか」

「これは普通の頼まれごととは違う。アメリカ軍、つまりアメリカ合衆国の機密にアクセスすること。絶対にダメ」

「辺野古に行ったことあるだろ。普段は何もないところだ。一時間いて、誰とも会わないことさえある。そんな所の映像がアメリカの国家機密か」

「だから二十四時間見張ってる。不審者が侵入しないように」

「やっぱりあるんだな、防犯カメラが」

「でもダメ、規則だから――」

「おまえ、本当にアメリカ人か。アメリカが偉大な国なのは、規則に囚《とら》われないからだ。そうだろ」

反町はテーブルから身を乗り出し、ケネスを睨んだ。

「俺は確認したいんだ。自分の推理が正しいかどうか。その映像をくれとは言わない。見るだけでいい」

ケネスは唇をかんで下を向いた。

「おまえが何か理由をつけて手に入れて、俺が勝手に見たことにすればいい。だったら問題ないだろう」

反町がケネスの顔を覗き込むと、彼が目を背ける。

「じゃ、マスコミにタレ込むしかないな。阿部の水死体事件には、アメリカ海兵隊が関係している可能性がある。米軍はトラブルを避けるため、隠そうとしている。沖縄県警はキャンプ・シュワブ内の防犯カメラの提出を拒否されている。真犯人をこのままアメリカに帰還させれば闇に葬れる。やっぱり抗議集会が開かれ、暴動が起こる」

「証拠もないものをマスコミが取り上げるはずありませんよ」

ケネスが低い声で言う。

「沖縄のマスコミが米兵を毛嫌いしてるの知ってるだろ。キャンプ周辺の基地反対派も同じだ。飛びつくぜ。ネットに流すって方法もある。阿部殺害犯は基地内にいるって書いてやろうか。トラブルを避けるために、MPが総出でかくまってると」

「僕をというより、米軍を脅してるんですか」

「そうだよ。いや、チャンスをやってるんだ。トラブルは回避したいだろ。このままだと世界に広まるぞ。だから、この事件に関する情報は、さっさと吐いてしまえ」

ケネスは下を向いて考え込んでいたが、やがて顔を上げて反町を見た。

デイパックからタブレットを取り出し、いくつかのアイコンをタップしていく。

画面は次々に変化していった。やがて見覚えのある空中写真が見え始めた。

「これが辺野古崎辺りに設置された米海兵隊の防犯カメラの位置」

カメラの配置だと、ほぼ全域をカバーしている。

「防犯カメラというより、侵入者を防ぐための監視カメラ」

「どこでそのデータは手に入る。正式に――」

反町の言葉を無視するように、ケネスはタップを続ける。

やがて、ディスプレイに夜の風景が現れた。

「水死体が見つかった夜の大浦湾です。ただしこれはリアルタイムのです」

「俺が見たいのは今じゃない。水死体発見の前夜からの映像だ」

映像の隅には、大浦湾に続く道路の隅が映っている。

「巻き戻してくれ」

「あの日の前日、11：32ＰＭ」

ケネスの声と共に闇の中にヘッドライトが現れ、止まった。光が消え、しばらくして運転席のドアが開き、人らしき影が現れた。動きからして男だ。後部座席から人を担ぎ出し、海岸の方に歩き始めた。黒い影が二つ、肩を組んで歩いているようにも見える。すぐに画面から消えた。

やがて影が一つ戻ってくると、車に乗っていってしまった。その間、三十分余りだ。

高感度カメラだが、行動がかろうじて見える映像だ。

「もう一度、今のところを見せてくれ」

反町はケネスの腕をつかんだ。早送りで映像は一時間ほど進んでいる。反町は巻き戻した映像に顔を近づけた。別の車が湾に続く道に入ってくる。

「この映像を正規に手に入れることはできないのか」

ケネスが考え込んでいる。

「沖縄県警からじゃ無理としても、警察庁からアメリカ政府に正式に証拠として引き渡しを要求すればどうなる」

「渡すかもしれませんね。日本側のトラブルなんて、米軍にとってはどうでもいいことです。ここで貸しを作っておいた方が、後々いいかもしれない。そこのところをうまく納得させられるかどうかです」

「分かった。いつも、ありがとよ」

反町はしゃべりながらケネスのタブレットの映像を見るフリをして、自分のスマホに数秒分を転送した。

「何やってるんですか。正式に引き渡しを要求するって言ってたのに」

「これは取りあえずだ。許可なく入手したモノは証拠として採用されないだろ。あとで正式に要求する。今度、山羊汁《やぎじる》を食わしてやるよ。おまえ、食べたいと言ってたよな」

「今、そんな気分じゃないです。でも、この事件が片付いたときね」

ケネスが乗り気でない口調で答える。

反町はケネスの肩を軽く叩いて店を出た。

県警本部に戻り、階段を二階まで駆け上がり鑑識課に行こうとして、立ち止まった。数秒考えてから、そのまま三階の捜査二課に直行した。

反町は赤堀を呼び出し、いつもの空き部屋に行った。

「僕はもう関わりたくない。おまえに振り回されていると、永遠に東京には帰れない」

反町はケネスのタブレットから転送した映像を赤堀に見せた。

「これが僕に何の関係がある。何かが動いてるだけで、暗くて分からない」

「男と車が映ってる。必要なのは運転席の男の顔と、車のナンバーだ。必ず鮮明にできる。人物特定が可能な程度に。警察庁の技術なら」

「ここの鑑識に頼めばいい」

「それができないから、おまえに頼んでる。場所は辺野古崎。日時は阿部の水死体が見つかった前日の深夜だ。死亡推定時刻に近い。男の顔をよく見ろ」

赤堀がスマホを覗き込み、拡大と縮小を繰り返している。手が止まり、顔をスマホに近づけた。

「確かに県警の鑑識じゃ問題が大きすぎる。これが本物で、鮮明にできればな。角度から考えると、キャンプ・シュワブの監視カメラか」

「さすが準キャリアだな」

「ケネスか。だったら役には立たないぞ。どうせ、脅すか騙して手に入れたんだろ」

「犯人逮捕、本来の刑事としての使命を果たすためだ。だから、警察庁から正規に要請して手に入れてもらいたい。ただし映っているものは極秘だ。おまえの上司にも言うな。前のフラッシュメモリーで分かってるだろ。使い捨てにされたくなかったら、おまえの後輩を使って極秘で動け」

赤堀は再度映像を見直した。

「やるだけはやってみる。だが暗いし距離もある。鮮明にするのは、かなり難しいぞ」

赤堀がスマホの画面に目を向けたまま言う。

「俺はまだ確かめたいことがある。おまえは、米軍に正式に監視カメラの閲覧を要求してくれ。詳細は伏せるんだぞ」

「こんなこと、誰に言える」

「おまえの実績になる。今度こそ、東京に帰れる」

反町は赤堀のスマホに映像を送信すると部屋を出た。

親泊に電話した。いくつか頼みたいことがあったのだ。

赤堀から電話があったのは一時間後だ。

〈警察庁を通して米海兵隊に監視カメラの閲覧を頼んだ。意外と簡単に許可が出た。画像を鮮明にしたものは、おまえのパソコンに送った。写真を持ってすぐに行く。隣の会議室で待ってろ〉

赤堀から興奮した声が返ってくる。

反町は急いでパソコンを立ち上げた。

3

反町は部屋の前で立ち止まった。

大きく息を吸って肩の力を抜いた。しかしまだ、全身に力が入って強張っている。沖縄県警の採用試験のときも、これほど緊張はしなかった。

ノックをすると、入るようにと声が返ってくる。

新垣刑事部長は執務机に向かい、書きものをしていた。

「ソファーに座って、ちょっと待っててくれ。すぐにすむから」

顔を上げずに言った。

反町はデスクの前に進み、立ったまま新垣を見つめていた。

やがて新垣が顔を上げて、反町を見た。

「やはりきみかね、反町巡査部長。今日は何の用だ」

「今日はとは――」

「私の部屋に何者かが入ったようなんだが。無断で刑事部長の部屋に入るとは――。それで何か収穫はあったか」

反町の動悸《どうき》が速くなった。気づかれないように深呼吸すると、不思議と腹が据わった。

「思ったほどには。しかし、ゼロではありませんでした。想像以上にあんたが用心深いことが分かった」

「不法侵入を認めるのか。やはりきみは、とんでもない刑事のようだ」

「あんたほどじゃない。それにしても思い切ったことをやりましたね」

「何のことを言ってる」

新垣が探るような視線を反町に向けてくる。おまえはどこまで知っている、とその日は問いかけている。

「この部屋の金については、申し開きはできるんでしょうね。官房機密費ですね」

「デスクまで調べたか。これは私の金としておこう。そう言っても通用する額だ。妻に内緒の金だ」

新垣はデスクの上で手を組んで反町を見つめている。さあ、次は何だ。何でも答えてやる。挑戦的な視線を向けてくる。

反町は執務机の上に数枚の写真を置いた。

新垣が優子と連れ立ってホテルに入るものと、他の男が優子とホテルに入るのを物陰から新垣が写真を撮っているものだ。新垣は動揺する様子もなく、写真を見ている。

「誰が撮ったかすでに知っているでしょう。あんたも同じものを持っているはずだ。それとも、もう処分してしまったか」

「優子は美しい女性だ。彼女がご主人と別れて東京に出たとき、偶然、彼女と出会い、会うようになった」

「その時彼女はすでに再婚していたはずです。しかし日付を見てください。あんたは、彼女が沖縄にいた時から関係を持っている」

「不倫調査は得意のようだな。それで私に何が言いたい」

「新垣刑事部長、自首してください」

「不倫で自首もないだろう」

「阿部堅治を殺したのはあんたですね」

新垣の顔がわずかに反応した。しかし一瞬だけで、淡々とした表情で続けた。

「冗談でもないらしいな。コソ泥のような真似をした後は、とんでもないことを言い出す。ただでは済まないことは分かっているな」

「それなりの覚悟がなければとれない行動です。同時にそれなりの証拠がなければ」

「優子は魅力的だ。だから私はついその魅力に囚われた。東京で彼女に会い、彼女の後をつけた。それだけの話だ」

新垣は優子との関係は認めた。だが、阿部殺しと官房機密費については否定している。

「他になにか準備はしてきたのか」

反町はさらに数枚の写真とコピー用紙をデスクに置いた。

「羽田で、あんたが官房長官秘書から紙袋を受け取る写真です。中は金なんだろ。デスクの引き出しの奥にある官房機密費」

新垣の目は写真とコピー用紙に注がれている。

「阿部堅治は、阿部雄二元警部補の息子です。当然、知ってましたよね。阿部元警部補がすい臓がんで去年、亡くなったことも」

反町は畳みかけるように聞いたが、新垣は無言だ。

「阿部元警部補は最後の力を振り絞って、あんたを調べ上げた。だが残念ながら、それを生かす前に死んでしまった。しかしそれを手に入れた阿部堅治は、利用して会社内での自分の地位を高めようとした。父親の無念を晴らすことも目的だったのでしょう」

新垣の目はデスクの写真とコピー用紙に注がれたままだ。

「あんたは阿部に呼び出されて新都心のショッピングセンターに行った。そこで父親の阿部元警部補が調べた自分についての資料を見せられた。あんたが儀部優子と会っていること。優子を使って前の刑事部長の都筑と関係を持たせ、写真をネタに脅して自分を次期刑事部長に推薦させたこと。さらには、あんたが官房機密費を沖縄に運び、それを配っていること」

新垣が顔を上げて反町を見た。

「言いたいことはそれだけかね。阿部元警部補は覚えている。私が救ってやったんだ。彼は刑事の肩書を利用して不正を行った。それが表ざたになる前に、退職を勧めた。東京にしかるべき職と地位を用意してね。もちろん退職金付きだ。羽田で受け取った紙袋は、金ではなく私が頼んでいた資料だ」

新垣は自信に満ちた口調で話した。自分の行為には一点の曇りもないという表情だ。

反町はさらに数枚のコピー用紙をデスクに置いた。数年にわたって新垣が接触した警察官僚と政治家の名前と会った時間が書いてある。阿部元警部補の信念がうかがわれるものだ。

新垣がそれを見ている。手がかすかに震え、顔色が変わった。

「やはり阿部のノートにあったモノか」

「どうでもいいことです。そういうものがあるということが重要です。それはコピーです。もちろんオリジナルもあります。しかるべきところに送る用意もできている。当然、県警じゃないですよ」

「誰がそんなことを信じる。本人は死んでいる。負け犬の逆恨みだ。きみは、致命的なことをやってる。沖縄県警刑事部長の私を脅している」

反町は封筒から新たな写真を出してデスクに置いた。その写真の一枚を新垣の方に向けて押した。

写真にはキャンプ・シュワブ側から見た大浦湾の風景が映っている。一枚の写真の中央に何かを運ぶ男の姿がある。

「これがどうかしたのか。暗くて何が映っているか分からない」

「こっちの方がいいですか」

反町は二枚の写真を新垣の前に置いた。

新垣の目が写真に釘付けになっている。一枚は車の写真。ナンバープレートの文字が何とか読み取れる。もう一枚は男の姿を拡大し、鮮明にしたものだ。顔も誰だか見分けがつく程度になっている。日付と時刻は、阿部の水死体が発見された七時間半前。

「最新技術を使って鮮明にしたものです」

「うちの鑑識でやったのか」

「そうしようと思ったが、やめておきました。どうせ、おかしなモノは自分のところに回すように指示してるんでしょ。あんたは阿部が辺野古で基地反対派のリーダー宇良と会っているのを知っている。那覇署で撮った写真を見たんでしょう。この写真を鮮明にしたのは、警察庁の鑑識課です。記録も残っている。すでに、あんたが何をしようとしても手遅れです」

新垣はデスクの写真を睨むように見ている。そこにはまぎれもなく阿部を運ぶ新垣自身の姿が写っている。

「自首してください」

反町は再度新垣に呼びかけた。新垣は写真に目を向けたままだ。

「俺たちは阿部の足取りを洗った。殺害される前日の夜の行動が分からなかった。空白の数時間があったんだ。あんたと会ってたんじゃないのか」

新垣が顔を上げて反町を見据えた。その顔からは今まで浮かんでいた余裕と言うべきものは消えている。その代わりに、一種の覚悟とも言うべきものを感じた。

「阿部元警部補の息子は私を新都心のショッピングセンターに呼び出した。優子との写真があるといってね。ただのチンピラが私を脅しているのだと思った。だから私はショッピングセンターに行った。しかし、彼を見たときにすぐに分かった。阿部元警部補の息子だと。当時、中学生の息子がいると聞いていた」

「阿部は何と言ってあんたを脅した」

「今後、力になってほしいと言った」

「なんであんたはそれを拒んだ」

「その時は承知して別れた。しかし、私には分かるんだ。人を見る目は持っている。そうでなければ生き残って、ここまで来ることはできなかった。阿部は私を脅そうとしていた。いや、明らかに脅していたんだ。今後も付きまとってやる。そんな気配を阿部の全身から感じた。だから――」

「殺したんですか」

　新垣は答えない。空白の時間帯が埋まった。

「その翌日の夜、今度はあんたが阿部をショッピングセンターに呼び出した。そこで何らかの方法で阿部に睡眠薬を飲ませて、車で辺野古まで運んだ。使ったのは阿部が借りたレンタカーだ。ナンバーが一致した。その車は元に戻した。なんで辺野古まで運んだ。

捜査を混乱させるためか」

「大きな意味はない」

「宇良も呼び出していたんじゃないのか。阿部の名前を使って。阿部が前々日に、沖縄平和同盟の宇良と辺野古に行っていたのを写真で見ていたんだろ」

新垣の表情が変わった。

「あんたが立ち去った一時間後にもう一台の車が辺野古に来ている」

反町はさらに数枚の写真を新垣の前に滑らせた。

「宇良の車だ。いざとなれば宇良を犯人に仕立てればいい。その必要がなければ、今後、脅しの材料にも使える。渡嘉敷知事と同じだ」

新垣は無言で写真を見ている。

「殺すことはなかった」

「阿部が私を見る目。話しているうちに、阿部の父親を思い出した。あの腰抜けの息子が、精いっぱいに粋がっていた。私はそんな男は信用しない。臆病者は切羽詰まれば何をしでかすか分からない」

「だから殺した――」

「私はあんな男に潰されるわけにはいかないんだ。私には――」

新垣の声が震えている。デスクの上で組んだ手も小刻みに震えていた。沖縄県警全署員から期待される刑事部長の姿はそこにはなかった。

「沖縄県警を生まれ変わらせる責任がある。いつもそう言ってるらしいですね。しかし、あんたにはその資格はない。あんたは沖縄県警の星だった。若手は皆、あんたに憧れています。頑張れば、自分もあんたのようになれる可能性がある。あんたが、壁を壊してくれた。それを裏切った」

新垣が写真から顔を上げて反町を見た。

「この写真と阿部のノート、売ってくれないか。四千万、いや五千万出そう。今すぐという訳にはいかないが、必ずきみが望む地位を用意しよう」

新垣は絞り出すような、懇願するような声を出した。

「景気のいい話だ。どうせ自分の金じゃない。あんたが要求すれば、いくらでも送られてくるのか」

「私の道はこれからだ。必ず、警察機構を変えてみせる」

新垣は苦しそうな息を吐いて、目をデスクの写真に移した。今となっては、何を言おうと空《むな》しい絵空事に聞こえる。

「自首して、沖縄県警がやってきた理不尽をすべて公にするべきだ。時効なんて関係ない。それこそが、あんたが求めてきた新しい県警の礎《いしずえ》となるものです。日本全国の警察機構の改革につながる。阿部親子のためにもお願いします」

ドアが閉まるとき、執務机の前に立ち上がり、写真を見つめる新垣刑事部長の姿が見えた。

反町は一礼して、新垣に背を向けた。

「それは差し上げますよ。どうせ、コピーだ。いくらでも作れる」

反町の言葉にも新垣は二枚の写真を見つめたままだ。


部屋に戻ると具志堅がパソコンに向かっていた。

他の刑事たちは出払っていて誰もいない。具志堅の打つキーボードの音だけが時折響いている。

反町は具志堅の背後に立った。何か言おうと思ったが、言葉が出て来ない。

「おまえ、新垣に会ったのか」

振り向いた具志堅が聞いた。

「会いました。阿部元警部補が撮った写真と日記の一部を見せました」

「自分に恨みを持つ元部下の告発文か。そんなもので刑事事件は成立しない」

反町は数枚の写真を具志堅の前に置いた。

具志堅は無言でその写真を見つめている。

「米海兵隊の監視カメラの映像から取った写真です」

「暗くて何が映ってるか分からない」

反町はさらに二枚の写真を置いた。

「画像処理したものです。新垣刑事部長が睡眠薬を飲ませた阿部堅治を辺野古の海に捨てに行くところです。画像処理は警察庁の鑑識がやりました」

「これをあいつに見せたのか」

反町は、警察庁が直接アメリカ側に監視カメラの映像の引き渡しを要求して、了解を得たことを話した。

「あいつは、なんと言った」

「証拠品の買い取りを提案してきましたが、断りました」

「それで、新垣は——」

「何も言いませんでした。ただ、無言で写真を見つめていました」

「おまえはあいつに何を言った」

「新垣刑事部長には自首するように頼みました」

具志堅が弾かれたように立ち上がり、部屋を飛び出して行った。

反町は廊下に出た。具志堅の姿は見えなかったが、行く場所は分かっている。

反町が刑事部長室の見える廊下に出ると、ドアが閉まるところだった。

部屋の前まで歩いて、ドアに耳をつけた。中の緊張した空気が、壁を通して反町に伝わってくる。

〈具志堅さんは反町巡査部長が、あの写真を持っていたことを知ってたんですね〉

新垣刑事部長の押し殺した声が聞こえてくる。

〈知らなかったと言っても、信じないだろうな〉

〈あの男は勝手に捜査をしていたのですか。だったら――〉

〈あいつは見かけより遥かに優秀だ。勘も働く。昔のおまえを見ているようだ〉

〈具志堅さん、あの写真と阿部の持っていた資料、何とかなりませんか。彼さえ黙っていればいい。具志堅さんと反町巡査部長の将来は保証します〉

〈まだ、そんなことを言っているのか。二十年前の島田の事件をおまえは、阿部元警部補を犠牲にして葬った。そのツケが今ここに回ってきた。もう、ここらで終わらせろ〉

〈お願いだ、具志堅さん。私にはまだやらなければならないことがある〉

必死に感情を押し殺しているが、新垣の声は震えている。その振動が反町の鼓膜を震わせた。新垣の颯爽《さっそう》とした姿が脳裏に浮かんだ。聞こえてくる怯えた声とは、まったくの別人だ。

〈おまえは変わった。警察庁や警視庁の男とも会ってるんだってな。警視正ともなると国家公務員だ。県より国に目が向いている訳か〉

〈仕事です。私には沖縄県警刑事部を護る義務がある〉

〈本来、沖縄県警が取り調べるはずのベイルやチャンが警視庁に引き渡されたのは、おまえの意向もあったと聞いた。本当なのか〉

新垣の声が途絶えた。何かを考えているのだ。

再度、具志堅の声が聞こえてくる。

〈おかしいと思っていた。宮古島でチャンを確保した時、解放するように本部長自ら電話があった。おまえが本部長を動かしたんだな。ベイルとチャンの身柄も、警視庁がさらっていった。これも警察庁の指示か〉

〈警察の最終目的は国家の安全と安泰を護り、維持することです。そのためには、小さな犯罪に目をつぶることもあります。二人とも警察庁が求めてきました。政府の意思が含まれているのでしょう。チャンもベイル同様、数ヶ月もすれば警視庁から警察庁に回され、いずれはアメリカに送られます〉

〈ベイルとチャンの犯罪が小さなことだと言うのか〉

具志堅の声が大きくなった。

〈おまえは嘘をついている。何が沖縄県警のためだ。誰の意向で動いている。次のポジションを約束されたか。それとも金か〉

〈純粋に沖縄県警のことを考えていました。県民の安全安心を護ることこそ、警察官の務めだと信じてきました。しかしそれは、地方の県警では幻想だと分かりました。まして、一刑事部長にできることは限られています〉

〈すべて、警察庁の意向で動いていたわけか〉

〈それしか方法はなかった。ノンキャリアの私が、沖縄県警の本部長になるためには〉

新垣はしゃべりすぎたことを後悔するように、しばらく無言だった。

〈おまえが、沖縄県警の刑事部長になった時、俺は喜んだ。俺だけじゃない。沖縄県警の警察官全員が、これで変わると思った。ノンキャリが五十代で警視正で刑事部長だ。俺たちの誇りであり希望だった。しかし、それは幻想だったのか〉

〈私もそう思っていました。キャリアに支配されている警察機構を打ち壊すと。しかし、私の上には本部長がいる。ある日、警察庁のキャリア官僚が突然出向してきて、本部長になるんです。組織を変えられるのは、トップの人間だけだ。私はさらに上を目指すことを誓った〉

〈今のおまえには何も変えられない。権力に取りつかれているだけだ。もう諦めて、反町巡査部長の言葉に従え〉

〈まだ道はあるはずだ〉

〈いや、ない。今回は俺も反町に賛成だ。あの男はしつこいぞ〉

具志堅の声に新垣は答えない。沈黙が続いている。具志堅の声がそれを破った。

〈もう、すべては終わったんだ。おまえも理解するべきだ〉

〈少し考えさせてください〉

〈早い方がいい。反町巡査部長は本気だ〉

長い沈黙が続いた。

やがてひとつの靴音が近づいてくる。ドアが開き、具志堅があらわれた。

反町は思わず身体を引いた。具志堅はチラリと反町を見ただけで、捜査第一課の方に歩いて行く。反町は慌てて後を追った。

部屋に戻ってからも具志堅は無言だった。

県警本部のある三階フロアは静まり返っている。その静寂を破る乾いた音が響いた。具志堅が立ち上がり、同時に立ち上がった反町を押し退けて部長室に向かって走り出していた。その後を反町が追った。

4

沖縄県知事選挙の前日、選挙運動最後の集会を、理沙は辺野古崎の見える丘の上で行った。基地反対派の人たちと辺野古崎を見ていた駐車場だ。遥か下に工事が中断されたままの埋め立て地が見える。

二百人ばかりの人が集まっていた。

拍手の方を見ると理沙が現れた。背後に寄り添っているのは海人だ。

理沙は藍色のパンツに濃いオレンジ色のかりゆしウェアを着ている。アンバランスで派手すぎる組み合わせだが、理沙が着ると力強さと共に気品さえ感じさせた。藍色は深い海、濃いオレンジ色は沖縄の県花デイゴを表現しているとノエルが教えてくれた。

時間ちょうどに理沙の演説が始まった。

「今日は私のために集まってくれて、ありがとう。今日、この時を新しい沖縄の夜明けにしたいと思います」

島袋理沙が聴衆に向かって頭を下げた。

「ここから見える辺野古の海は、私にとって思い出深い海です。父が働いていた場所であり、子供時代はそこで父を手伝うこともありました。そして七年前、この場所で、私は名護市の市議会議員に立候補するための第一声を上げました」

理沙は聴衆に激しい選挙戦で掠《かす》れた声で語り掛けた。

静まり返っていた聴衆の中から拍手が湧き上がってくる。

「今日は皆さんとともに、新しい沖縄を創るためにここに集まっています。どうか私の仲間になってください。過去を忘れず、かと言って、過去に囚われすぎることなく、現在と未来をより良いものにしていこうではありませんか」

理沙はかすかに息を吐き聴衆を見回した。

背後に立つ海人が母親を護るように周囲に視線を向けている。

「それでいい。母親にとって、最高の警護だ」

反町は声に出さず呟いた。

新しい沖縄の夜明け、レキオとレキオスの船出。反町は理沙の言葉をかみしめていた。

反町は海と陸と山の四方に視線を向けていた。この風景の中のわずかな違い、異変を見逃してはならない。強く自分に言い聞かせた。

集会は一時間ほどで終わった。拍手と共に歓声が上がっている。

辺りは薄闇に包まれている。海からの風が優しく包み込むように吹いてくる。


反町はノエルと赤堀と一緒に県警本部の屋上にいた。

スマホから流れる選挙速報を聞いていた。午後八時から始まった開票は、一時間余りで島袋理沙の当選確実が発表された。選挙終盤に予想以上に浮動票が理沙に流れたのだ。大差をつけての理沙の勝利になるだろう。沖縄県民は新しい風を選んだ。

三人で持ってきていたルートビアで乾杯した。

陽は数時間前に沈んでいたが、まだ昼間の熱を含んだ風が吹き抜けていく。

国際通りの入口付近には人が溢れていた。

「新垣刑事部長、惜しい人だった。彼のファンは多い。県警の女性は全員じゃないの」

「バカ言うな。沖縄県警を裏で牛耳ってたんだ。まともな姿じゃない」

ノエルの言葉にすぐに反町が反応した。ノエルも反論しない。赤堀が反町の方を見た。

「阿部の捜査を妨害混乱させるために、知事殺害疑惑をでっち上げたのも事実か」

「証拠はないが、おそらくそうだ」

阿部の捜査は、人海作戦で沖縄入りしてからの阿部との接触者を探していた。渡嘉敷知事、島袋理沙は突き止めた。聞き込みと防犯カメラの分析で、いずれは他の接触者も判明する可能性が高かった。

そんな時、知事が死んだので、阿部の捜査にかかっていた捜査員の半数を知事死亡にまつわる疑惑の究明に回すことになった。そのために、辺野古水死体事件の捜査は大幅に遅れた。それこそが新垣の狙いだったのだろう。

「知事の死亡の周辺を調べさせたが、金城レポートが今さら再浮上し、急遽《きゆうきよ》捜査にストップをかけた。新垣も我々がそこまで行きつくとは思ってもみなかったんだろう」

「謙遜するな。我々じゃなくて、おまえがだろう」

赤堀の言葉を無視して、反町はさらに続けた。

「ある意味、新垣も犠牲者だった。政府にとって新垣は使い勝手が良かったんだ。いくら沖縄県警トップとはいえ、数年で警察庁に戻っていくキャリア官僚より、沖縄にじっくり腰を据えている新垣の方が扱い易《やす》いだろう。彼もそれを利用して、沖縄と本土の橋渡し役を始めた」

　新垣は官房機密費の配達人をやって力を付けた。沖縄の政財界のまとめ役として、本土の政治家の献金やパーティー券の購入にも関わっていた。しかし、公になったのはその一部だけだ。

「理沙さんと海人がありがとうって。非常に世話になったって感謝してた。あんたによ。何を世話したの」

　ノエルが呆れたような声で言うと、両腕を広げて肩をすくめた。

「海を護ってくれればいいよ。いつまでもサーフィンができるように。今度、愛海に書いてやるか。サーフィンを教えてやるって」

「愛海ちゃんから返事が来たの。私には来ない。見せてよ」

　反町はルートビアを飲み干すと、屋上出入口に向かって歩き始めた。

「ねえ、見せなさいよ、愛海からの手紙」ノエルの声が追ってくる。

　理沙は濃紺のかりゆしウェアと純白のズボンで現れた。よく見ると濃紺の中に細かい波模様が描かれている。沖縄の海をイメージしたかりゆしウェアだ。

　理沙は新沖縄県知事として挨拶した後、その場で緊急記者会見を開いた。

複数のテレビカメラがあることと、ユーチューブの実況中継を確認して、座り直した。

「これは、沖縄だけじゃなく本土にも放送されるのね」

理沙が最前列に座っている本土から来た女性記者に聞いた。

「断言はできませんが、今、あなたのことは日本中で注目されてますから。何か特別なことを話すんですか」

「特別なことじゃない。選挙中に言ったことの具体策。皆さん、知りたいでしょ」

居並ぶマスコミの間にざわめきが起こった。

理沙は姿勢を正すとテレビカメラに目を向けた。

「これから、皆さんがいちばん知りたがっていることについて話します。辺野古の問題です。これ以上、海を埋め立てることはしない。辺野古の埋め立ては即刻中止。基地を増やすこともしません」

理沙はかすかに笑みを浮かべながら言い切った。一斉にフラッシュが光った。

「歴代の知事たちも訴えてはきたが、それができませんでした」

「それは、基地移設が埋め立てありきで進んできたからではありませんか。沖縄は小さな島です。しかし、基地は広い。キャンプ・シュワブも名護市の面積の一〇パーセントを占めています。海を埋め立てる必要もありません。普天間飛行場は米軍基地キャンプ・シュワブの中に移設させる」

「しかしその案はすでに――」

「米軍の兵舎を移設し、国道三二九号を内陸に移動させる。辺野古西部地区の住人の方にも移転をお願いする予定です。十分な補償金を払って。すでに専門家の意見も聞いています。数年の期限以内にすべての移転は可能です。我々の予定は、政府の計画よりかなり早く実現できます」

「今までさんざん専門家の間で議論されてきたことです。そんなに簡単に行くことはないでしょう」

記者の一人から声が上がった。

理沙が声の方に視線を向ける。

「普天間基地移設のすべての問題は、まず埋め立てありきで進めてきた計画そのものに原因があります。関係企業、それに関係する政財界の人たちにとって、これほど楽でうまい話はありませんでした。技術なくしても沖縄経済は潤う。工事が長引いても、問題が起こっても、政府の計画ですから必ずお金は出ます。破綻することはありません。本土の関係者にとってもです。過去の知事たちも、いちばん楽な方法を取ったのです」

理沙は記者を見据えて言い切った。会場は静寂に包まれている。理沙は続けた。

「しかし、これからはそうはいきません。私は埋め立ては断固阻止します。現在、辺野古の埋め立てには軟弱地盤の発見、膨大な工事費の変更で、常識的に続けることは困難となっています。しかし関わっている企業にとっては何の支障もありません。いや、さらにお金を生み出す事業になっています。工事停止中も、一日約二千万円の警備費が必要です。工期が延びれば、さらに待機する人の人件費、機材費がかさみます。これらすべてが国の予算から支払われます。使われているのは、日本の税金なのです。この問題は今後、日本全体で考えていかなければならないでしょう」

「今さら、政府が方針を変えるとは思えませんが——」

「騒音、危険性、港の問題、すべて内陸移設でも大きく変わりません。専門家も同意見でした。今後、政府を含めて公開の討論会を提案したいと思っています。アメリカ側にもすでに伝えています。本土の人ももっと沖縄に関心を持ってほしい。沖縄は、ただ基地問題に揺れる島、南国の楽園ではないのです。私たち沖縄県人、レキオスに力を貸してください」

マスコミの間にざわめきが広まっている。

「私たちレキオスは、もうこうした不条理に惑わされることはありません。私は約束したとおり、沖縄の未来を日本政府に任せない。私自身で、この地の姿と意見をアメリカに伝えます。新しい米軍との関係を築いていきたいと思っています」

理沙の記者会見は三時間にもおよんだ。その中で、理想とする沖縄の姿を述べた。

「最後にもう一つ。こちらは非常に残念なことです。先日、沖縄県警刑事部長新垣俊男警視正が亡くなりました。政府との好ましくない癒着が明らかになっています。現在、県警で捜査が行われていますが、遺憾ながら多くの問題が浮上しています。この事件は今後、沖縄にとどまらず本土にも波紋を広げていくと思われます。いくつかの資料が発見され、同じものを警察庁、検察庁にも送っています。今日中にもマスコミ各社にも発表されます。今後は司法の手にゆだねられることになるでしょう。今後、警視庁、警察庁とも協力して事件の真相を明らかにしていく所存です」

理沙は阿部雄二元警部補が残したノートと、その信憑性《しんぴょうせい》の調査、金城光雄の死因の再調査を沖縄県警に指示したことを告げた。

百人近くいたマスコミは騒然となった。スマホを耳に当て飛び出していく者もいる。

理沙は大きく息を吸って、マスコミに視線を巡らせた。

「沖縄には我々、沖縄県人独自では決められないことが多くあります。基地問題がその筆頭です。本土の人たちに、沖縄の古い過去の歴史、戦前、戦中、戦後の歴史、現状を知ってもらいたい。そして共に考え解決していきたい。沖縄も最南端の日本の県として義務を果たし、誇りをもって発展していきたい。美しいレキオの海、レキオスの海を多くの自然と独自の伝統と共に護りながら。私はそのために全力を尽くします」

理沙はマスコミに視線を向けて凛とした声で言った。

「私たちは政府の補助金に頼らない島を作る。そのためには本土の企業の力、なにより本土の人たちの理解と協力が必要です。私たちはレキオスとしての誇りを護り、新しい沖縄を創ります」

会見はユーチューブなどで、リアルタイムで流れている。理沙のすべての言葉は消すことのできない事実となって、日本全国に配信された。

数時間後にはテレビで、新沖縄知事の爆弾発表と言う緊急ニュースが各局で放送された。マスコミ各社に送られたという資料も確認され一部は公表されている。

政府は騒然となった。警視庁、検察庁の幹部が急きょ官邸に呼ばれたという話も伝わってくる。

夕方には本土からさらに多くのマスコミが沖縄県庁に押し寄せた。

「山羊汁の匂い、かなり強烈です。僕はダメ」

ケネスが顔をゆがめた。

「バカ野郎、おまえが来たいと言ったから来たんだ。沖縄の伝統料理だ。これが食えなくてどうする。それでよくここに五年も住んでるな」

反町はケネスの背を叩いた。ケネスが大げさにむせ込む。

「具志堅さんはフーチーバーを山盛りに入れたヒージャーがジョーグーだと言ってた」

ヨモギを入れた山羊汁が大好物だという意味だ。

反町はノエル、赤堀、ケネスと一緒に、那覇市にある山羊汁専門店に来ていた。店には山羊汁独特の癖のある匂いが立ち込めている。

「私は三十年近く住んでるけど、ヒージャー食べるの二度目。あんたは」

「具志堅さんがうまい店に連れて行くと言ってたけど、それっきりになってる。だから、初めてだ」

「こんな美味いものがあるとはね。もっと早く教えろよ」

赤堀がオリオンビールを片手に、山羊の肉を流し込むように呑み込んだ。

ノエルが顔をしかめて赤堀を見ている。

「しかし、理沙さんの宣伝効果はバツグンだった。あの知事就任演説後の県庁の電話は鳴りどおしだったらしい。本土からの企業の誘致や進出の相談だ。基地や辺野古の問題についても、かなり大きな反響があったらしい。政府や辺野古埋め立てに関係している島内と本土の企業や政財界はパニクってるって話だ」

「理沙さんがあれほど本質に切り込むとはね。本土の人はもちろん、沖縄の住民もビックリ。あんなこと知らない人の方が多いもの。やはり、知事選出馬前からかなり勉強してたんだ」

反町の言葉にノエルが答える。

「問題はこれからだ。政府がとことん抵抗するだろうし、沖縄政財界も徹底的に否定する。すでに、素人が何を言い出す。事実無根だって騒ぎだしてる団体もある」

しかし、阿部元警部補が残したノートと写真にはマスコミが群がり、具志堅の言葉通り、政府を動かす広がりを見せている。官房機密費の使われ方が国会で取り上げられ、東京地検特捜部が動き出したという噂も伝わっている。

「阿部のパソコンも見つかったんだろ。新垣刑事部長の部屋で」

赤堀の言葉に反町は頷いた。

刑事部長室に駆けつけた時、新垣刑事部長はデスクに顔を伏せて眠っているように見えた。手には拳銃が握られている。その横に阿部のパソコンが置かれていたのだ。あれを残したのは新垣の最後の良心だったのか。あの中には阿部の書いた日記が入っていた。

「何かが変わりそうな気がする。理沙さんがレキオスの誇りって言葉を口にしたとき、涙を流した沖縄の人は多いと思う」

そう言うノエルの目が潤んでいるような気がする。

「なんで反町が警視庁に行くんだ」

突然、赤堀が声を上げた。反町に警視庁から半年間の出向要請が来たのだ。新垣警視正に関する阿部元警部補が残した多くの資料の検証に関して、秋山巡査部長の強い要望があったらしい。この資料に登場する本土、沖縄の政財界の者は多い。

「俺は警視庁なんかには行きたくない。ここでサーフィンやってた方が百倍もいい」

「嘘ばっかり。あんた、愛海ちゃんに会えると期待してるんでしょ。青木先生からどうやれば会えるか相談してきたと、電話があった」

「ノエル、おまえは本当に沖縄県警を辞めるのか。当分、理沙さんの秘書をするんだってな。アメリカとの交渉は、おまえが担当って本当か。休職って形にはできないのか。県警から県庁への出向って形も取れるぞ。理沙さん、いや島袋理沙知事に頼んでみろ」

「上司にもそう言われた。でも、何ごとにもケジメは必要。今の仕事、嫌いじゃないから、また戻ってくるかもしれない」

ノエルが県警に入ったのは、行方不明の父親を探すためと聞いたことがある。その目的も果たした。これも、一つのケジメかもしれない。今回の退職は、理沙の強い希望があったとも聞いているし、司法試験を受ける準備、とも聞いている。いずれにしても前向きな選択には違いない。

「だが、なんで赤堀が警察庁に戻れない。ここに残って金城レポートを捜せってことか。そんなものあるかないかも分からないのに」

赤堀は後任が見つかるまでもうしばらく継続して沖縄県警出向と決まったのだ。

「親泊の顔を見たか。とろけそうだった」

親泊は念願の県警本部刑事部第一課の刑事に辞令が出たのだ。

「今夜、あいつは来ないのか」

「ガールフレンドと食事だそうだ。お祝いにご馳走《ちそう》してくれるらしい」

「時間だ、行くぞ」

赤堀が時計を見て立ち上がった。

通りに出ると、すでに理沙が乗ったワゴン車が止まっていた。助手席には海人が座っている。運転しているのは奈美だ。彼女は理沙の秘書を続けている。

反町、ノエル、赤堀、ケネスの四人は、理沙に連れられて平敷屋《へしきや》に行った。勝連半島の先端部にある集落だ。公民館前の小さな広場には、陽が沈む前から人が集まり始め、やがて数百人に膨れ上がる。

「私はここのエイサーがいちばん好き。素朴で何かが心に染みてくる」

理沙はそう言って四人を誘った。

エイサーは東と西に分かれて素朴な伝統衣装を身に着けた若者たちが、単調なリズムに乗って、旧盆の間、家族のもとに帰っていた先祖の魂を送り出す沖縄特有の儀式だ。

ライトの光の中に数十人の踊り手たちが現れた。

理沙の横では海人がしきりにスマホのシャッターを切っている。

若者たちが歌と囃子《はやし》に合わせてゆったりと踊る。

「しっかり見るのよ。沖縄の心、ここにありなんだからね」

理沙が踊り手たちに目を向けたまま呟くように言う。

反町は平敷屋のエイサーを見るのは初めてだった。理沙の言葉通り派手さはないが、静かで単調な動きと音の中に、心に響くものを感じる。

「アガリの水ー」「アガリの塩ー」若い声が響き、水と塩を配って走る。

七分丈の白の下袴《したばかま》、襦袢《じゅばん》の上に紺絣《こんがすり》、白い手拭いを頭に結んで裸足《はだし》の若者たちが直径二十センチほどの手持ちの片張り太鼓、パーランクーを叩きながらゆっくりと進む。どこか恍惚《こうこつ》とした表情で、額からは汗がしたたり落ちている。

反町の脳裏に県警本部の刑事になってからの数年の出来事がよぎっていく。

来週には東京に発たなければならない。しかし必ずまた戻ってくる。

東京に行ってまずやらなければならないことは――。愛海に会って月桃の写真を見せる。ブドウの房のような白い花を付け、甘い香りがするレキオの花だ。

「おまえも入れてもらうか。レキオスだ」

「いずれね」

反町の言葉に海人が答える。彼の目は整然と進む若い隊列に吸い付けられている。

パーランクーがまた鳴り響き始めた。単調な響きが夏の夜空に吸い込まれていく。

解説

郷原宏

高嶋哲夫氏は、まことに困った作家です。大抵の日本人作家は、その作品を一、二冊読めば、大体の傾向や作風がわかって、あとはそのつもりで安心してつきあうことができますが、この作家の場合は、そういうわけにはいきません。

国際陰謀小説でデビューしたかと思えば、天変地異シミュレーション小説で一世を風《ふう》靡《び》し、それでも満足せずに時代小説や政治風刺小説に手を伸ばし、その上さらに原子力や教育問題に関する啓蒙書《けいもうしょ》や児童書まで手がけるという日まぐるしさ。まるで忍者のように神出鬼没で捉えどころがないので、何から始めてどう読めばいいのか、途方に暮れている読者も多いと思います。

しかし、心配はいりません。何からどう読んでもいいのです。ちょうど富士山が、どこから登っても富士山であることに変わりがないように、高嶋哲夫もまた、どこからどう読んでも高嶋哲夫であることに変わりはありません。いいかえれば、高嶋哲夫という作家は、この世に一人しかいないのです。

では、高嶋哲夫とは、いったいどんな作家なのでしょうか。人によってさまざまな見方があると思いますが、デビュー当時からずっと友人としてつきあってきた私の見解をひとことでいえば、高嶋氏はすぐれてジャーナリスティックな社会派の作家です。

優秀なジャーナリストの三条件は、綿密な取材、強靭《きょうじん》な論理、明快な文章だといわれます。この職業の基本が取材にあることはいうまでもありませんが、取材しただけでは記事にはなりません。それを記事にするためには、専門家を納得させるだけの強靭な論理と、中学生にも読める明快な文章力が必要です。

考えてみれば、いや考えてみるまでもなく、この三条件はミステリー作家にもそのままあてはまります。超人的な名探偵がポケットからいきなり事件解決のカギを取り出して関係者を煙《けむ》に巻くような古い探偵小説は別にして、犯行の動機や社会的背景を重視する松本清張《まつもとせいちょう》以後の現代ミステリーでは、作家といえども取材は欠かせません。

それに、ミステリーはそもそも推理と証明の物語であり、読者を選ばないエンターテインメントでもあるのですから、しなやかな論理とわかりやすい文章は、ミステリー作家の必須条件だといっていいでしょう。

高嶋哲夫氏の取材力には、デビュー当初から定評がありました。この人はもともと慶應義塾大学の大学院修士課程を修了し、日本原子力研究所（現在の日本原子力研究開発機構）をへてカリフォルニア大学に留学した原子力科学者でした。だから情報の収集や分析はお手のものだったわけですが、一九九四年に第一回小説現代推理新人賞を受賞した『メルトダウン』や、一九九九年に第十六回サントリーミステリー大賞と読者賞をダブル受賞した『イントゥルーダー』では、その科学的な知見と情報収集力が見事に生かされていました。

また、『M8《エムエイト》』(二〇〇四)、『TSUNAMI　津波』(二〇〇五)、『ジェミニの方舟《はこぶね》　東京大洪水』(二〇〇八、改題『東京大洪水』)、『富士山噴火』(二〇一五)とつづく一連の自然災害シミュレーション小説(いずれも集英社文庫に収録)が綿密な取材と情報収集の成果であり、それゆえに圧倒的な迫力と説得力をもっていたことはいうまでもありません。とはいえ、小説もまた、取材しただけでは小説にはなりません。取材した事実や情報をパン生地にして、ふっくらとおいしい物語に焼き上げるのは、あくまでも作家の想像力とストーリーテリングの力です。

今は昔、社会派の始祖松本清張は「現実の薪《たきぎ》が虚構の火を燃え上がらせる」という名言を吐きました。小説は所詮つくりごとにすぎないが、だからこそ、そのテーマや表現は現実的でなければならないという有名な社会派宣言です。

高嶋哲夫氏がこの「現実の薪」の収集力に長《た》けた作家であることはすでに見てきましたが、それを美しく燃え上がらせる豊かな想像力とストーリーテリングの才の持ち主でもあることを知らなければ、この作家を正しく理解したことにはならないでしょう。

たとえば『浮遊』（二〇一六、改題『脳人間の告白』）という作品があります。研究室の水槽に浮かぶ人間の脳の独白のみによって構成された実験的な小説です。事故死した人間の脳が人語を発するなどということは本来ありえない話で、これは完全に作者の想像力の産物だといっていいのですが、にもかかわらず、そこにはまさしくリアルな人生の真実が語られています。つまり、高嶋氏はここで「虚構の火」から逆に「現実の薪」を取り出すという奇跡を演じて見せたのです。それを可能にしたものが、この作家の並外れたストーリーテリングの力だったことは、改めていうまでもありません。

高嶋氏のこれまでの作品のなかで、こうしたストーリーテラーとしての持ち味が最もよく発揮されているのは、衆目の見るところ、「沖縄コンフィデンシャル」の連作だろうと思います。

本書の読者ならよくご存知のように、この警察小説シリーズは、沖縄を舞台に、沖縄の現実に起因するさまざまな事件をリアルに描いています。つまり、沖縄を「現実の薪」として燃え上がらせたミステリーだといっていいのですが、その「虚構の火」が燃え尽きたあとには、また新しい沖縄の現実が浮かび上がってきます。この作品が高嶋氏には珍しいシリーズ形式になっているのは、おそらくそのためだといっていいでしょう。

このシリーズは、一作ごとに別々の事件を扱った一話読み切りの形式になっていますので、それこそどの作品から読んでも十分に楽しめるのですが、すべての事件の背景に

「沖縄の現実」という一貫性があり、登場人物もほぼ一定していますので、やはり最初から順を追って読んだほうが興趣が深まるのは確かです。このシリーズは本書が初めてという読者のために、これまでの流れをざっと振り返って見ておくことにしましょう。

第一作『交錯捜査』では、那覇《なは》市内の高級ホテルで男女の不審死体が発見されたところから物語が始まります。最初はただの無理心中かと思われたのですが、沖縄県警捜査一課の反町《そりまち》と具志堅《ぐしけん》の新旧コンビが捜査を進めていくと、米軍用地をめぐる不正取引疑惑が浮上し、政治と暴力の闇の勢力が蠢動《しゆんどう》しはじめます。こうして沖縄という「現実の薪」は、最初からいきなり盛大に「虚構の火」となって燃え上がります。

第二作『ブルードラゴン』では、危険薬物の摘発が捜査の焦点になります。那覇市内のレストランで突然倒れた米兵の体から新種ドラッグの陽性反応が出ました。たまたま現場に居合わせた反町、赤堀《あかぼり》、ノエルの県警同期トリオが捜査に乗り出しますが、事件は海を越えて東京に飛び火し、二十年前に姿を消した元海兵隊員が捜査線上に浮上します。この海兵隊員は実はノエルの父親で、その悲劇的な父娘《おやこ》関係がもうひとつの読みどころになります。

第三作『楽園の涙』は、ショッピングセンターの駐車場でひったくりに抵抗して転倒した女性が頭を打って病院に運ばれるという軽微な事件から幕が上がります。その女性は第一作の米軍用地事件の関係者の妻でした。この事件はやがて地元暴力団と中国系マフィアのからんだ連続殺人事件に発展し、その向こうに沖縄という「楽園」を蝕《むしば》む国家的な陰謀の影がちらつくようになります。

こうして見てくればおわかりのように、このシリーズは単に沖縄を舞台にしたユニークな警察小説というだけのものではありません。いまそこにある沖縄の危機的な現実を、ジャーナリストの眼《め》と作家の心で描き出した、正真正銘の社会派ミステリーなのです。日本にミステリー作家多しといえども、いまこういう小説が書ける作家は高嶋哲夫氏のほかにはいないといっていいでしょう。

さて、この『レキオスの生きる道』は「沖縄コンフィデンシャル」シリーズの第四作にして完結編です。いま沖縄で最もホットな問題といえば、いうまでもなく米軍普天間《ふてんま》基地の移設にともなう辺野古《へのこ》の埋め立て問題ですが、今回はその埋め立て工事現場近くの海で男の死体が発見されたところから話が始まり、おそらく誰も予想しなかった驚天動地の結末を迎えます。

このシリーズの背景には最初から米軍基地の存在が大きな影を落としていましたが、ここに来てそれが一挙に前景化し、基地問題そのものが物語のメインテーマとなっています。つまり、この作品はシリーズのフィナーレであると同時に、物語全体のクライマックスでもあるといえます。

『レキオスの生きる道』というタイトルには、この作品に寄せる作者の熱い思いが込められています。「レキオス」とは耳慣れない言葉ですが、本書の陰の主人公ともいうべき名護《なご》市の市会議員、島袋理沙《しまぶくろりさ》によれば、ポルトガル語で「琉球《りゅうきゅう》の人」を意味する言葉のようです。琉球はもともと「真珠のように美しい島、瑠璃《るり》色に輝く島」を意味する中国語だったのですが、リュウキュウと正しく発音できないポルトガル人がこの島を「レキオ」と名づけ、そこに住む人々を「レキオス」と呼んで交易したというのです。ですから、この言葉には「美しい島」のほかに「友好的で武器を持たず、平和を愛する民」という意味が含まれていることになります。

その「平和な島」がいま「基地の島」になり、「瑠璃色の海」が土砂で埋め立てられようとしている。何が何でもそれだけは阻止しなければならないと、島袋議員は沖縄県知事選に立候補するのですが、反町ら若手刑事のシンパシーもそこにあり、一編の主題もそこに集約されるように感じられます。この作品が政治的な立場をこえて読者の感動を誘ってやまないのは、おそらくはその美しい郷土愛のためだといっていいでしょう。

高嶋哲夫氏の読者の辞書に、昔も今も「失望」という言葉はありません。

（ごうはら・ひろし　文芸評論家）

本作はフィクションであり、実在の個人・団体・事件などとは、一切関係ありません。

本書は、集英社文庫のために書き下ろされた作品です。

集英社文庫

沖縄《おきなわ》コンフィデンシャル　レキオスの生《い》きる道《みち》

2019年7月25日　第1刷　　定価はカバーに表示してあります。

著　者　高嶋哲夫《たかしまてつお》

発行者　徳永　真

発行所　株式会社　集英社
東京都千代田区一ツ橋2-5-10　〒101-8050
電話　【編集部】03-3230-6095
【読者係】03-3230-6080
【販売部】03-3230-6393（書店専用）

印　刷　凸版印刷株式会社

製　本　加藤製本株式会社

フォーマットデザイン　アリヤマデザインストア　　マークデザイン　居山浩二

ISBN978-4-08-744007-2 C0193